U0596593

走出岁月的阴影

毕星星 著

海天出版社（中国·深圳）

图书在版编目（CIP）数据

走出岁月的阴影 / 毕星星著. —深圳：海天出版
社，2016.5
（在人间）
ISBN 978-7-5507-1541-7

Ⅰ.①走… Ⅱ.①毕… Ⅲ.①随笔—作品集—中国—
当代 Ⅳ.①I267.1

中国版本图书馆CIP数据核字(2015)第322395号

走出岁月的阴影
ZOUCHU SUIYUE DE YINYING

出 品 人	聂雄前
责任编辑	张小娟 （xiaojuanz@21cn.com）
责任技编	蔡梅琴
封面设计	Smart 深圳斯迈通设计 0755-83144238

出版发行　海天出版社
地　　址　深圳市彩田南路海天综合大厦　　（518033）
网　　址　www.htph.com.cn
订购电话　0755-83460293（批发）　　83460397（邮购）
设计制作　深圳市龙墨文化传播有限公司（0755-83461000）
印　　刷　深圳市新联美术印刷有限公司
开　　本　889mm×1194mm　1/32
印　　张　8.125
字　　数　196千
版　　次　2016年5月第1版
印　　次　2016年5月第1次
定　　价　39.00元

目录
走出岁月的阴影

台前幕后　戏里戏外　　1

阎逢春，不可复制的一代宗师 / 2

寻找郭宝臣 / 43

《三上桃峰》事件的来龙去脉 / 60

冷眼平心看大家　　95

流沙河印象记 / 96

冷眼平心看大家 / 119

漫说李国涛先生之为人为文 / 124

柯云路当年带团做人体特异功能表演 / 140

张中行文章的一种弊病 / 147

目录

走出岁月的阴影

不堪回首忆当年　　155

写作组记忆留痕 / 156

闲聊样板戏 / 171

《三十里铺》散记 / 204

马铃薯与西红柿的旷世姻缘 / 218

人鼠之间 / 232

台前幕后　戏里戏外

阎逢春，不可复制的一代宗师

不可复制

有这么几年，我因为记述蒲州梆子的历程，突然闯进了一个陌生的领域。戏曲按理说打小就听，对活在戏曲舞台的人物——演员，一直却是若明若暗。虽然他们老早就是公众人物，那个时候的明星。明星是怎样的人？圈外人其实并不了解他们。尤其是20世纪五六十年代的舆论塑造，他们呈现给大众的形象，总不那么准确，好些地方甚至是有意涂抹了另一种色彩。再加上他们相对于工农兵的小圈子，外人也不认为了解他们有什么价值。

蒲州梆子是一种流行于晋南及秦晋豫边界黄河金三角地带的地方戏，和西北的秦腔一样源远流长。别看蒲剧属于小剧种，它的名演可有好几个享誉全国的大牌。京剧天字第一号，从来不轻慢它。河东关中，历史悠久，文脉雄旺，王秀兰、阎逢春、张庆奎、杨虎山、筱月来，在戏曲圈子里笑傲群雄，天下何人不识君。访谈渐渐深入，我却越来越鲜明地感到，人们谈论最多的还是阎逢春。

今天，五大名演除了王秀兰都已经去世。阎逢春1975年去世，迄今已经超过40年，人们的追思怀远倒是越来越强烈。时间没有能够磨去他的声音和影像，他的贡献、他的为人、他的独创，

阎逢春

千淘万漉，历久弥坚。风云没有能够吹散他的千古绝唱，锻打越发突显出他的艺术价值。他留下的巨大空白，至今没有人能够填补。近几年，继承和研究阎派艺术的声音浪打浪涌。在晋南大地游走，你依然能时时听到高亢激扬的阎逢春唱段。那随口哼唱的玩家都是一脸庄重肃穆的表情。这是因为，阎逢春几乎没有留下什么轻快油滑的喜剧唱段。而他的人生悲剧，更是后人感叹惋惜，久久不能忘怀的。

20世纪80年代以降，戏曲复兴，有过十来年好景。五大名演都有后来人传承学习，青出于蓝胜于蓝，新人辈出胜旧人，人们便不觉有什么缺憾。唯独面对阎逢春，没有谁敢说自己超越了阎师傅。他的表演艺术，演艺界神往犹如高山仰止。徒弟们也努力，学几年就泄了气。观众更是不买账，赞美阎逢春的超人，同时也就斥骂梨园子弟无能。想学成阎逢春，差远了！

戏曲界的老专家，许多都是老阎当年的同事朋友。谈着谈着，他们会声音细下来，慢下来，抬起头，远望着西天一抹黯淡下去的霞光。默然的沉吟里，倾诉的是狠狠的惋惜：那人，怎么就早死了呢？哪怕死一个旁的谁呢。再活十年，蒲剧绝不是这个样子。

不管时代的原因还是别的什么，阎逢春定然已经成为不可逾越的范本。

世间再也不会有阎逢春。

天才是不可复制的。

绝技在身

阎逢春出身梨园世家，他的父亲阎金环就是蒲剧著名的南路须生。他15岁随团学艺，17岁已经是蒲州、解州、绛州一带小有名气的演员了。21岁入西安晋风社，成为头牌须生。日寇入侵以后，阎逢春有家难归，随剧团在西安、兰州、青海演出十多年，载誉大西北，蒲剧在西北在边地的声名，归功于他们那一代人的流浪苦斗。翻查西北各省的戏剧史，比如青海、甘肃20世纪三四十年代的演出，那时的戏班子，就是蒲剧的班社。大西北绥远，是蒲州梆子当时的主要活动场域。抗战年代的叱咤，至今感觉纸上有余温。

演艺天才的养成，注定时乖命蹇。阎逢春18岁时血气旺，正是学演的好年华。因为倒仓坏了嗓子，被班主辞退。悲观绝望的时候，西安城名士高人李逸僧老先生收留了他。李老的侠义肝胆，剧坛无人不晓。老人非常欣赏这个奇才，决心帮他一把。他延请一位有经验的教练，教他合理发声，鼓励他刻苦拔声练功。蒲剧发声类似秦腔大吼，因此练声一般人称作"嚎嗓子"，可见用嗓的苦拙。阎逢春从此天天躲城壕根，钻地窖，背着人嚎嗓子，家里人说有一阵他练得尿带血红。经历了一年多的苦练，阎逢春终于练就了一种别于常人的复音，对其他剧种也许不算什么，对蒲剧这可是大喜过望。因为梆子戏本来男女同腔同调，蒲剧男腔跳跃腾挪，演员必须有一个坚韧高亢的复音区。

我写这个复音不过是借代。至今在蒲剧行家中间，这两个字该怎么写，也是人言人殊，莫衷一是。有说腹部的"腹"的，有建议用带引号的复。反正它指的是假嗓子，又和通常的假嗓子不同。需要努力高进宁可嘶哑也不可轻巧滑动的那种发声。在现代化的歌唱教学中，它肯定被视为不科学。可在晋南关中，你要不这么唱，老百姓听了只能骂你冷场寡淡。

演唱问题已经过关，阎逢春开始苦练帽翅功。所谓帽翅功法，指的是须生上台所戴的官帽，两边的帽翅可以自我控制甩动，或者单甩，或者双甩，或者上下忽闪，或者前后飞翻。行家的表演绝不能摇头晃脑，全凭内功发力指挥。这当然是秘不示人的绝活。和川剧的"变脸"一样，这是一个剧种的看家本领，不能随便传授给外人。清代梆子戏就要过这个绝活，后来渐渐绝灭。演出时，根据剧情需要，配合特技表演，这是阎逢春对戏剧表演的杰出创造。20世纪50年代许多地方戏团都来山西学帽翅功，现在剧团的娃娃生也时常会晃荡儿下子，且不说运用高下，只说在那个年月，阎逢春可是当之无愧的创功人。仅此一项，他的贡献就应该在戏剧史上浓墨重彩写一笔。

阎逢春的继承创造远不止这些。前辈彦子红、十三红任金祥，他悉心钻研多年。他向青衣冯安娃学板眼节奏；向小生彭福奎、二净杨李敬学身段鼓点；向孙广盛求教眼神和表情；向父亲学三倒腔，发展丰富慢板旋律。他躲在黑压压的人群里，偷看景恒春的《采桑》，他三番五次观摩秦腔的《拆书》。转益多师，化为我用。在20世纪40年代，阎逢春的表演艺术已臻成熟。他的演唱，时常是一声掷地，满堂爆彩。除翅子功外，他的靴子功、鞭子功、髯口功，也已经得心应手。无论什么功法，到他手里都不是死的。他的可贵之处，是善于根据剧情用功，使人觉得入情入理，又出神入化。他的戏路也很宽，无论袍带戏、箭袍戏、靠甲戏、官衣戏，甚至反串小生短打，都有别开生面之处。继承前人又超越前人，练好功夫还要创造性地使用。总之，在蒲剧须生行当的各种角色，他已经都能够驾轻就熟，拿到手就有所翻新。他已经是一个成熟的艺术家。

翻身问题

我至今不清楚阎逢春的履历表上，出身一栏填什么。土改时，他家分房分地分浮财，应该算一个贫苦农民。但要论戏份，回家过年，班主先预付24块现大洋，他的固定收入远远高于一般农民。新中国成立初期贫苦农民把分地斗地主称作"翻身"，欢庆从社会底层翻到了上层。阎逢春曾经撒过怨气："翻身哩，翻身哩；两身翻成一身哩（指皮袄）。"牢骚还是玩笑，都能说明，他应该是一个城市的高收入的戏剧从业者，可惜那时没有这种成分划分。

阎逢春带着一身绝技走进新时代。他拥抱新政权，新政权也热情接纳了他。"党找雷刚，雷刚找党"（京剧《杜鹃山》评论），那是一个放声歌唱的时期，文艺工作者和他的管理人有过令人怀恋的蜜月。

1950年开始的戏改，山西和全国其他地区都禁演了一批剧目。涉及蒲剧的，有《断桥》《芦花》《忠报国》《六月雪》《杀狗》《火焰驹》《教子》等，禁演的理由不一而足，总起来说，表现出强烈的意识形态化的指导倾向，比如《芦花》是"替封建统治者宣传"，《忠报国》"维护封建统治阶级秩序"，《教子》"宣传封建道德，读书人压倒一切"等。蒲剧传统戏《六月雪》遭禁只有两个字——"反动"，连简单的释义都没有。《杀狗》遭禁是因为"散布退伍思想"。可见那时开国甫定，大刀阔斧破立，人们还习惯施行粗暴的政治手术，顾不得细化择弃的条款。关于舞台净化，禁止使用踩跷上凳、吹火变脸、七窍流血、拖伤带彩等特技。从这些禁令看来，老艺人王存才的戏受到限制较多，对阎逢春还影响不大。他的大部分剧目还可以出台，洗心革面，尚不至于伤筋动骨。但是阎逢春从中体会到某种管束，体会到与旧戏班演出的区别，当是确定无疑的。

神奇的帽翅

从20世纪50年代初期到"文革"之前，阎逢春艺术创作的辉煌时期不过十多年。在这十多年中，他走出了一生最为灿烂夺目的夺冠之路，取得了世人瞩目的成就。

阎逢春的帽翅功可谓蒲剧一绝。当年它是阎氏的独创。至今他的功法后人依然难以企及。仅从技术创造的角度讲，它也属于高难度的杂技技能，像川剧变脸一样，应该视为值得世代秘传的中华无价宝。何况阎逢春在创功当初就已经把它艺术化，成为戏曲表演不可分割的组成部分。他的帽翅颤动甩动，是剧中人心理活动的外化，是和剧情浑然一体的心海扬波。阎逢春的保留剧目《杀驿》《舍饭》《周仁回府》，都是帽翅功法出神入化的典范。《杀驿》剧中，吴承恩要拼命搭救恩人，苦无良策。如何表现人物的沉思犹豫，他在室内踱步，缓缓转身，背对观众，双目痴呆如一尊泥塑。这时两只帽翅微微启动，上下颤抖，表现人物内心那种抽搐似的紧张。帽翅甩动逐渐强烈，我们可以领会人物内心翻江倒海拼命挣扎又走投无路的困窘。他不停地徘徊，忽然好像若有所思，出现一线生机，这时帽翅甩动减速，一只缓缓停下，另一只启动摇闪。有顷，动者复归静止，另一只停歇的又开始由颤动渐至剧烈。这时人物内心纠结，左思右想，左右支绌，心乱如麻。终于，他拿定了主意，冒名顶替，代恩人去死。这是怎样的心底滔天巨浪？两个帽翅瞬间由一动一静转变为上下互动，同上同下，又变成前后滚动。一对帽翅忽闪，我们看到的是人物知恩图报、义薄云天的壮举。室内人做困兽斗，世间风云犹变色。这一对帽翅，震荡世道人心，天地之间一时正气浩然动河岳泣鬼神。观众声泪齐下，台上台下共鸣，场场演出，剧场内唏嘘如沉雷掠过地面。

　　一母同源又互通秦晋，蒲剧和秦腔的演出剧目常有交叉，《周仁献嫂》两家都是重头戏，《回府》一折经常单折演出。是献嫂求荣，还是舍妻救兄？回府一路，上演的就是这样生死存亡、进退维谷的心理较量。阎逢春同样使用炉火纯青的帽翅功，将周仁在夹缝中的生死抉择演绎得悲痛惨烈又大义凛然。这里阎逢春如得天外神思，添加了一个踢纱帽上头的绝技。奸相赐他官身，是为了笼络他卖身。犹若沐猴而冠，他无比厌恶。他弃帽在地，抬脚要踩要踏。想到权奸势大，生杀予夺全在人家，又怎敢抗命。这时只见阎逢春把粉底朝靴一拧，探进帽壳，伸腿一挑，官帽在空中划出一道弧线，稳稳当当落在头顶。这委实可称神来之笔，只一脚，人物的鄙视厌弃和无可奈何全在其中。一脚，有多少丰富的内容耐人寻味！既是绝技，又是艺术化的神奇展现。提炼一个舞蹈动作，浓缩多少生活内容，幻化成说不尽的形式美。你只有拍案叫绝。

风波乍起却也无端

经历了多年的提炼改造，阎逢春的帽翅功日益出神入化，得心应手。正因如此，在晋南地区，受到当地群众如痴如狂的欢迎。看阎逢春甩帽翅，成为当地老百姓的一大人生享受。可能谁也没有想到，这种不伤官不损民，高说是艺术低说是娱乐的演出，竟然也有人挑刺反对的。

1955年的春节前夕，《光明日报》刊登出一篇读者来信，批评阎逢春的帽翅功表演是"形式主义"。这对于阎逢春，不啻当头一棒。这时，革命化已经逐渐占据宣传阵地的主流位置，"左倾"姿态已经开始让人敢怒而不敢言。加上《光明日报》的全国地位，没有人敢站出来说句公道话。剧团内部立刻有人呼应，一时，反对阎逢春在舞台演出甩帽翅的呼声也风起浪翻。阎逢春遇到了前所未有的压力。身怀绝技反而成了负担，大约每一个苦练戏工的演员都不会想到。

若干年以后，有剧团的好事者巧遇《光明日报》记者，问及当年的"读者来信"，记者冷冰冰地扔回一句：你们没人闹，我们登那干啥？历史已经走过了多少往事，追究当年谁家挑起事端已经没有意义。让人寒心的结论却是明明白白教训了一代人。

不久剧团在运城工人俱乐部演出《周仁献嫂》，这给阎逢春出了大难题。考虑再三，他向团领导提出自愿放弃"甩帽翅"绝活，免得招惹是是非非。当晚演出前，剧团副团长特意在幕前讲话，告诉观众今天的《周仁回府》阎逢春不甩帽翅了。"阎逢春同志提高了思想觉悟，自觉接受报纸批评，放弃形式主义的表演！"台下观众立刻大哗。什么？阎逢春不甩帽翅了？那来看什么劲！果然，演到《回府》，这本来是阎逢春大展才艺，使用帽翅功淋漓尽致地

台前幕后 戏里戏外

9

表现周仁内心痛苦挣扎的高潮戏段，他却只好急匆匆地走了过场。顿时，剧场轰吵，乱成一片。"不甩帽翅不行！""不甩帽翅不行！"人声鼎沸，后排的观众站起来大叫大喊。任声浪沸涌，舞台上冷冰冰的锣鼓过门旁若无人地敲过，阎逢春卸掉带翅纱帽，黯然无言。

嗣后每次演出都是这样。观众强烈要求，阎逢春无可奈何。每次演出，都要剧团出面解释疏导。实在拗不过去了，戏毕，让阎逢春洗去脂粉，脱去袍衣，戴上官帽专门表演一回甩帽翅。但是，脱离剧情，这已经成了卖弄技巧的杂耍，仿佛街头卖艺。也许这会儿人们体会到了，把它和剧情肢解开来，这才是地道的形式主义。

这样的尴尬一直维持到1956年。是年剧团赴西安演出。一天晋南剧协突然收到阎逢春和剧团发自西安的一封急信，信中谈到，西安的戏剧界专家和戏迷，对阎逢春废掉帽翅功特别惋惜，戏迷观众听说没有帽翅表演，也非常沮丧。从来信可以看出，《光明日报》那个读者远远代表不了爱好蒲剧的广大民众。来自另一面的呼声越来越强烈，不论剧团还是阎逢春本人，已经顶不住铺天盖地的强大压力。同时，平民百姓的支持，也让阎逢春在彷徨思考中拿定了主意，他坚信自己的创造是符合大众审美需要的。也在这时，他才有胆量向剧协提出恢复帽翅功表演。当时担任晋南专署文化科长的邓焰同志见信答复："只要符合人物特定情景下的心理活动，甩帽翅就不能看作形式主义。"这一句似乎做了某种限定的聪明答复，其实就是给帽翅功网开一面。阎逢春当然是大喜过望。禁锢了一年的帽翅功终于重新登上舞台。冰藏一年，一压一放雄辩地证明了它的价值。一场关于"形式主义"的争论，自此云散天开。

回头再看形式主义

蒲剧讲究做戏功夫不自今日，这是一个悠久的传统。早在清季，蒲剧的特技在京地就令人啧啧称奇。张伯驹的《红毹纪梦诗注》中有一首这样说：

> 跷工甩发并惊奇，
> 帽翅飘来更可师，
> 北乱南昆无此艺，
> 却教绝技出山西。

在诗下他特意加上一个小注：

> 山西蒲州梆子跷工、甩发、耍帽翅称为绝技，——小楼、叔岩皆不能为之，独山西梆子能两翅同耍，或单耍右一翅，或单耍左一翅，诚绝技也。

这里说得清楚明白，即便当时的京剧名家，也来不了蒲剧演员这些招数。只此一家，别无分店。要看绝技，只能找蒲剧。而"蒲州梆子"的得名，最早就见诸张伯驹的这组七言诗，大名见之于经传，一开始就和绝技紧紧联系在一起。

20世纪50年代那一场小风波，阎逢春的帽翅功曾经被贬斥为"形式主义"，由此停演一段时间。经过了半个世纪的风雨曲折，我们终于能够面向一个更加宽阔的视野，以更加宽容的态度来看待蒲剧的绝技表演。戏剧和杂技，一开始就是我中有你，你中有我的。明代的戏班，时常是戏剧杂技混合演出，武戏演到一定火候，时常脱离剧情，开始做硬气功和杂戏表演，可谓喧宾夺主。发展到后来，戏曲对杂戏武艺的吸收融合，就成为非常自然的事情。武戏自不必说，就连一些文戏演出，其中也少不了杂技技艺的元素。《清稗类钞·戏剧类3·戏必有技》记载：

> 戏之难，非仅做工，尤必有技而后能胜其任。武技（俗谓之把子。）无论，即以文戏言之，其能事在衣装一方面者，则如《黄鹤楼》之冠，（皇叔应以首上冠掷丈许，落于拉场人手。）《李陵碑》之甲，（不能见解脱痕，且须合板。）《琼林宴》之履，（生一出台，便须以足掷履，以首承之，不得用手扶助，自然安置顶上方合。）《乌龙院》之靴。（宋江应于旦膝上左右旋其靴尖，与指相和，必相左以速而善变其方位为能。）其能事在用物一方面者，则如《九更天》之刀，（时刻促而准。）《战蒲关》之剑，（旦炷第三香时，生立旦后，剑自落手。）《杨妃醉酒》之爵，（衔而折腰。）《采花赶府》之花，（招手而出，近戏法。）《虹霓关》丫鬟之盘，（以两指旋转之，飞走而衔其杯，走定盘正置杯甚速，皆须应节，甚难。）《打连厢》稚妓之鞭与扇，（式甚多，皆非久练不能。）其技皆应弦按节，炫异惊奇，非夙能者，苟易人为之，断不能灵敏新奇也。

以上可见，将踢弄和耍弄技巧艺术化，甚至柔术表演、手技戏法，戏曲表演中都是经常出现的。"戏必有技"，是说杂戏技艺属于戏曲演员的必备技能。一直到民国年间，蒲剧演出依然还保留有这种戏外炫技的习惯。当时的戏台，照明设施落后，台口两边一边一盏大油灯，泡着粗粗的灯捻子，依靠点燃豆油照亮台面。时间一久，灯捻长出灯花。这时，演小生的两根翎子飞快划过，左一划，右一划，两边的灯花齐齐被打断，油灯爆亮，众人喝彩。这个特技就叫打灯花。王存才踩跷，圈椅背弓飞上旋下，腾挪之间，被脚下的"小石子"绊了一下，他捡起来，伸跷脚尖崩地一踢，小纸团准确地跌落在老后场妇女的怀里。众人欢笑响成一片，接着演出。杨虎山父亲固荣老汉演出《八蜡庙》，一出鬼门道，哇呀呀——嗨！一声喊出，一柄三股钢叉喀嚓一声飞出去，叉中台口柱子。三尺长的叉把子还在忽摇忽闪，众人心惊肉跳，齐刷刷往后一倒，台下水涌一般。老汉大吼一声开场。冷汗未干，接着赞口不绝。你说这些表演，和剧情有什么关系？由此推理，阎逢春有时即便就是游离了剧情来一段甩帽翅，只要老百姓爱看，又有什么了不起的？值得大呼小叫痛心疾首吗？

现代戏，一旦上路，就有绝活

这时烦扰阎逢春的还有一件忧心事。1955年的夏季，剧团栉沐时代新风，决定排演现代戏，首选剧目是《小二黑结婚》。现代戏阎逢春何尝未演过，抗战时他就在《百灵庙》饰演傅作义将军。但那毕竟是偶一为之。眼前的演不演现代戏，已经成了革命和倒退、进步和落后的分界。这让他不好拒绝。实事求是地讲，对于演出现代戏，尤其在某种政治压力下的强人所难，阎逢春明显心怀芥蒂。他提出了一个消极避让的办法，不参与演出，到西安去学习。剧团方面也知道他是在拖沓，事情于是不热不凉地就放下了。

事隔半个世纪，我对阎逢春当时所取的态度，充满了同情和理解。中国的传统戏，负载着传统文化的丰富内涵。一朝扬弃，这些老一辈艺人如同割肉切肤。没有了袍带帽靴、梢子髯口水袖，他们不知道舞台所演出的叫什么。一整套的旧戏功夫立刻无所用其技。

彭真同志曾经把现代戏叫"话剧加唱"。几十年的现代戏改革，其实就是话剧表演不断侵入和改造传统戏的过程。至今天，无论新戏旧戏，话剧表演的成分越来越膨胀，话剧思维业已控制了戏曲舞台，我们不知说什么好。中国传统戏表演的核心是程式和虚拟，一旦引进实景，引进写实化的表演，传统戏的核心就丧失殆尽。著名京剧演员裘盛戎有一时也遭遇现代戏，舞台实景，要配效果下雪。传统戏的下雪，全靠演员表演，让观众感觉置身于纷纷扬扬的飞絮里，这时裘先生当然很恼火："你们能下雪，那还要我干什么？"是啊，如同话剧演员一样在舞台上齐步正步散步，那还要阎逢春这样的演员干什么？

　　话虽这样说，大势已不可扭转。经过同事们做工作，阎逢春还是接受了新角色，在《小二黑结婚》里出演二孔明。他给自己设计了形象，瓜瓢帽一戴，后脑小辫翘起，前襟挂上一副老式花镜，腿带一扎，裉裉肩上一吊，一个活脱脱的二诸葛就出来了。他那种磕磕绊绊的行腔，阴阳先生的可笑举动，不时激起观众阵阵友好的嘲笑。阎逢春就是要以此说明，换了行头，咱照样有绝招！1964年，阶级斗争的声浪愈演愈烈。蒲剧团排演了一出现代戏《蛟河浪》。这个戏，意识形态的味道已经见浓，类似风行全国的评剧《夺印》晋南版。阎逢春在剧中出演一个蜕化变质尚能改悔的村干部。当他痛悔"小酒盅能把人灌醉"，痛哭流涕向公社书记做检查时，一声哭叫，一个腾空跃起，双膝高处落跪，全场观众无不落泪叫好。其实这个细节出处，就是《周仁献嫂》中的蹦跪。《蛟河浪》这里的出彩说明了什么？为什么这个戏若干年后还有人追记？就是因为还有类似这样的旧戏遗留。我们从"蹦跪"明显地感到一种和全剧现实主义演出风格不和谐。这种微妙的感受，其实正是那种被利用被压抑被逼仄到一个角落的传统戏艺术灵魂的微弱抗议。

1964年9月，山西省举行现代戏会演，《蛟河浪》获奖。获奖演员阎逢春在《山西日报》发表了一篇获奖感言，其实是一篇自我批评性质的文章，作者说：

> 有人说，过去人们看帝王将相戏，是稀里糊涂受蒙蔽。那么我们演戏的与其说是稀里糊涂替帝王将相做宣传，不如说是清清楚楚地为个人打算。解放初我在西安，西北文联组织讲习会，学习毛主席《在延安文艺座谈会上的讲话》，我就没有兴趣，心里想，不管哪个朝代，咱总是个唱戏的，只要有艺术，就能演好戏，就能吃好穿好，就能出名。因此，只关心艺术，不关心政治，政治和艺术的关系从根子上没有摆对头，对演现代戏就发生不了兴趣。——回忆几年来的事实，我深深地感到，要演好现代戏，思想革命化是第一关。

检查是阎逢春自己手笔，还是别人捉刀？反正挺诚恳。同时，我也为阎逢春紧紧捏着一把汗。他敢于明言对《讲话》那种冷漠，在那个年月，诚恳检查也是个招祸的检查。果然在"文革"时，对《讲话》的轻慢成了他的一大罪状。这是他始料不及的。

不管阎逢春诚恳检查也好，心怀耿耿也好，他已经和传统戏永远告别了。自1962年起"大写十三年"，1964年江青大抓样板戏，革命之风大炽，传统戏彻底被禁绝。阎逢春演出的最后一本戏，是1966年6月在太原会演时的《在红旗面前》。此时，"文革"已经引爆，他提前靠边，只能扮演一个小角色了。

全剧八毛，跑城六毛

阎逢春就会个甩帽翅吗？当然不是。如果只有"一招鲜"，充其量也不过雕虫小技招摇过市而已。若论单项技术，现在有些小青年入门就能甩帽翅。他的艺术才能周身闪烁。"吹胡子瞪眼，甩帽翅变脸"，是老百姓对他的演出特技的形象化概括。这也远远不能涵盖他的整个艺术造诣。就演唱，就功架来说，阎逢春也丝毫无愧一流演员的评价。他浑身是戏，十项全能。在戏曲演出的各个方位，他都能够以卓越的表现高出同行。戏剧界的同业人士心下清楚，在晋南一隅，虽然操不同声腔，却是有一个艺术巨人巍然屹立。那些称霸一方的所谓大剧种心里有数，比试一下也要心存敬畏，礼让三分的。

分析阎逢春唱腔的行家，经常要心虚地自谦一句：他的嗓子不好。什么叫好？完成了演唱表达，那就叫好。如果要听那种委婉绵长、甜腻细滑、暖风如熏，一曲陶醉忘形，阎逢春这里没有。他所长在悲剧，多是人物受尽磨难，甚至付出生命代价的悲惨境遇。他的唱段不以动听而以动情感人。他不事渲染，不要花腔，他要的是震撼灵魂，直指人心。有行家分析阎逢春的唱法，特点叫"涩进"，他决不光滑地轻抹，让你觉得舒服。他一定要贴着你的感觉，强烈地黏附肌肤行进，甚至摩擦出血肉颗粒。我们曾经看过黄土地一群民间艺人的表演，音乐起高潮，一个艺人突然扳翻长凳，敲击凳面。就是那种铁器敲击杂木的声音，一下子敲出了一种近乎变态的狂欢。你能清楚地感到自己灵魂震颤的声音。听阎逢春的戏，收获是这种感受。

阎逢春留下的唱段不多，但是段段经典。《反徐州》的一段流水，那是轻唱，压抑如轻诉，声虽弱而情显。需要有冲击力的时候，阎逢春的吐字行腔却也像子弹出膛，坚实有力。如《周仁献嫂》中说服妻子赴死救兄，由呆若木鸡到顷刻悲声大作，感情爆发，平地巨澜。《薛刚反朝》中的"小冤家"一段，是许多行家欣赏的唱段。"小冤家跪倒把我问，悲喜交加痛在心……"，"小冤家"先拉一个长音，然后猛然升高8度激情奔放，一腔拉长14拍，倾泻出压抑了13年的隐情和愤懑。接着他逐一叙述薛家的家世，历数血泪斑斑的往事。非常激情非常处理，他使用不规整的唱词，突破流水板式。最后"这腰刹三节就是我的亲生之子徐继恩替你把命丧——"这个长达21字的特殊唱句，个个脱口而出，一字一顿，如钉入木，"你就是三月蛟啊——"先急煞后猛甩，情绪气势此时立现高潮。这段唱多年以来被人们反复学唱，足见它超越时空的艺术魅力。

《杀驿》中有四句唱：

> 听言罢直叫人五衷如捣，
> 忍不住两眶泪向下齐抛。
> 荷主恩如山海涓埃未报，
> 谁料他入缧绁异地流漂。

这是阎逢春创造的蒲剧须生慢板经典。过去老艺人的慢板总是习惯于散拍起唱，阎逢春这里饰演的吴承恩如闻晴天霹雳，当然不能嘤嘤哭诉。一个"听言"立即突然喷发，急升8度高音翻滚，急上急下的跳跃，本来已经急速揪扯观众心弦，在拖腔和腔尾处，随过门又加了个附加衬腔，更加使得唱腔浪外叠浪。"五衷如捣"，一拍一音，完全没有花衬装饰，听来却简单朴拙，如冲口出常言，格

阎逢春《贩马》

外动人心。"忍不住"先抑后扬，"两眶泪向下"低回，"齐抛"又直奔入云霄，在最高音区宽幅震荡，两次陡起陡落，其中有一处由"5"直接跳跃到两个8度的"1"，这是阎逢春表现人物感情起伏最拿手的绝活。你不能不随着他的紧张高亢而强烈心动。"荷主恩"三字，是蒲剧中罕见的长拖，由高至低音区，跌宕起伏，循环往复，逐波回落。阎逢春的低音，似轻不弱，如金属撞击，铮铮入耳。"谁料他入缧绁"欲扬先抑，"异地流漂"高亢收束。这是阎逢春发展创造的蒲剧最完整系统的须生慢板板式，表达复杂变化激烈起伏的感情升腾，最为得力。而阎逢春的演唱，发音近乎古典，多处用音十分简朴，只有"5""2""5"几个音，却具备一种难得的朴拙美。高音区的变化，大度跳跃，风格独具。低音如诉说，高音如鹤唳，龙翔九天，雁落平沙，他深得三昧，把握了国剧的灵魂，得古风而不过时，趋新而不失其本。习得一脉真传，因而这个戏常看常新，永远也不觉得过时。

阎逢春的功架戏也煞是了得。《出棠邑》《贩马》《徐策跑城》多年脍炙人口。经过他的手，生生把几个过场戏改造成了保留剧目。这几出戏，别说一般演员演不来，就是亦步亦趋跟着他学出来的徒弟，也就是学个皮毛。《贩马》是一出独角骗马戏，整个表演都是主人公骑马独舞。阎逢春走边回头，高势亮相，举拳定势，或者一手抢鞭一手搂马，举鞭造型，雄风发自胸臆，一步一招宛如雕塑。至于左右打马、跨腿转身、马鞭缠脖、绕头搂须、跺脚坐势，动静有致。扬鞭催马，大步圆场，板鼓紧催，伴随着槌马和骏马声声嘶叫，一双眼珠飞速转动，"火焰驹"神速飞行和主人救人心切急不可耐的英雄气概，跃然台上。

《出棠邑》中的丢盔、掸剑、上马，历来被称为"三绝"。当伍员得知楚平王杀父诱子，企图剿灭满门的残忍图谋，顿时义愤填膺，肝胆欲炸。这里有一段义正词严的责骂：

> 楚平王，无道的昏君！我父子为你楚国江山，南北枭强
> 虏，东西灭烟尘，渴饮刀头血，饥困马上眠……

一大段念白，几乎每一句台词，都有一个强烈的身段，都有截断式的鼓点铿锵。巍然如壁，挺拔如峰，蹲伏如钟，飞腾如鹰，一个正义之神、复仇之神的形象，怒火喷发崩射，观众和他一同燃烧。杀府以后出逃，他卸盔高抛象征落难，宝剑掸出似龙泉喷射，上马的慌张警觉，一连串动作设计洗练简捷，令人目不暇接。更加叫人惊叹不止的是，稳鞍紧带执鞭踏蹬，连续紧张快速的节奏之后，他来了个静止的金鸡独立亮相，一个造型定格，大瞪双眼一动不动——一个大停顿！这个创造出格到令人目瞪口呆，仿佛要把伍员怒气冲天的英雄气概、血海深仇夺命追索的丈夫形象永远嵌刻在舞台上。《出棠邑》已经成为蒲剧的品牌，"千路须生归阎门"，学演《出棠邑》是必修课。

阎逢春有的戏以唱工见长，有的以做工见长，到了《薛刚反朝》，那就是集唱念做之大成，合手眼步法于一身的峰巅之作。尤其是《徐策跑城》为蒲剧取得了前所未有的声誉。《徐策跑城》的特点是动，边跑边唱边舞蹈，以热烈欢腾的气氛表现人物此时的眉飞色舞感情激荡。《徐策跑城》的总体构思，大体分为唱段、奔跑、甩翅、大笑、跌跤等几个艺术单元。每个单元，阎逢春都别出心裁，演出别开生面，人无我有。传统蒲剧流水板比较单调，一连四十句流水，这在别人简直是不可想象的。阎逢春的流水板革故鼎新，有传统的七字句，也有十字句、三字句、五字句，长短句交杂变换，变化丰富，专门不规整，以奇求正，打破了旧唱法的呆板单

一。跑舞中，他使用了手势、眼神、台步、调度、提袍、抖袖、摊须、扑跌，配合相帽翅的交旋甩动，身段丰富，技艺精湛，令人眼花缭乱。《徐策跑城》中的大笑，是这折戏艺术高潮的制高点。大笑，是在流水节奏中进行的。一梆一板，哈，哈，哈哈哈哈，随着1/4节奏的打击乐，两次开笑，持续几分钟。有板有眼地笑，如鸥鹚夜鸣，声声令人心颤，却是一种爆炸式的喜悦。最后的起泛儿跌跤，是阎逢春特意添加的。表现人物忘老忘形，十分贴切。行走疾步如飞，突然失足跌倒。在其他剧种包括周信芳先生的《徐策跑城》中，也都无甚特别处理。但阎逢春特立独行，蒲剧功架制胜，也就表现在这里。一个锣鼓点死，他单腿站定，粉靴前蹬，前襟一打，后衿荡扬，高高跃起，袍前袍后飘起两片淡绿色的波纹，摔了一个"硬坐子"。高跌硬落，直上直下，兔起鹘落，精美绝伦。每当《徐策跑城》至此，掌声都会突然爆发，声浪一波一波，后浪推前浪。艺术家的功力，无愧于前人，也无愧于同时代的任何一位名家的。

《徐策跑城》的演出水平如此，它受到格外评价格外礼遇格外欢迎得之无愧。蒲剧团外交王世荣曾经记述过太原演出的见闻。当时票价八毛，这已经是很昂贵的了。徐策跌跤爬起，剧场外有人大叫："六毛钱完啦！"此话怎么说？回答是：全剧八毛，《徐策跑城》六毛。足见这折戏的分量。寒冬腊月在东北演出，票价一块二，根本买不到，有人在零下38摄氏度的严寒中排队等待。剧院每人限购5张票，哈尔滨的蒲剧黑市票竟然炒到13元。那个时候普通人的月工资不过30多元。

剧团在福建慰问演出，《徐策跑城》一折，鼓掌13次。现存的《徐策跑城》老唱片，演唱20分钟，掌声8次。这可是实实在在的动情褒奖。不像现在的应邀喝彩，掌声也是录制后合成上去的水货。

和京剧较量一下

蒲剧历史悠久，纵横剧坛，清代盘踞京华百年，辉煌的历史和精湛的演艺，使得他们常常思念旧时光，时时喜欢和别的剧种比拼一下，尤其喜欢和京剧一竞高低。在蒲剧人的心目中，埋藏着一个强烈的竞争愿望，一有机会，他们就想和大剧团大剧种比赛一下。偏偏这个剧种的演出水平强中呈强。外出赛戏，就成了蒲剧人的跃跃欲试的想望。

和京剧比一比，蒲剧人心头多年一直打着这样一个情结。

新中国成立后，蒲剧和京剧的邂逅，其实有好多次。回想每一次邂逅，蒲剧人的诉说，其实都有一种得胜还朝的得意在里头。

1957年的四五月间，山西省举行第二届戏曲观摩会演，文化部组织了观摩团，由京剧名家程砚秋任团长，他在太原待了十多天，观看了几十个剧目，王秀兰、阎逢春、张庆奎等人的演出，给他留下了深刻印象。他建议山西组团到北京去，一定能够让京城的观众大开眼界。同年7月间，蒲剧终于组团到北京。程砚秋先生到车站热情迎接。他在《人民日报》发表文章，盛赞蒲剧演出水平，尤其是《三家店》《杀驿》中的多种特技、唱做并重，程先生非常欣赏。他号召"京剧界的同志抽暇多观摩几次，交流经验"。

1959年冬天，蒲剧在长春电影制片厂拍摄戏曲片《窦娥冤》，此间曾先后在东北各大城市巡回演出。在哈尔滨演出期间，恰逢佳木斯京剧团扎台旅演。团长尚长春是京剧名家尚小云之子，非常景仰阎逢春的演出艺术，要求和蒲剧组台友谊演出。晚场京剧与蒲剧同台，尚长春先演出《钟馗嫁妹》，阎逢春后演《出棠邑》。这本来是阎逢春的保留剧目，其中的掸剑、甩盔、上马被称作三绝。蒲剧的特点，是要用强烈的动作节奏，刻画伍员暴烈刚毅的性格。这和京剧的平缓抒情走的是两条路。尚长春对演出十分赞赏，非常佩服。阎逢春卸装下场后，他一再握手，由衷地表示：阎老师，我一定向你学习！

著名京剧演员刘长瑜"借师学《卖水》"的故事，更是一段梨园佳话。1960年，王秀兰在北京参加梅兰芳表演艺术研究班学习，被特聘为研究员，一边研习，一边做示范表演。王秀兰的示范剧目是《少华山》《卖水》，研究班的研究生中间，有一位中国戏曲学校的教师谢锐清，她对王秀兰的《卖水》兴趣浓厚，边听讲解边看示范，下了课还要王秀兰单独教练。不几天就烂熟在心，研究班休息日，谢老师不忘她的学生，回校又把《卖水》详细给毕业班演练。学生中间有一位刘长瑜，领会得快，移植得自然，由蒲剧到京剧天衣无缝。从此京剧也有了一出花旦戏《卖水》。刘长瑜不忘师出，无论何时演出，都要在戏牌特意标明：向蒲剧学习剧目。

蒲剧老一辈都熟知此事，说起来总要感叹一句："这娃好，不忘师。"不知是夸人家，还是夸蒲剧。

阎逢春和周信芳大师的《徐策跑城》因缘，更是蒲剧人津津乐道的。《跑城》这出戏，先是周先生的原创。阎逢春看到以后移植过来，但在唱腔身段都丰富了许多，赋予了蒲剧火暴强烈的特色。比如最后摔跤的"硬座子"，京剧平走平摔，让人觉得平淡。阎氏高起高摔，有一股强烈的夸张意味。行家们私下评价，认为阎不让周。但是周信芳名气太大了，谁会知道一个地方戏的演员高人一招呢？

阎周二位因《徐策跑城》，曾经有过两次相逢。1958年，蒲剧赴西北旅演，到古城西安，恰逢周信芳先生率团也在西安演出。周先生观摩了对方的《徐策跑城》，事后还在一起召开了一个热情洋溢的座谈会。周信芳先生在早年，曾经意外地看过王存才的《挂画》，多少年过去了，周先生依然感叹蒲剧功力深厚，跷功，他从来没有见过！这次看了《薛刚反朝》，早年的记忆又翻腾出来。周先生谈了自己的感想：

> 看了你们演出的《薛刚反朝》，真是机会难得！阎逢春师傅的《徐策跑城》，对我产生了莫大的吸引力。我一连看了几次，每次都学到不少东西。

1959年春天，蒲剧应邀到福建前线慰问，途经上海。这时的《薛刚反朝》中，阎逢春已经练就了甩相帽翅的绝技，帽翅功更加无人能匹。在上海，蒲剧的表演让观众大开眼界。周信芳观摩了阎逢春的戏，评价很高。关于《徐策跑城》再次的交流，自在情理之中。

在蒲剧圈子里，坊间流传的是这样的：1959年阎逢春在上海演出《徐策跑城》，事前就给周信芳送了票，周信芳一听说地方小剧团，理也没理。连请两次，周不屑一顾。剧团的外交送票，每天五排三号、五号，两张。外交注意了，每天那两个座位空着。空得让人心里憋气。后来阎逢春连演多场，一片叫好。手下人坐不住了，再三劝周先生去看看。周信芳混在人群里，先是在角落，越看越起劲，越看越靠前。戏毕，他派人持名片找到阎逢春，一定要请对方吃顿饭。这时外交牛起来了，先前请你不来，这会儿想见就见？不行！上前拦住："阎逢春是那么好见的？预约时间！"几天后周先生设宴款待，为先前的轻慢一再赔礼。席间，周先生感叹地说：要说《徐策跑城》，我实在不如你。你吃亏在唱蒲剧，要是唱京剧，早就是全国名角了。

这已经不是蒲剧和京剧的交流学习，已经成了"阎逢春压倒周信芳"的民间传奇了。传说不能较真，可也能看出蒲剧面对京剧大师的不屈和傲气。

蒲剧有如此功底，如此水平，却委屈地排在一批末流小剧种中间，这就难怪圈内圈外多少名家为它抱屈鸣不平。著名戏剧家李健吾，早先看过周信芳的《徐策跑城》，赞叹堪称一绝。待到看了阎逢春的《徐策跑城》，才恍然于这个绝字下得太早了。他说：不怕不识货，就怕货比货。阎逢春对人物的刻画已经达到难以比拟的高度。"技巧的纯熟和高超，形象的深厚和坚定，像狂风一样，把你带到一尘不染的享受的乐园。""在阎逢春身上，形式主义已被形式所消灭。观众那么热爱他，称道他，一定有他的道理。"当"文革"结束以后，李健吾的一个学生负责《辞海》戏剧条目编撰，他们谈到田汉、周信芳，还有黄梅戏的严凤英，都死难在"文革"。周先生向她郑重推荐阎逢春，不料对方支支吾吾顾左右而言他。学生回去后寄来一信，说是阎逢春名气不大，一个地方戏演员，《辞海》不收了。他不知道老先生多么难过。你演戏一点也不弱周信芳，只因你不在京沪，难得大锣大鼓地宣传，只好被人另眼看待，历史写到此处偏要吝啬，就是不肯添上你这一笔！

不知道是不是纠偏，后来出版的《中国大百科全书》终于有了王秀兰和阎逢春的条目。蒲剧的爱好者，总算长长吐出一口怨气。

在悬崖上

《薛刚反朝》给蒲剧带来了空前的荣誉。在北京演出一个月，成为蒲剧盛大的节日，戏曲史上的一件盛事。那么，它给阎逢春带来了什么？在晋南老家，等待着阎逢春的又是什么？好心的人们大概谁也不会想到。

赴京会演载誉归来，剧团开始在全区巡回演出。所到之处，受到观众的狂热欢迎。剧团在各县都成了最受欢迎的客人。阎逢春受到的敬重和礼遇也是空前的。一天巡演到临猗县临晋镇，接到通知，要剧团到县城看大字报。

大鸣大放大字报，是当时推崇的一种公开批评方式。对谁有意见了，毛笔抄写在大纸上，张贴上墙，当事人、同事、路人，都可以随便看，称它是"群众性的大民主"。

大字报全部张贴在临猗县剧团的排练大厅里。看来是早有准备，写好了拿到演出当地，还要找好地点，布置张贴，突出重点，营造气氛，煞费苦心。

大字报的火力全部指向一个人——阎逢春。有说他"鼓吹艺高人胆大，否定党的领导"；"单纯艺术观点，走白专道路"；还有"红人思想严重"，"反对演现代戏"等。最严重的，说他是"思想反动，没有改造好的旧艺人"。一条一条，条条见血，上纲上线，都是令人毛骨悚然的政治问题。

背后一刀，突然袭击，阎逢春完全没有料到这一招。说起来他也是满肚委屈。所有这些意见，不能说没有一点影子。他平时心直口快，心里有啥说啥。比如看到马克思恩格斯胡子特旺，就顺嘴开个玩笑；比如他就是重视演艺，对那些脱离实际的政治学习不感兴趣。排演现代戏，他一时接受不了，态度消极。在他思想深处，确实有"不管改朝换代，我都是登台唱戏"的想法。艺人嘛，本分就是唱好戏。在1957年5月，他在《山西日报》发表的文章里就有这样的话："演员学文化，政治，应该为戏曲业务服务。"这在当时，都是非常犯忌讳的表达。还有，一个当红演员，免不了有一些招惹人嫉妒的自豪和随便，但是这些——都值得推上历史的审判台吗？

老阎不了解，政治挂帅，思想整肃已经开始，他注定要被拉出来示众。

政治高压，阎逢春只能写检查。他哪里学过这号文体，只好求团里编剧帮忙。有的做自我批评，有的绕圈子上纲，他也知道不扣屎盆子过不了关。他整理好一份给组织的"交心书"，好歹过了这一关。但阎逢春心里怎么能想通。事后他悄悄地给一位同事讲：

> 新社会只怪我心口如一，有啥说啥，想不到几句闲话，竟惹出了一场乱子。为了下场，不得不自编了一套所谓"交心书"，才算没有跌下悬崖。

他的检查，后来发表在《戏剧报》，题目就叫《在悬崖上》。全国示众，也还罢了。更要命的是立此存照，白纸黑字，后来都成了他铁板钉钉的罪状。

阎逢春对于当年的大字报所提罪行，当然不承认，他也不能承认。翻检历史，我却觉得，如果抛开是非标准不论，剔除掉字面上的妖魔化，大字报所说的好些还是符合事实的。比如"没有改造好的旧艺人"。他终生也没有完成改造，实现由艺人到国家机关干部的身份转变。机关干部那一套"生存艺术"，他一点也没有学会。比如政治嗅觉，见风使舵，明哲保身，唯上是从，组织纪律等。他身上还较多地保留着旧艺人的做人处世习惯，比如演艺至上，江湖习气，仗义执言，自由散漫，不服管束等。可怜的旧艺人，论舞台艺术，他们是威风八面的无冕之王，一旦进入政治场域，他们立刻颠顸如痴人，鲁直如莽汉，天真如小儿。他们虽然身怀绝技，但不懂政治，和权力相撞，轻则鼻青眼肿，重则立刻粉身碎骨。他们确实没有改造好，但为什么一定要改造谁？谁敢说自己生来就是成品，天降大任专门改造别人的？

无论如何，这一次总算过了关。风波慢慢平息，阎逢春接着唱他的戏。

入党交心，危机四伏

阎逢春接受了两年考验，1959年8月，组织接受阎逢春入党，成为预备党员。

入党的那一天，阎逢春很激动。自己崭新的政治生命开始了，一个旧艺人，党把你当宝贝，他有一种得遇知己的感觉。党比亲生父母还要亲，平时只是听说，这一刻是切切实实感觉到了。20世纪50年代的入党，是上级对一个人的评价，也是社会地位的象征，有强烈的荣誉感和自豪感。好像一头扑进母亲的怀抱，阎逢春觉得他应该把一切献给党，入党之前，他要认真洗一个热水澡，把全身每个部位的肮脏污秽全部向组织说明白，换成一个干干净净的新人走进党的大门。在入党申请书上，他细致地回忆了自己的种种落后言行，从新中国成立前到新中国成立后，系统梳理自己的思想变化，点滴不漏地向组织交心。比如他谈到这样的思想变化：

> 刚开始听到"毛主席万岁"，心里别扭，以前唱戏，都是见了皇帝才山呼万岁。新社会怎么也弄这。后来到北京，亲耳听到毛主席也喊"人民万岁"，心里通畅了。"万岁"嘛，只不过是个祝贺的问候话。当然能喊了。（大意）

阎逢春的坦诚，叫人感动。他怎么能把这种心底最深处的隐藏公然摊开来晾晒，最容易遭攻击的部位——指点演示清楚。他放弃了人间一切形式的防御，他决定拆毁全部的心理工事。他本来就不善于设防，从此，他的心防更加变成一片开阔地。任何人只要发动进攻，越过平坦的无防御阵地，直捣心脏，俘获掳掠，轻而易举。

数年以后的"文革"，这份交心书，果然成了别人把攥的最得力的罪证，成为造反派追杀索命的断魂枪。

入党以后的阎逢春，除了工作更加积极，那脾气个性却没有显出什么变化。领导要安插一个人，他顶嘴说那人白吃饭。什么人都能进来？1960年标准低，吃不饱，武生更加困难。老阎破口大骂，为小伙子们争取口粮，这是"煽动群众闹事"。领导有什么不合适的决定，老阎喜欢撂点凉腔，以讽刺的口吻发发牢骚。当地人把这叫作"喋二话"，以区别于官话之外的自由言论。于是阎逢春在团里有了一个外号：二话篓子。

一年以后，审查阎逢春的表现，组织决定，延长预备期一年。

半个世纪过去，看沧桑风云，我们终于能够仔细数点解析阎逢春的悲剧。他的不幸在于，当时的国家意识形态，急切需要对知识分子包括艺术家的进行改造。

艺人是知识分子吗？将艺人划归知识分子，其实是一种身份误判。但是在极左思潮的统治之下，宁可信其有，不可信其无。唯物主义，劳工神圣。对于这个不耕不织的人群，工农阶级早已积累了天然的对立和敌视情绪，当时的意识形态又在强化这种情绪。战争的胜利带来的革命崇拜。革命情绪的残留，穷人对于富有，平民对于"上等人"，由戒备、对立，发展到仇视，并不困难。劳苦大众看到"人上人"落魄，当然要滋生心理愉快。这其实是非常普遍的民族心理。一旦有了革命号召，政治动员，民众一呼百应，群起整人的运动很容易迅速点燃并很快热火朝天。阎逢春的悲剧的根子，深深埋藏在我们脚下的土壤里。

三年以后，一个元帅兼诗人也是中共的高官，在一次知识分子座谈会上讲话，表示要给知识分子"脱帽"，意思是不再称"资产阶级知识分子"。他就是国务院副总理陈毅。

历史并没有因此而稍稍改变运行方向，而是索性加速，大踏步走向错误和荒谬。"文革"的狂风终于席卷全国，阎逢春在劫难逃，终于死于非命。

忠厚是忠厚者的墓志铭。

老戏就是我的命

1966年5月16日，中共中央颁发开展"文化大革命"的通知，正式以文件形式批判彭真等人对抗抵触"文革"。消息传来，阎逢春边听文件，一边和身边的同事悄悄地议论："难道彭真就没有做过好事？彭真有问题也要一分为二。"这句话明明白白表现了他对"文革"的态度，也由此决定了他的十年苦难劫数，一场悲剧命运就此开始。

剧团还在太原演出，家里的革命躁动已经不可遏止，运动迫不及待地开始。蒲剧院很快出现了给阎逢春的大字报。主要内容是：跑遍全国演反党戏，指《薛刚反朝》等；思想一贯反动，指他平时的牢骚怪话；不参加政治学习，走白专道路。给他扣上的帽子有三顶：反动艺术权威，漏划右派分子，隐瞒的国民党员。特具讽刺意味的是，这些"揭发材料"，绝大部分来自他当年入党向组织讲清问题的"交心书"。只是这次更为自觉，完全是在受到感召以后的精神缴械，打击自己的"炮弹"是自己挖出来上缴的。

"文革"之初火力虽然猛烈，但毕竟还是群众的自发行动，没有"组织定案"的性质。因此，阎逢春的反抗也是极为激烈的。

1966年夏天，"破四旧"风暴掀起，文工团一帮红卫兵冲进蒲剧团，要烧掉演出传统戏的全套服装道具。这位老先生怒从心头起，拦住闹事的学生，对着蜂拥而来的大队人马大叫："你们敢烧戏箱，就让我把白蟒穿上，连我一起烧了！"事后，有同辈的师妹拉住他，悄悄地说："你真胆大，现在说错一句话都要挨斗，你摆出了拼命的架势，可要招祸！"这位师兄的回答是："我就不信，老先人几百年传下来的艺术，说烧就烧了？没啥想的，豁上一条命，还能咋的？"阎逢春演了一辈子传统戏，戏装就是他的命，一旦有人要他的命，他当然要豁出去。"文革"中间，好多剧团的戏装被烧掉，包括北京的大剧团。我还没有看到哪一位老艺人敢于站出来以死抗争。阎逢春能挺身而出，他的刚烈，他的骨气，在艺人中间少见。不用定性到"革命大无畏精神"，不用谬夸他"保护国家财产"，说到底，传统戏，就是他的命！有人要动他的命根子，你会看到一个怒目金刚、拼命三郎。

阎逢春的罪行说了千条万条，核心是一条："不管改朝换代，我还是登台唱戏"。应该承认，批斗者还是有点眼光的。这的确是阎逢春的演艺观。批判者气势汹汹地质问：难道反动派掌了权，你也为他们唱戏？批斗会上，阎逢春当然不敢辩白，但回忆历史，阎逢春何尝不是如此，哪一个名演不是如此。他给老百姓演过，也给旧军阀演过，给国民党要员演过。新政权诞生，他在北京的演出更是红火热闹。不必说蒲剧，不必说阎逢春，就是国剧——京剧，就是驰名全国的名伶梅兰芳、程砚秋，20世纪40年代蒋介石庆寿，二位也曾经祝寿演出。这只能说明戏剧的全民性、民族性。只要属于中华民族的一分子，中国的戏曲总能覆盖了你的心海。这也说明了戏曲的恒久价值。改朝换代，政权更迭，江山易帜，不变的是传统艺术的常在，不死的是千年一脉的承传。这仿佛是艺人的立场含混，其实正是艺人的艺术节操。艺人是自卑的，面对各种政治势力，他们似乎都在苟活；艺人却也是自信的，不管政治风云变幻，谁又能离开我们一群？以远离游离在政治之外自许，这正是旧艺人把持的处世原则。

"文革"初期，群众性的斗争批判名目繁多。贴大字报、戴纸帽、单位批判、游街、文化界的大会批判、全市的大规模批判，阎逢春因为是文化名人，各种形式都领受过。可实在说，阎逢春在心底没有服气。他说的最多的，还是传统戏。私下他曾经和关系好的同事议论："不让演老戏，我就是想不通。"对"样板戏"独霸舞台，对英雄人物的千部一腔，他非常反感。和几个朋友聚会，他也忍不住要放胆批评："艺术怎么能走一条路呢？一个英雄人物也可以允许有多种不同的演法。"他以旧戏包公这个人物为例加以说明。在他看来，包公各剧种都在演，但脸谱不同，演法不同，有一百个剧种，就有一百个不同的包公形象。"花各有色，人各有貌，演戏各有各的窍。"这些按理说都是艺术常识，不过在当时发布这种言论，都是很不适宜甚至非常危险的。他简直忘记了屋子外面就是极左的狂涛，一言不慎，就会招来灭顶之灾。

各个剧团都在大演样板戏，他的徒弟也经常私下请他去指点演出。蒲剧团赶排《红灯记》，他没有资格到排练场去，他先看了京剧电影，觉得钱浩梁表演的"刑场斗争"过于死板，不如蒲剧利落。他设想了不少改进的地方，三番五次请求，想给饰演李玉和的演员说一说。导演组避开军代表，偷偷地让他临场示范说了几回戏，都是画龙点睛的地方。这在当时，都是破坏样板戏，放毒恶攻的罪过。他竟敢太岁头上动土，指着样板戏说三道四。这老先生只认艺术，不管压力。能招致什么后果，他根本没往心里去。

传统戏还能不能复出？阎逢春始终怀抱一腔希望之火，怀旧之心，终而未死。他的批斗会最多，押回牛棚，他淡淡一笑，检查照写，练功绝不停止。眼看着岁月如流，自己已经很久不登台了，腰腿是否硬了？将来拿不出功架怎么办？他担心由此成了废人。有一天中午，他终于按捺不住焦灼，便找到一块儿挨批的曹锁元，嘱咐难友看住，不要让人进来。他说："你给我看着人，让我活动活动身子，看我演戏还行不行。"他在牛棚里偷偷踢了一套腿功，练了一套"小连环"，难友们觉得他的老功夫还在，他自己也觉得将来完全可以登台，至此心情稍稍宽慰。此时，室外播放着样板戏铺天盖地的音乐，传统戏的演出早已绝迹，只有阎逢春的关门练功，还在顽强地为它招魂。

但是，眼看着年年岁岁，春花冬雪，"文化大革命"结束遥遥无期。他整天只能卖票，收票，打扫剧场。一个再乐观豁达的人也终于撑持不住，在最绝望的时候，他也曾想到由自己的手结束一切苦难，他寻过死，幸亏被人发现救下。

他一下子老了，犯过一回脑血栓，半个身子从此不太灵便，走路开始摇晃。只是在见了几个老铁哥们，他还会认真地问："你说这老戏就不让演了？"那脸上惋惜和失望交织，让人不敢对视他的目光。

所谓定案

1971年4月3日，阎逢春终于等来了定案的日子。如果说，此前的群众运动尚有可以原谅的过火，对于官方的结论他还抱着一线希望，那么拿到的结论，无异一声末日宣判。军代表把他招来，宣布了一个冰寒彻骨的结论：经地区"文化大革命"核心小组批准，阎逢春定性为反革命分子，处理意见是不戴帽子，开除党籍，开除公职，送回原籍，交群众监督劳动。这即使在毫无道理可讲的十年浩劫期间，也属于荒唐的畸重处理。对本人的处理还株连到家属子女，儿子阎景平下放到面粉厂当工人。不要说往昔的风光，全家人起码的吃饱穿暖都成了问题。他们真正成了走投无路的弃儿，革命的风浪滔天，艺人切实领会了自己的委屈和卑微。九万里风鹏正举，自己何故成了向隅而泣的可怜虫？

艺人一旦离开舞台，立刻就和乞丐一般沦落。阎逢春只好托人说情，找个苦力活儿干，贴补家用，在解州采石场砸石子。一把铁榔头，从早到晚，把开采的石块砸成碎小的石子，铺路和水泥。一身绝技，名满天下的艺人，在这里领受到了生活的全部严酷。活儿重，挣不了几个钱，伙食很差。事已至此，还能说什么。采石场的劳工知道来了个阎逢春，经常欢迎他唱一段。老戏不能唱，他只能唱样板戏。抚今追昔，伤感和绝望夹击着老人，他依据自己的身世，编出了一板《采石歌》，给工友们献艺，也排遣郁积的苦闷。这一板大约四十句的《采石歌》，是阎逢春留给这个世界的最后编创。

据当时下放到盐化二厂劳动的郭伯龄回忆，1973年深秋，他在运城钟楼街附近遇到一位老人，一身油污，劳动布工装，弯腰驼背、灰头土脸的样子，他怎么也不敢相信这就是当年舞台上出将入相、叱咤风云的阎逢春。前些年两人曾在蒲剧院见过一面，郭伯龄介绍了自己的落魄，也是同病相怜，阎逢春才敢随他到家里做一回客。边吃边谈，回忆数年间的鱼龙变化，感叹沦落潦倒，阎逢春黯然伤神。郭伯龄问他还想不想唱戏，阎逢春告诉他，红卫兵不在时，没有人监督了，我一个人干活就偷偷哼几句。老戏不能唱了，他唱的是自己遍写的《采石歌》。阎逢春边说边唱，《采石歌》回忆了阎逢春几十年的舞台生活经历，最后是关于"文化大革命"的苦难记录：

可叹好景不长远，

碰上倒霉的六六年。

头上帽子一顶顶，

身上牌子一串串。

当年人争我唱戏，

如今抢我做批判。

没有吃，没有穿，

无奈来到乱石滩。

一把铁榔头，

砸向中条山。

砸得耳朵嗡嗡响，

砸得胳膊阵阵酸。

日出砸到夕阳下，

只砸出一碗糊糊饭。

…… ……

　　阎逢春边唱边哭泣。一个老人的悲苦之声，越发令人伤情。阎逢春演过多少慷慨悲歌的大戏，没有想到晚年自己也成为一场悲剧的剧中人。剧场小天地，天地大戏台。当年阎逢春演《芦花》的悲苦之音，曾经感动了几代人，多少人同洒一掬同情的眼泪。现在轮到阎逢春自诉身世，却也只能躲在一个角落，向几个贴心的知己哀哀哭诉。在这个熙熙攘攘的小城，有几个人能理解他的冤情，倾听他的哭诉呢？更多的时候，他还是只能把委屈强压在心底。《采石歌》像"文革"中的地下出版物，听到的人其实很少。

　　《采石歌》，20世纪中叶一个著名艺人的长恨歌。

　　正当阎逢春在生死线上挣扎的时候，赶上了一阵"落实政策"

的清风。1974年5月，当时的运城地委经过复议，做出了阎逢春"回团工作"的决定。每月暂领生活费100元。户口粮食关系也得以迁回运城。可以看出，这个决定对阎逢春的冤案，仍做了许多保留。他的主要问题等于先搁置起来，暂不做结论。无论如何，他的管制生活已经结束。一个被错审错判了政治刑罚的人，终于逃出了劳役之苦。尽管还有另外一些凶险的声音不时传出来敲打敲打，他毕竟开始体会到一线光明。

多年积蓄的绝望，使得阎逢春脸上难以见到喜悦之色。谁能抗得住十年风雨？所有的畏首畏尾，都是从无所畏惧开始的。他已经习惯低头走路，他已经习惯避开众人，他已经习惯不和任何人目光对视，他已经习惯以一个罪犯的身份面对一切。"只许老老实实，不许乱说乱动。"他已经习惯接受旁人的鄙视和侮辱，低眉顺眼，缩手缩脚。他知道自己脸上打着印记，他仍是一个改造对象。至今"妾身未分明"，依然还是个戴罪之身。他没有表现出任何一点轻狂的欢欣。

他依然离群索居，他依然踽踽独行。外面不断传来"解放"干部的好消息，他兴奋过后，又悄悄压在心底。只要"文革"还在运动，谁敢轻言是非成败。看大势，却又能感到松动和解冻。压抑和兴奋交织，敏感和激动常常袭来，以他的老迈衰弱，已经很难抵御各种情绪的交相进攻。无论家人还是朋友，都没有意识到，他现在实际处在一个非常危险的状态。

"解放"，他已经承受不住

1975年1月13日，单位又通知开会。管他开啥会呢，阎逢春提起小板凳，一瘸一拐到了会场。他挑了个角落，没人注意。

今天的会议内容，是讨论本团外交王世荣的定案问题。听着听着，阎逢春觉得有些不对劲儿。往常揭发的"罪行"，都是不管有没有，先定了再说。今天是一条一条核对，没有根据，当场否掉。眼看着王世荣就没了啥"罪行"，这不是要平反吗？尤其是自己的好些"罪行"，本来就是和王世荣的闲谈，这下莫非也要一风吹吗？

热血缓慢地从脚底升起，他感到身体一寸一寸热起来。从下至上，血流加速上涌。开始在周身冲撞。血浪冲进脑海，一个多年羁押的灵魂，哪禁得突然狂奔；一个禁锢多年的脑体，哪经得波翻浪涌。大潮浪打浪奔涌进来，很快冲垮堤岸，顺势蔓延。他看到了漫天霞光，血色泅开，在眼前交织出无边无际的醉人的云锦——

他身子一仄，偏倒在地上。身边的人连忙拽胳膊抬腿，他只有一句话：

"我不行了，快送我进医院……"

剧团连忙通知家属。阎景平还在河南演出，飞也似的招回来，也没有说上一句话。

他死在为别人平反的会上。

他就这样，带着罪名，带着遗恨，惜别了他难割难舍的蒲剧。黎明的曙色已经染白天际，他没有能够看到。

他一生，有声有色，声色相映，有血有泪，血泪交织。大红大紫之后，是十年的黯然失色，十年的贱民生活。屈辱和卑微之中，他也没有忘了蒲剧。他没有一丝一毫对不起蒲剧的地方，想一想，蒲剧对得起他吗？

蒲剧抛弃他已有十来年，蒲剧冷落他更久。蒲剧给他设下的坎坎坷坷，他都收纳了。在长期的政治重压下探讨蒲剧的发展，在严格的束缚中求长进。东遮西挡，他拼命带着蒲剧上路，一路闪出耀眼的弧光。一步一步，艰难竭蹶，政治高压外来干扰伴随着他走过了一个剧种的黄金时代，艺术成就终于焕发出夺目的光彩。人以剧传，剧以人传，剧团因他的演技声誉远扬，没有他就没有蒲剧的辉煌，他是几代人尊崇的通天教主。今天，他终于决绝地一甩手，自顾上路了。他还揣着一颗热心，他还有活跃的构思，这一切时时就在心海翻腾，波翻浪涌，在等待一个倾泻的时机。生命的闸门轰然落下，都由他带到另一个世界去了。

阎逢春死得太突然，他的问题还在那里"挂着"。这让他的葬礼有些尴尬。尽管如此，有关方面的领导朋友，还是络绎不绝赶到现场，最后再送送这位天才的演员、不幸的朋友。为他的遭际洒一掬同情之泪。葬礼现场到了500多人。当年万人空巷争抢一睹丰神峻仪，他见过的大场面多了，500多人不算多。但是今天，他明白自己依然是戴罪之身。500多人侠骨柔肠前来送行，已经足以代表小城的艺术良心。我为这500多个同乡骄傲，在需要站出来的时候，还是有人站出来主持公道。室外风刀霜剑，寒气逼人，这人人都知道，一支500多人的队伍，足以让小城人心沸腾。

2月5日，也就是阎逢春死后20天，运城地委决定给阎逢春平反，恢复公职，恢复党籍，恢复名誉，在人民剧院召开了隆重的平反大会。"文革"期间能够做出这个决定，显示了当地领导拨乱反正的魄力。令人惋惜的是，决定怎么就晚了那么一点点。一个月前如果能息讼平冤，阎逢春或许不至于迅速地离开。至死他也没能解脱了紧箍咒，顶着罪名，顶着屈辱，他神色黯然离开了这个世界。我能看到他依然是紧缩着身心去世的，包括四肢，包括灵魂。

身后事，结识阎景平

阎逢春生前曾对人说，要是死了入殓，他愿意穿一身戏装，蟒袍、官帽。到了灵台地府，他依然是梨园中人。朋友戏说：那还不容易，给你儿子景平说一下就是了。谁料他死的不是时候。在"文化大革命"的1975年，谁敢冒这等大不韪，找一身戏装做寿衣，那是自找挨斗。"回团工作，领100元生活费"，算职工，算干部？一身普通中山装入殓，稀里糊涂放一马已经是给了脸面。运城当地干部都有土葬的习惯，他的家乡就在中条山脚下，越过盐池就到。不管外边怎么看他，村里乡亲们绝不嫌弃。阎逢春能在家乡入土，他愿意回来，乡里也欢迎他回来。在他们看来，阎逢春永远是西姚村的骄傲。

一切好像就这样结束了。唱腔已止息，骸骨会朽没。人世几回伤往事，山川依旧枕寒流。物是人非，一缕轻烟飘散，谁还来翻检往日的故事？

可是阎逢春不是这样。1976年"文革"结束，传统戏解禁，人们像久旱的庄稼渴盼大雨，随便一出传统戏，人们都觉得新鲜，出来几个跑龙套的，年轻人也觉得好奇。戏还有这么演这么唱的？这时长辈就会在旁边插话：

"你没有看过阎逢春，那才叫把式。"

人们越来越怀念阎逢春，感叹他没有活过"文化大革命"。如果不是极左杀人，他肯定会有更出色的发挥。如果他不英年早逝，他还能传下多少东西。历史要再给他十年时间，"文革"以后的蒲剧定然不是这个样子。

"文革"期间录制技术落后，他留下的音像资料很少。大量的是流传在人们的记忆里。记忆最难复原，似乎最不可靠，记忆又最可靠。上一代的观众还在，阎逢春的音容就保留在他们的记忆里。他们顽固地排斥掉所有须生，蒲剧的须生没有一个入眼，原因在于他们心里都早早安置了一个阎逢春。阎逢春仅存的几个徒弟也知道自己艺不如师，有什么办法，师傅已死，戏技总不能失传。他们只能铁板着脸，一遍一遍想象师傅的模样，复原给徒弟。这一场仿真传授，只能让师徒更加怀念前辈大师。失去的越发宝贵，失去了才知道价值。阎逢春，已经成为蒲剧后人无法企及的范本。

阎逢春去世20周年，运城蒲剧界举行大型纪念活动，在他的故乡西姚村立起四铭碑一座，四面石碑，嵌刻全国各地文化名人的题字。大家聚会研讨讲学，研究阎派艺术的贡献地位继承发展，全国各地的戏剧名家送来书法和纪念文章，会后编辑了纪念文集。惋惜也罢，回忆也罢，谁也难以复原一个原本的阎逢春，损失是无法弥补的。

2007年，我回运城老家，得知运城市里准备在西姚建一个阎派艺术纪念馆，收藏一些阎逢春的遗物，还有阎派艺术的发展现状展览等。多少年过去了，从官到民，大家依然没有淡忘他。这个纪念馆建成以后，以阎派艺术为中心，实际上是一个河东地区的戏剧博物馆。可以想象当局的用意，他们是要把这个背靠中条山、面对古盐池的小村子建成一处文化旅游点。阎逢春作为文化艺术名人，已经成为当地开发旅游资源的一张名片。纪念馆建成后，将和闻名遐迩的关帝庙、普救寺、永乐宫一样，成为南来北往的人们了解古老的河东文明的一个窗口。那时，这个中条山脚下的小村子，氤氲着多么浓郁的历史文化情调。先贤骨殖不远，人们在这里浅吟高歌，体味中华戏曲的源远流长，滋养对于古文明的温情和怀恋。这也是阎逢春生前最希望看到的景象。

阎逢春没有走远，他依然看护着我们。留神一点，可以听到他浩歌在天。

运城市黄河大厦，在城区也算一幢高层建筑。它的对面，有一条小巷。沿着小巷前行到深处，一座旧楼的一层，有一户人家。我应邀到这里访谈。

这家的户主叫阎景平，那年66岁，退休前是蒲剧团的演员，须生。

他是阎逢春的儿子，倒也该称老阎了。

谈话中间，为了区别清楚，我称他为阎先生，称阎逢春为阎老先生。

他说他退休这些年，所做只有一件事，抢救阎派艺术。

阎逢春生前，除了电影《窦娥冤》，没有留下录像资料，而《窦娥冤》他的戏份并不多，远不能全面代表他的演出水平。有几盘录音，基本可以反映他的演唱。但阎逢春的演出水平突出表现在功架，仅仅听录音，听不出名堂。比方说甩帽翅，听录音，那就是一段音乐过门而已。

得过阎逢春真传的徒弟，有的早已经离开舞台，个别活着的也因为年长，拿不出当年的功架。他的关门弟子岳新生瘫痪多年，一年前去世。就在我赶到运城前三天，他的得意门生张保去世。71岁，即便活着也早已演不成样子了。

各剧团都有学演《出棠邑》《舍饭》啥的，观众看了，只是摇头。

有的在台下站着，一看台上的架势就叹气：唉，差人家阎逢春远着哩！

为了保留下阎逢春当年的演出风貌，阎景平一连几年，主要张罗着音配像，就是给父亲留下的录音配上演出效果。他自小跟团，也攻须生，父亲的戏看过不少，配音演出，自然还是他最合适。

我没有看过他的音配像。恰巧第二天，一帮蒲剧票友自乐班要在运城最大的广场——南风广场活动，他们每个星期日都要去热闹，大多是阎派艺术的戏迷。

蒲剧铿锵的锣鼓响起，高亢激越的唱腔直冲云霄，一股热浪席卷了广场，在大地回旋冲撞，当它撞到你的胸膛，你会立刻眼眶里充满热泪。

阎景平登场，和着伴奏，唱了一段《反徐州》。

旁边有人议论：还是人家阎家。立刻有人反驳：阎家怎么啦？除了是他儿子，论唱，还是论架马，能比吗？

不能比怎么办？当下，还是数他最能代表阎逢春了。

阎逢春的演唱，已经成为绝响。没有那个时代，没有那样的观众，没有那样的演出环境，当然就不会有那样的演员，不会再现那样的辉煌。某种意义上说，到阎逢春这里，蒲剧已经唱完。

高天曾经有大鹏飞过，但他没有留下声音。迄今，风来云去，年年岁岁，他的翅膀划过的痕迹呢，也消失得了无踪影。

历史再一次残酷地教训我们，失去的，永不再有。

寻找郭宝臣

　　这两年我一直在寻找。说来让人也觉得惊讶，我在寻找一个声音，寻找一个声音的源头。

　　山西的临汾运城两地，至今风行的地方戏是蒲州梆子。我在寻找蒲州梆子的根脉源流。先人曾经怎样歌唱？我们曾经怎样歌唱？这个问题，足以让人饶有兴趣。

　　最早的追溯不必说了，仅有文字记载，很难复原一整套繁复的乐音。翻检到近代，留下来最早的蒲州梆子的录音，是上海百代公

郭宝臣老院旧址，临猗县北景村

司出品的一张唱片，灌制了山陕梆子（蒲州梆子的前身）演员郭宝臣的唱段《探母别妻》《芦花计》等。

郭宝臣，山西临猗县北景村人，我的同乡。

临猗县在山西的西南角，盛产小麦、棉花，千百年来，一直是山西的粮棉大县。不料这里还盛产歌声。这让我有些自豪，也有些意外。

古往今来，吃穿一直比歌唱重要。食不果腹，衣衫褴褛，当然无心歌唱。"仓廪实而知礼节。"吃饱穿暖以后呢，当然要吟，要颂，要唱。一个盛产粮棉的地带也盛产礼乐曲艺，梆子戏的根脉扎在这里，也在情理之中吧。

我就这样开始了对郭宝臣的追寻。

上

蒲州梆子的源头，至今还是一个谜。有说起源于明初洪武，有说成熟于明代万历、嘉靖年间。专家们各执一词，难得共识。但其在明末清初形成，却是没有疑义的。康熙皇帝南巡到平阳（今临汾），就看过梆子戏，那已经是成熟的地方戏曲了。

清初几代，全国流行的戏曲还是昆曲。蒲州当地的这种以枣木击节、吸收当地民歌素材、以上下两句为主要语体的说唱形式，当时还没有个正经名字。当地人或者叫乱弹，或者叫它蒲州土戏。土戏地位很低，演戏是为了敬神，可当地人觉得"土戏亵神"，请神谢神，还是要到州府去花大价钱叫昆曲班子。

昆曲那时已经宫廷化。它的典雅细致繁复使得它逐渐脱离了大众。皇族士大夫们喜欢它，欣赏它。在民间，老百姓爱的却是乱弹。乱弹的曲调取自民间，上下句的语体可长可短，叙述自由。不似昆曲的一个一个曲牌连缀，复杂难懂。乱弹道白俚俗，表演通俗，鼓乐响亮，场面火爆。在乡下，在民间，它深受底层喜爱。它不仅在故地成了气候，京城也新进了许多梆子戏班。由于这些戏班大多来自今天的晋南与关中交界一带，京城上下都把它叫作山陕梆子。山陕梆子很快就以它的通俗火爆唱响京城，此前占据领主地位的昆曲和弋阳腔班社，一时门庭冷落，演员濒临失业。也有的索性改弦更张，改唱梆子腔。

山陕梆子和钦定的官阁艺术比，原本就"地位低下"，这时在京城又如此搅动视听，这当然会引起朝堂的不安。对于这等有悖封建礼教，悖逆士大夫雅驯文化的俗物，干扰世道人心，当然属于异端邪说。如此震动朝野，不可轻视。于是在乾隆五十年（1785年）议准，对山陕梆子戏严加禁止：现在本班戏子，概令改归昆弋两腔。如不愿者，听其另谋生理。倘于怙恶不悛者，交该衙门查拿惩治，递解回籍。嘉庆三年（1798年）、嘉庆四年（1799年），又两次重申了上述禁令：嗣后除昆弋两腔仍照旧准其演唱，其外乱弹、梆子、弦索、秦腔等戏，概不准再行唱演。

在这样的政治高压之下，山陕班子只好解散。也有的进了昆弋班社。时不时还悄悄唱点梆子，因为市民喜欢，戏班有收入。这里分明看出朝廷是在保护朝堂艺术，救护昆弋两腔。诗三百，思无邪。郑卫之声，足以乱雅乐。钦命的高雅艺术受到了起自民间的通俗艺术的挑战，士大夫们当然不会坐视不管，甚至不惜动用王朝权力来干预。这也算是清代的"振兴昆弋"之举吧，只是这出手未免有点血腥。

问题的另一面是，禁戏令颁布以后，朝野上下很快发现，这个律令很难彻底执行。毕竟从乾隆到嘉庆，山陕梆子在京，由受到喜爱到唱红京师，已经有几十年的历史。许多京腔戏班都受过它的影响。其中一些著名的戏班，演出时常就是"两下锅"，昆腔梆子同台，民间已有"京秦不分"的说法。至于市井观众，更是迷恋。它的通俗易懂，魅力动人，已经深深扎根在大众中间。为适应需要，一些戏班就不顾禁令，明里暗里兼演梆子。或者移花接木，或者改头换面，很快禁令就成了禁而不绝，气氛逐渐缓和，禁令还在，已经不废而弛了。

梆子戏获得了喘息机会，先是休养生息，等待风向。看着四周既没有赶尽杀绝的意思，慢慢就放开手脚演唱起来。至同光年间，或在京城，或在蒲地，山陕梆子起自民间长期酝酿，终于爆发，戏班群起，剧目繁荣，名角如林，戏班演员阵容齐整，让人咋舌。蒲州镇的祁彦子人称彦子红、卢氏郎三吉艺名白菜心、洪洞侯俊山人称十三旦，这些演员，在当地一旦演出，观众人山人海，叫好喝彩起伏如潮涌。当地人说："看了白菜心的《忠孝宴》，想得三天不吃饭"。"彦子红《杀院》，侯俊山的小旦，看上一遍，死而无怨"。"彦子红，实在红，鞭打芦花再不能"。梆子戏的好气候来了，它终于踏进了自己的鼎盛春秋。

人才济济，如众星拱月，郭宝臣就是在这个当口，走出蒲州，走出山西，踏进北京。

明清时代学戏的，大多是穷家子弟。郭宝臣父亲终年做长工，去世很早。母亲罗氏见宝臣聪慧能记，辛勤纺织支持宝臣入学。宝臣就这样开了蒙学。封建时代的教材无非是四书五经，但宝臣因此熟悉不少历史掌故，这对他后来理解戏文帮助很大。郭宝臣16岁到襄陵县进了面行，就是加工磨面。经常一边踩大罗过面，一边吼几句乱弹。一天去平阳府送面，恰巧遇到同乡马营人张世喜，张世喜正在祁县搭班子唱梆子，一听这小伙嗓音高亢，出口粘弦，摸着了梆子的门道。张世喜立刻鼓动郭宝臣辞了面行，随他到祁县学艺，收为弟子。这师徒二人，后来终于都成了名镇京师的梆子戏领军红角。

宝臣因为识文断字，入戏很快，出师之前，已经显露不凡之相。学习之余，他还喜好和当地文士过从，对理解戏文，刻画人物大有裨益。这样的苗子，未曾进京前，在晋中一带，已经小有名气了。

光绪三年（1877年），郭宝臣随师傅张世喜悄悄咪咪地北上，进京搭山陕班。

他将原名郭栋臣改为郭宝臣，示意另一个人生的开始。

郭宝臣穿起一身黑衣，他认为自家操习贱业，有辱家门，从此不写家信，和家里断了联系，免得旁人讥笑，祖宗蒙羞。

京城多了一个黑衣艺伶。他低调做人，枉自曲沉，他的演唱却是一鸣惊人，声名鹊起。无论道白、唱功，他无字不响，声满天地。无论什么角色他都能拿下，状忠、状贤、状义，无不酷肖。他会演唱的剧目达300多本，《金沙滩》《浔阳楼》《失街亭》《探母》《寄子》等都是得意之作。自郭宝臣开场，人们欣喜地看到山陕雄风又起，与皮黄争雄的对手又来了！

时人描述郭宝臣的演唱声音，"大而宕者若黄钟，激而昂者若变徵，翕而和者若南吕，凄而幽咽若'水下滩'，哀哀苦诉若'巴峡猿'"。作者感叹，除非你听过，其美妙传神语言难以讲述。这时的京城，皮黄已一时称雄。人们评价郭宝臣往往和皮黄戏比较，比如他的《哭灵牌》，哀哀欲绝之调，京城以为只有皮黄的反西皮才能比较，郭宝臣的山陕梆子，出口如巴峡哀猿，声声惨咽。时人称郭宝臣的哭歌，胜过古人传说的善哭之杞梁妻。戏剧评论家瘦碧生，称郭宝臣为梆子戏"须生中之集大成者"。

通过这些描述，我们大体可以看出，郭宝臣的演唱，以慷慨悲歌为主要色调。这是山陕梆子演唱的主体风格，应该说经郭宝臣发扬光大，更为系统完备。光绪三十二年（1906年），美国维克多唱片公司曾经为山陕梆子录过一批唱片，这时的梆子，不只有了慢板、中板、二性、流水、滚白之分，有了"三花腔""五花腔""倒板腔"的运用，而且在唱腔起讫、衔接转换、流送绕切及文武场音乐的成套搭配都有了比较成熟的套路。在前辈魏长生时代，由于演唱剧目和演唱风格的试探，人们有时还习惯谴责山陕梆子的靡靡之音，在郭宝臣时代，梆子已经成功塑造了自己慷慨悲歌的演出形象。延续了100多年的蒲州梆子刚烈悲壮高亢激越的风格，大体就是在郭宝臣时代奠定了模型，梆子戏由此完成了近代化的蜕变。

旧时代的演员大多不识字，像郭宝臣这样有文化的梆子戏演员更是如凤毛麟角。识文断句的才能大大增强了他理解台词理解剧情的能力，他通经史，熟古典，遇到唱词中间有不妥当的，立刻自改自唱，另起炉灶，又紧贴剧情。像郭宝臣这样的文化素养，即使现在的演员也不多。演员缘意唱情，准确把握人物性格，推演剧情突出主题，这是戏曲向近代进化演进的重要环节，郭宝臣无疑做出了重大贡献。

京城戏剧界的名人齐如山常常和名伶们一起切磋演艺。一天几个人在一块闲谈，齐如山道出了自己的一处不解，《春秋配》里，主角有一句唱词，"西风起雁南飞杨柳如花"，很别扭，可是名小生胖小生、汪小旺、马全禄都这么唱。这时马全禄就在座，他也不能解释。还是郭宝臣解开了扣子：

"这是唱错了，应该是'西风紧雁南飞远林如画'。"

齐如山感慨郭宝臣知道得多。其实这不是知道多少的问题，这里边体现了演员的文化素养。郭宝臣是看出了前一句的不通，才有后一句的贴切。有齐如山这样的大家相扶衬，有这样活跃的艺术沙龙，我相信，蒲州梆子许多粗糙不通之处，大约都经过郭宝臣的打磨，以至于才有了后来的精致完美。

修文练武，郭宝臣的演唱日益精进。皮黄腔的台主谭鑫培终于坐不住了。谭鑫培出身伶人世家，父子两代在京城梨园，以"叫天子""小叫天"驰名。京城夸他"集众家之特长，成一人之绝艺，自有皮黄以来，谭氏一人而已"。那在京城戏剧界就是头把交椅，他服谁？可是，看了郭宝臣的《探母》《斩子》《天门走雪》，他服了。看了《空城计》，再演《斩马谡》，人说纯粹模仿的郭宝臣。时评说他"平生不肯服人"，对郭宝臣，此刻"佩服得五体投地"。一个日本学者在京看戏，称郭宝臣为"梆子泰斗"，"与皮黄界之谭鑫培齐名，谭亦折服之"。近代著名的戏剧家张伯驹在天津看了郭宝臣的戏，惊叹不止，留诗抒怀：

> 韵醇如酒味堪夸，疑是清明醉杏花；
> 均道绝艺元元红，辕门斩子胜谭家。

元元红是郭宝臣师徒的艺名。就是在这一组诗的下注，张先生的笔下出现了"山西蒲州梆子"字样，蒲州梆子得名问世，应该从此开端。

借郭宝臣的崛起，蒲州梆子再振雄风。梆黄对峙的局面在京渐次形成。《听春新咏》说："二黄、梆子，娓娓可听，各臻神妙。"这应该是公允平持之论。

郭宝臣的戏名日隆，传进宫廷。太监李莲英极力推崇他进宫为皇家演出。于是光绪二十年（1894年）四月十五日，郭宝臣进宫"供奉"，在颐和园"听鹂馆"演出。宫人争抢看戏，楼屋挤满，密不透风，庆亲王将一部分人赶出去，演出才能开台。后来郭宝臣多次入宫，清宫档案记载，仅光绪二十二年（1896年）一年内，戏班5次进宫献演。《清代宫中乱弹史料》记载了赏银数目，小元红20两；灵芝草14两；侯俊山一次18两、一次20两；谭鑫培一次12两、一次14两。看来王公大臣们对郭宝臣和谭鑫培的评价，也是大体旗鼓相当。

慈禧太后看了戏，授予郭宝臣五品冠戴。这应该是相当高的待遇了。

时人盖福清曾经记述过郭宝臣给慈禧献演的盛况。光绪二十四年（1898年），他随护卫军蒋国狄进宫看戏。慈禧坐在中央，文武大臣分坐两旁绣墩。当天郭宝臣演出《天门走雪》，剧中人天寒受冻将死，台上形象逼真，寒气逼人。蒋国狄不由大叫一声："好！"一个高蹦高蹲在绣墩上。这一跳，吓得满场官员面如土色，撒野惊驾，该当杀头之罪。没有料到慈禧并不责怪，抿嘴一笑，接着看戏。大臣们后来推想，一则因为蒋国狄土匪出身，不懂朝规，更重要的是郭宝臣的演艺超群，慈禧看得着迷，不愿打断演出。蒋国狄就这样捡了一条命！以慈禧的喜怒无常，臣子失礼绝难免了灾祸。

郭宝臣演艺登峰造极，《伶史》竟然发出这样的感叹："特恐郭先生殁后，中国竟无慷慨悲壮之雄风，则不良可哀也！"此言一语成谶，郭宝臣愈到老年，蒲州梆子越显得后继乏人欲振乏力。这时皮黄已经八面威风，俨然成了"京戏"。京城人说："惟山西老角，日见零落。"有时竟然和直隶梆子搭班，眼见得江河日下。

多少人曾经为蒲州梆子在京失势而惋惜。痛洒一掬同情之泪，人们也在总结思考，为什么驰骋百年的梆子戏，最后竟然这样黯然凄凉地告别了京城舞台？

徽班鹊起，皮黄独尊，风气使然，这是原因；山西票号衰落，乡情乡韵的势力依凭和感情依附的失落，也是原因。但是明摆着的一个原因是：郭宝臣、侯俊山等人，自认为误操贱业，不愿意误己误人，决心不教徒弟，更不让子孙再习伶业。侯俊山子弟多在银号，郭宝臣的儿子做了英文教师。他的儿子郭衡州说父亲约法三章："终身不摄影像，不装话匣，亦不授徒弟。"他绝不以此传给后人，以免给祖宗贻羞。

为什么郭宝臣称雄北京剧坛30年，却没有留下录像、录音，也没有传下一个徒弟，这就是原因。上海百代公司大概是在极其偶然的机会录了一点音，不然郭宝臣会300多出戏，能留下多少唱盘？！我们今天只能通过语言描述，想象他当年的英姿绝响和万人争睹的盛况。他的声音，几成绝响。

民国五年（1916年），郭宝臣在北京王广福斜街民乐园演出《摘星楼》。这是他最后一次言别京华。实际上也是蒲州梆子的告别演出。嗣后侯俊山再演过一次，也有艺人在天桥力图中兴，但余烬已难以复燃。蒲州梆子从此绝响于京华。

郭宝臣在京业已30年，他经历了同治流行，光绪炽盛的光华。自前人魏长生入京，乾隆唱响，也有百余年。百年隆盛今日衰息，他一定有很多感慨。百年风云变幻，时运交移，皇朝禁戏，共和杀伐，昆曲梆子皮黄，你方唱罢我登场。盛行衰败，河东河西，相煎何急。千古兴亡，新陈代谢，其兴也勃，其亡也忽。荡胸生层云，心底起波澜。他一腔悲怆，满腹凄凉，想起遭逢，泪随声下。这一天晚上的演出，胸中块垒郁积，可成千古绝唱。到场的日本友人震撼其艺术超群，浩叹："深知中国剧之登峰造极见于郭宝臣，叹观止矣！"

大幕徐徐合上，蒲州梆子被遮掩在幕后。隔墙响起皮黄，它在京的辉煌就此合上大幕。一个时代结束了。从此它有了一个另外的名字：地方戏。

辽阔的原野上，踽踽行走着一个黑点。他回蒲州去了。他依然一身黑布褂，在徐徐的朔风中载沉载浮。他自己给自己脸上刻了一个耻辱的记号，并且终生不愿抹掉，尽管他已经名满天下，镀成金身。

下

刚下过一场雪，雪不大，搅着雨，当地人叫"稀屎雪"，是说冻水稀泥混在一起，黏黏糊糊。道路泥泞，跨一步就带起一鞋底厚泥。黄泥，带点红，看样子是胶泥地。

这里就是郭宝臣和侯俊山的故里，我们临猗县。他们在世时，这里都叫猗氏县，以春秋时期的猗顿农牧致富得名。

出县城往北，上一个小土坡，就登上了峨眉岭。黄土岭台，成片的苹果树梨树，正在孕蕾。

上坡十里，北景村。这就是郭宝臣的故家了。命里注定，他一生，三十年北京，三十年北景。

文化馆的乔馆长陪同我们。到村委会门口，乔馆长像是想起了什么，笑了笑，他说，这地方熟得很。为什么？他说，20世纪80年代初，他管文物。咋管？整天骑自行车在乡下转，碰上有价值的，就嘱咐人家好好保管，值钱哪！要这么嘱咐。1985年，也是春暖花开的季节，到北景，到老公社门口，过一道壕，壕上架着一块石碑，是为了行人过沟方便。我那时操着心，看碑面好像有字。叫人拿水冲洗了，字就显了。碑面是：钦封五品军功赏赐四品衔郭公字宝臣德行碑。我还知道一点郭宝臣，知道是名人。很快就叫人洗干净了碑，掏了十块钱，雇一辆手扶拖拉机拉回去，碑现在还存在博物馆。

我们打听到郭宝臣的后人六世孙共有兄弟4人：郭丰收、郭北斗、郭先丰、郭兆丰。长孙郭丰收49岁。

现在还能看到郭家的祖居老屋。黄土夯打的院墙，一道一道的土棱。兄弟们都搬出去盖了新院子，老屋就孤零零地清冷着。

村人说，嗨，郭宝臣那时候就在这院子里踩大锣。一边踩锣一边吼乱弹。

到了郭丰收家的大门口，门锁着。我们正要打听，过来两个小姑娘，十来岁，看样子就是个小学二三年级。她看了看生人，一歪头得意地招呼我们："我知道你们是找谁的。你们是来问我老老老老爷给西太后唱戏的吧？"

看来这是郭宝臣的又下一代了。在这个村子，郭宝臣唱戏，黄口小儿也知道啊。

一会儿郭丰收回来了。我们说明了来意，想看看郭宝臣的后人，如果家里还有他的遗物，我们非常想亲眼看看，体会一下。

郭宝臣离京回乡的时候有积蓄，回来就置房子买地，那几代郭家的光景还富裕。郭丰收说，他爸8岁上学，天天都还有人背来背去。他小的时候，还记得家

郭宝臣后人

里的花瓶、碗盏、玉佩、字画多了。20世纪60年代就不敢留了，成捆的字画，裱好带木轴的，一摞一捆，送到阎景镇卖了废品，没几个钱。那时只管消灾，哪有心管贵贱。

客堂正墙上还挂着他的相片，就是那个穿官服，宽袍子大袖的。后来也不敢挂了。

郭丰收的母亲罗巾帼也来了，连说带笑的，倒的却是苦水。我这老老爷爷，可把家里弄苦了。他到北京一走几十年没音信，家里听着点风，我那老老奶死活寻，寻到北京，才知道唱红了，他在外地享福哩。那个时候威风，都说在西太后跟前认着干儿子哩。赏他的黄马褂，还有那尖尖的长指甲，压在箱子底，我都没看过。

旁边有一个邻居插话，这事儿，我听他爸说过，几箱子，都烧了。

他回来以后，听说光带回的好东西，老院子地下埋了两瓮。可我们这辈子过的啥光景呀，成分高，老受人欺负。他爸在队下烧瓦窑，受的就不是人受的苦。"文革"来了，关在大队，游街，我跟着戴纸帽。

郭丰收显然也想起了"文革"中的惊吓，他说：一天放学，好好的，看见家门口支着几挺机枪，对着门。当时就把我吓傻了，一问巷里人，有人检举我爸在家造炸药，要炸坏无产阶级专政，那还了得。公社如临大敌，像要打仗。

罗巾帼插话了，他爸那人，哪敢？个子小，人瘦小，胆子更小。一家人整天担惊受怕，一黑夜惊醒好几回。我婆婆就是那时跳了井，才40多岁。

她擦了擦泪，破涕开颜笑了：说这些干啥。现在光景好了，你看这遍地梨果，丰收的果树，他兄弟就在街口收苹果，生意都好着哩。

我们实在没有想到郭宝臣的后人还经历了这么多苦难。要是没有那场浩劫，郭宝臣的遗物，可以办一个戏剧博物馆了。可怜的中华传统文化，经历这样一场又一场劫杀，它的流失，它的湮没，让人只有痛惜心疼的分儿。

郭丰收见我们实在是渴望找到点什么物件，就到屋外翻捡去了。不一会儿，他提拽了一件像是棉花绒毯子样子的东西进来，"我也不知道这是啥，没用。在家里拿它盖盖果子，冬天盖盖白菜。"

这东西看样子是一张地毯，长方形，白地，宝蓝提花。四边有流苏，絮絮络络的，大多脱落了；最边上一圈宝蓝压白莲花，接着一圈福字连续图案；中心又是一圈宝蓝框着，四角云纹对称；心上一朵白莲，围着一个万字形的圆。年代久了，仔细抚摩，毛线脱落了，露出了大块大块的丝麻光板子，有几个破洞，一边豁开了口子，磨掉了一块。他拿这东西盖白菜，能不磨损吗。

乔馆长收藏这些古旧物件有些经验，他仔细抚摩着织物，观察毛色，轻轻拽一拽，感觉织物的弹性。他取出卷尺，量了量长短，长约七尺八，宽五尺。乔馆长的眼里，突然闪出猎人守到猎物的兴奋，那是一种鹰隼捕获时的眼神，奇异的明亮和有穿透力。他说：

"这应该是他演戏时铺的地毯。那时的舞台中心，就一页席大小。"

郭丰收又搜寻出一件织物，他说原先有一平方米大小，锦缎面子，四周穗子很长。农家没用，他乱擦乱扔，风吹雨淋，早已霉烂了。他一把抓起，絮絮络络就往下掉。根据他的描述，乔馆长判断是当时骑马用的鞍垫，可惜已经不成形了。

我们止不住唉声叹气。郭丰收又翻倒出一个小型提盒，暗红色，四层带盖，提梁是四方的木框。我过去见过晋南农村的小食㧟，那是走亲戚行礼用的，通常要两个人抬。这个分层的提盒如此精巧，是饭盒吗？饭菜可以分层放置，可惜太小太浅，盛不下盘盘盏盏。还是乔馆长是专家，他反着瞄，倒着看，木质花纹，底层的印记，都一一打量。最后的结论是：

"这是他的化妆盒。油彩、眉笔、小贴片什么的，平时就装好，有人跟包的。"

从郭宝臣告别京华，已经将近100年了。100年的时间久远吗？相当久远了。可是百年的实物会说话。面对他或水步，或搓步，或策马扬鞭跨过的地毯，我们仿佛还能看到他威武轻捷的身段。他的魂灵，此刻就在我们面前舞蹈。那个小小的化妆盒，包藏了他多少年的体味，成为沾染了他的艺术元素的灵器。人们常把演艺叫做氍毹人生，今天，氍毹就在我们面前。人亡物在，他生命的微粒也许还在这里的空气中弥散。穿越时空，相信我们能和这位前辈泰斗遥遥对话，一种血脉的搏动就在我们之间传递。灵异的感应，令我们莫名兴奋。

天色不早，我们一行赶回博物馆，要亲眼看看那块侥幸得以保存的石碑。

沉重的石碑显然已经躺倒多年，被积年的尘灰淹渍得看不清面目。心里踏实的是乔馆长记得放置的地方。扫掉近年的浮尘，擦去百年的烟雨旧痕，一大段碑文终于显露：

钦封五品军功赏赐四品衔郭公字宝臣德行碑

郭公者，慷慨好义人也。公讳瑞，字宝臣，涞源其号也。与余同邑，为忘年交，其生平事迹，余审之甚详。公幼慧早孤，家甚寒，依母居。童子即以孝闻。始就读，嗣迫家计，辍学业商。未久，而公幡然改志，别具雄图，遂旅京提倡社会教育，一时名流乐与之游。公之薄己厚人，远近咸服。同乡时有求助者，辄应之。偶有含冤兴讼，公必扶弱抑强代鸣不平。公治家严，尝指子而教之曰：忠厚俭朴，传家久远之道；读书明理，应事接物之方。故公子镇泉弱令课读未假辞色，至今名成学就，各处士子争相延聘者，皆公之培植也。公某年自京师归，时村中两社凿枘不入，相持不一者累年，公自备酒食，邀集乡老，好言调处，积怨尽释。排难解纷之力，有口皆碑。本社创建关门，苦于无资，公慨然在京劝券，凑得巨金卒成盛事。迄今北门锁钥晏然安堵者，莫不望斯门而念斯人也。公祠堂后泗有地基一段，宗人售之，公知之独不应允，以为将来设立学校为子弟读书之所，可用此地，因自出资挽回。其乐善好施，热心公益概可见也。乡人感公之德，乐公之行，欲列贞珉以垂永久，遂与余文，情不获释，爰举公之生平行事而略道于万一，于是序。

这是郭宝臣的德行碑吗？如果不看正面，谁能想到这是一通记录近代杰出的戏剧艺术大师生平业绩的碑文！这个黑衣人，终生对他的艺术生涯讳莫如深，眼看盖棺论定，依然不着痕迹。"提倡社会教育"大而话之，也可以包括艺术教育，高台教化吧。只是太过含混了。我们见过各种虚饰的或难言的碑文，比如武则天的无字碑。虽然一字不着，倒也让人感到一种千秋功罪

郭宝臣碑，现存临猗县博物馆

任人评说的恢弘气势。相形之下，这种王顾左右而言他的碑文倒是少见。让人感到的是一种深藏在骨髓里的自卑和轻贱。临到生命结束，他也没有胆量亮出自己的光辉事业和不世之功。

是什么扼杀了他的勇气？我们不能忘记，他生长在一个封建文化传统禁锢严密的地方。文化教育的发达，培养出一个"儒伶"。儒生和伶人，在他身上，是一而二、二而一的东西。文化教养，使得他懂戏解戏，真正把戏剧发展成艺术。儒家圣人对社会阶层的三六九等划分，又严格限制了他的职业自尊。汉魏以来对门第的崇拜，对优孟的职业歧视，千多年竟然还牢牢依附在一个读书人的心上，郭宝臣的艺术遗产竟然因为这样的原因无端遗灭消散，这是多么惨痛的历史悲剧。

旧时代的艺人的身份尴尬，许多大家身上都可以表现出来。但其中也不乏正面的例子。一方面伶人们地位低下，饱受欺凌；另一方面，也有成名的伶人依靠自己的成功结交权贵，他们对社会的影响也远非一般庶人可比。就在郭宝臣故乡不远，这里的河津县，不是也流传着名旦魏敦京城打官司的故事吗？"七个举人八个监，打不过魏敦一个旦。"和郭宝臣比试过的谭家，不也是父子几代接操伶业，谭派艺术名满天下，谭家几代光宗耀祖吗？郭宝臣，我的同乡，我的前辈，你为什么要这样？

我简直是痛苦地质问了：你为什么要这样？你为什么要这样？

郭宝臣惊讶地抬起头，他看着我，那目光里，满是困惑和不解。

这个黑衣人一辈子只做了两件事：

第一是发光，第二是遮光。

第一是尽力唱戏，第二是尽力不让人知道他唱戏。

自郭宝臣的村子返回以后，我一直很后悔一件事，后悔没有把那件残破的地毯和老旧的化妆盒子收买了带走。这些东西，应该都存到博物馆。哪年搞个蒲州梆子文物展览，这些都是有价值的物件。尽管它的真伪尚可存疑，但目前为止，它们已经属于最贴近郭宝臣演艺生涯的什物了。如果不尽早收集，他的后人会不经意地损毁掉。

村干部带我去看过当年树立郭宝臣功德碑的地址，那里已经成了连片的苹果园。当年的石人石马，碑记牌楼，早已荡然无存。他们想起，郭家的某一代还出过一个贞妇，当地官府授给贞节牌匾，高挂在门楣，上刻"苦节堪钦"四个大字。门楼早已拆除，那块牌匾呢，从中一锯两半，做了门扇，现在就安在村外浇地的水泵房。我们去了泵房，两扇门一合，"苦节堪钦"四个字，还能对上笔画。

地方戏的近况一日衰败一日。地方戏的演员，地位也就江河日下。郭宝臣这样在近代戏曲史上举足轻重的人物，身后都这样凄凉，这活画出了传统文化的败落景况。但是，毁弃得越多，消失得越多，留下的就越发珍贵。如同上一辈人死了，总要留下点念想物。如果物件都不留存，郭宝臣除了一缕声音，就什么也没有了。

蒲州梆子距今不过几百年，郭宝臣距今不过一百年，他们留存的遗物，就已经非常罕见了。再不珍惜，就要统统化作一缕轻烟，了无踪迹。而他们，是不应该无声无息的。后人不应该忘记他们。

看到身边的年轻人哼哼唱唱，我总想提醒一句：你知道这个人吗？我们今天这样歌唱，和他是大有关系的呀。

《三上桃峰》事件的来龙去脉

　　1974年年初，国务院举行华北文艺调演，调演爆出特大新闻，山西代表团演出晋剧《三上桃峰》，当场抓了现行，被定为反革命政治事件。强加给这个戏的罪名是为刘少奇的反革命修正主义路线翻案，调演尚未结束，事件已经定性。随之在全国（主要是山西）从上到下展开《三上桃峰》事件的大清查，山西省从省委到省文化局，到创作演出《三上桃峰》的地县，凡是和《三上桃峰》事件沾边的，人人检讨过关。省地县凡是参与《三上桃峰》编创的文艺工作者，集体面临灭顶之灾。交代事实、检讨原因、制定整改措施，一如历次政治事件。这一场大清查从1974年1月开始，直至1975年山西省委给中央以文件形式检查结束，持续一年多。政治高压之下，被卷进来的各级领导干部、文艺工作者，莫不是战战兢兢，接受蛮横无理的指责，检讨莫须有的罪过，表白革命到底的决心，以求尽快过关。清查持续一年多，实属"文革"期间，所谓顶风作案的要案大案。

　　《三上桃峰》的故事说的是一个生产队隐瞒实情，出卖病马，发现以后，极力挽回的故事。以邻为壑本来就为传统道德所不容。不过这种事情在1960年代的特殊语境里，一律都以"共产主义风格"看待评价。你推我让，本来可以展示一种轻喜剧风格，顺应当时"塑造无产阶级英雄典型"的大趋势，每出戏都要有一个顶天立地的正面英雄形象，闹得一个小题材不堪重负。尽管如此，对于《三上桃峰》的最初批评，也不过"无冲突论""阶级斗争熄灭论"。即使文化部定了调子要批评，在调演大会的七号《简报》，最初看到的也只是这种偏于艺术批评最多属于学术强暴的话题。

林彪事件以后，国家曾经出现短暂的政治松动，文艺园地也略有解冻暖意。江青、于会泳把持的文化部对于"文艺黑线回潮"早已耿耿于怀，伺机反扑。他们居心叵测，拿一个戏示众是孕育已久的心机。《三上桃峰》一露脸就成了他们的猎物。恰好《三上桃峰》撞上了他们的谋划，并不是这个戏有多么可怕的问题。早在会演之前，文化部也先期派人审查过剧目。但是此时风云变色，文化部决心翻云覆雨。头一天彩排审查时，带队参加调演的山西省文化局副局长贾克陪于会泳看戏，任凭观众席鼓掌发笑，于会泳始终

《三上桃峰》剧照

铁青着脸一言不发。演出结束匆匆离开，没有上台接见演员，也没有合影存照。贾克当时只觉得这帮人骄横惯了，一点不尊重别人。没想到当天晚上于会泳就召开紧急会议，定性批判《三上桃峰》。文化部火速拟订批判计划，报呈江青批准。一场大批判就此拉开了序幕。

依照江青、于会泳的意图，《三上桃峰》既然要闹成特大政治事件，那就绝不只是批判什么"无冲突论""阶级斗争熄灭论"——他们拟定的罪名是为刘少奇翻案，这出戏是一株文艺黑线回潮的大毒草。

果然如此吗？《三上桃峰》一剧和已经被清除出政治舞台的刘少奇究竟有没有实际联系？江青、于会泳手握什么把柄，敢于如此断言痛下杀手？

《三上桃峰》的前身是《三下桃园》。《三下桃园》的故事来自于1965年《人民日报》的一篇报道《一匹马》和《中国青年报》的报道《三下桑园赎马记》，说的是河北抚宁县大刘庄生产队，把病马卖给桑园大队，发现以后，几次赎回。1966年晋中晋剧团编演时，为了突出地域特色，卖马买马两个生产队，一个叫桃园，一个叫杏园，这就是《三下桃园》的由来。可巧的是，刘少奇夫人王光美，社教运动中在河北抚宁县桃园大队蹲点，创造了著名的"桃园经验"推行全国。"文革"风暴中，伴随着刘少奇倒台，"桃园经验"自然也成了"复辟资本主义"的黑经。"三下桃园"——就是为桃园经验张目——就是为王光美招魂——就是为刘少奇翻案。江青、于会泳他们就是沿着这样一条逻辑路径，拿《三上桃峰》杀一儆百，反击所谓文艺黑线回潮。

事情很明显，《三上桃峰》一剧和所谓"桃园经验"，无非是剧名沾了"桃园"的边，所述本事和桃园经验都出在河北抚宁。

这能说明什么问题？无论《三上桃峰》还是《三下桃园》，和所谓
"桃园经验"没有丝毫关系。于会泳他们也知道，仅仅以剧名和抚
宁来定性，当然证据不足。他们需要挖掘更加得力的"证据"，说
明《三上桃峰》的编导深知此剧的"桃园经验"背景，居心险恶，
执意要为"桃园经验"张目招魂，以便做成实实在在的"翻案复
辟"罪证。那么关键问题在于，参加演出的山西省一干人马，他们
知道这个戏的历史背景吗？他们仅仅是稀里糊涂演了一出和"桃园
经验"粘连重名的戏，还是明知背景佯装不知，来北京张目放毒？
这出戏除了"桃园经验"的背景问题，还有没有其他重大政治问
题？这当然需要清查。由此而起，从北京到山西到全国，一场轰轰
烈烈的清查运动迅速展开。内查外访，锻炼周纳，关押拷问，集中
劳教，神州大地，一张大网撒开，千百万无辜的干部群众，由此又
面临强加给的运动苦难。

高压之下，迎合揭发

1974年1月23日，《三上桃峰》在华北调演第一轮上演之后，于
会泳私下紧急磋商，并请示江青，很快确定了批判《三上桃峰》的
计划。作为计划实施的第一步，调演大会先在1月27日印发调演大
会第七期《简报》，算是吹风。《简报》打着"四季青人民公社、
市建十五厂、解放军炮兵政治部"所谓"工农兵"旗号，批评把
病马当好马是欺骗，谈不上共产主义风格，该戏助长资本主义自发
势力，没有挖掘阶级斗争内涵，没有把英雄人物放置在阶级斗争风
口浪尖去刻画塑造等等，所有这些，都是给《三上桃峰》的好评降
温，为批判铺平道路。

2月8日，在一切准备就绪以后，调演大会组织了首场批判大

会。大会负责人胡可、马季川、张国勋等人主持大会。随团调演的《三上桃峰》编剧杨孟衡先做检查交代。杨孟衡检讨了自己"无冲突论"的创作思想倾向，强调自己没有"把阶级斗争的线描得更粗一些"，削弱了阶级斗争内容。但说来说去，这些都不是政治问题，显然，这不符合文化部给《三上桃峰》预定的反动性质。下午，大会紧急从京剧"样板团"抽调人员参加围攻，呼口号，呼啦啦举手要求发言，营造一种人民战争汪洋大海的强势效应，加大审查对象的压力。这是历次运动中经常采取的手段。

在一片愤慨声讨的气氛中，中央乐团的田某要求发言。1965年创作《三下桃园》，他来过晋中，1973年改写《三上桃峰》，他来过山西搜集音乐教材，和杨孟衡熟悉，按说，他是熟悉这个戏创作的来龙去脉的。不料他开口发言，正是以"知情人"的身份，揭露《三下桃园》与"桃园经验"的联系，判定山西的戏就是为"桃园经验"翻案，为刘少奇树碑立传。田某是第一个将《三上桃峰》上升为政治问题的发言人，像火上浇油，会议的气氛骤然升温，接着的批判，上纲上线到"反革命"啊，"恶毒用心"啊，就顺理成章了。讨论于是变成了讨伐，批评于是变成了斗争。缺口由此打开，这是于会泳他们实现《三上桃峰》事件政治定性的重要一步。

接着呼应田某发言的，是北京电影制片厂导演桑某。当时他在山西拍摄故事片《山花》，和山西文艺界接触较多。此时，他以自己的"所见所闻"，揭发主持改编《三上桃峰》一剧的山西文艺界领导卢梦、李蒙、贾克都知道《三上桃峰》的政治指向问题，判定"他们的反动立场是非常鲜明的"，这是"有组织有计划的反革命复辟阴谋活动"。这个桑某，在延安时期和卢梦、李蒙、贾克就是老战友，这次他严正声明，就是要撕破战友情谊，大义灭亲。桑某的发言，表明大会已经接受了于会泳他们对于《三上桃峰》的政治定性，"反革命罪"是当时的最大罪恶。至此一个恶性政治事件的构陷已经成形。

不过田某、桑某毕竟都是外人，他们对于山西的活动，说到底还是有点捕风捉影，道听途说。大会需要来自山西的火线起义。大会以后，继续组织山西代表团小型批判会，卢梦、贾克、杨孟衡被分别揪斗，号称短兵相接拼刺刀。终于有人站出来揭发了，文化局创作组的石某同志出面作证，证明山西文化部门好多人听到过桑某的警告，证明杨孟衡了解《三上桃峰》的政治背景问题。他说一次贾克在创作组召开会议，自己曾经提到过《三上桃峰》的政治背景问题。他历数参加会议的各路领导，有马烽、孙谦、西戎、胡正、张万一、张沛等人，山西文艺界的知名专家几乎被一网打尽。这一下子把战火烧到了山西。毕竟山西人揭发身边的事情，更加可信。

石某是老晋绥，抗战以后做过西北军政大学文学系主任，中共建政以后做过中央戏剧学院戏剧文学系主任。他的揭发，当然一举千钧。他有学生就在会演办公室，给他通风报信，他得以提前得知上头批判《三上桃峰》的部署，于是就有了火线起义。

口子一旦撕开，类似的重磅揭发就接二连三。山西省晋剧院一位演员揭露：

"有一个导演说，《三上桃峰》好就好在突破了样板戏的框框！"

山西省文化厅一个干部揭发：

"贾克曾经说过，要不是'文化大革命'，这个戏早就红了！"

有人反对演《三上桃峰》，贾克说"别的戏不上行，《三上桃峰》不上不行"，甚至说"是毒草也要演"。

《三上桃峰》的政治背景问题和这几句非议样板戏的出格言论，在日后全国的讨伐声浪中，一直是声讨的重点。那个时候，对样板戏大不敬，也是所谓政治问题。

需要说明的是，无论强加给《三上桃峰》的为"桃园经验"招魂，还是对样板戏的轻慢，都属于子虚乌有的胡乱猜测。看似言之凿凿，都不过是政治高压下的捕风捉影，在当时就查无实据。"文革"以后《三上桃峰》事件平反，这些证人纷纷悔改自己当时的屈从和构陷。田某就曾经托人捎话给杨孟衡，声明那次发言是"四人帮"亲信布置的任务，他是不得已而为之，证言是违心的不实之词。不过在当时，《三上桃峰》的政治定性由此得以佐证，这是他们终生为之愧疚的。

所谓顽抗到底，死不悔改

《三上桃峰》一剧，贾克介入较深。1965年编演《三上桃峰》的前身《三下桃园》，贾克就亲临督导，1966年他批准在《火花》头条发表了剧本。《三上桃峰》上马后，编创过程中，贾克朝夕监督，统领部署，细处也有好点子。《三上桃峰》成功，贾克脸上有光，这会儿出了大事，贾克自然难辞其咎。按照文化部的口径，批判《三上桃峰》，山西要揪出批准者、支持者、炮制者，一般人认为，批准者当然指省委领导谢振华，贾克是支持者、炮制者一身二任，互有交叉。《三上桃峰》事件中，他是个举足轻重的人物。

贾克是老晋绥、老延安，在根据地时代，他就是革命文化干部，1949年以后，顺理成章进入新政权，任文化部门领导。"文革"前他就是文化局副局长，"文革"以后"三结合"，他是文化局革委会副主任，还是主管戏剧。

3月8日江青在开批《三上桃峰》时，专门穿了军大衣到山西演出团，她问："那个炮制者叫什么克？"江青已经淡忘了，1938

年在延安鲁艺，贾克是戏剧系二班的生活班长，江青是教员。鲁艺演过两出戏，一出《流寇队长》，一出《江汉渔歌》即《打渔杀家》，江青都有角色，而贾克是后台主任，开演后就端着一把小茶壶，在下场门伺候江青喝水。贾克很是庆幸江青不记得自己了，如若不然，这个当年鲁艺的小鬼绝难逃过这一关。

《三上桃峰》示众以后，在会演期间，各种批判会揪住不放。贾克犯了心脏病，卧床不起，马季川、张国勋等人也不放过，围住床头揭批。于会泳在讲话中多次提到，"现在挂帅搞《三上桃峰》的负责人，就是当年主持编辑《火花》戏剧专刊时，发表了《三下桃园》的那个人"，这当然说的是贾克。于会泳又把这些揭露延伸到山西省委，断定山西省委一开始就明白《三上桃峰》的政治背景，到北京来演出完全是包藏祸心。这样，山西省委主要领导和文教部门的李蒙、卢梦，全都进了火力圈。

华北调演结束以后，其他省区演出团离开了，山西演出团留下来继续揭批。在北京遭受批斗十多次，回到山西，贾克立即被隔离审查，省城文艺界各单位轮流批斗，上午下午两场，连续20多天。儿子和女儿在学校遭到批斗毒打，儿子实在忍受不了欺辱，15岁就下乡插队，在知青点，依然是受欺负的苦孩子。

现在看到贾克的两次检查交代，都属于未完成体。1974年3月26日，贾克的检查约5000字，他回忆交代了自己在几个重要环节支持编创《三上桃峰》的实情，得出结论："是我把大毒草《三上桃峰》塞进调演大会。"调演眼看出了问题，贾克检讨自己还在鼓励安抚演员"化悲痛为力量"。

但事涉原则问题，贾克头脑是清楚的，他没有随风倒。在谈到桑某揭露山西早知道《三上桃峰》的政治背景时，贾克这样说：

> 桑某在大会上揭发说，如果他没有记错的话，在胡正同志

家喝酒时，当面给我提过《一匹马》背景的事。1973年1月和1973年3、4月，我记忆中桑某同志在胡正同志家喝过两次酒，我进去过一次，当时我正在写《边山民兵》，桑某同志的揭发我再三回忆，没印象。石某同志揭发两次跟我说过，一次在1973年7月份创作组讨论电影剧本时说的，桑某同志在胡正家喝酒时说：这戏和《春风杨柳》一个题材，《春风杨柳》受过批判。一次在1973年12月从昔阳回来，刘贵同志跟我汇报在昔阳看戏问题时他说的，当时我都没吭声。我不否认他们说过，当时没有引起我的注意，主要是在我的思想上一直认为批判的是艺术问题，《一匹马》通讯是生活中的实事报导，从没有和"桃园经验"联在一起。我没有去调查这个戏政治历史背景，事实上为刘贼的反革命路线翻案。我愿意接受彻底揭发批判，彻底清算我的一切罪行，接受最严厉的党纪国法制裁。

贾克在这里用语极有分寸。"我不否认他们说过"，但我记不得了。即使确有其事，当时也以为是艺术问题，绝不可能排演一个有严重反党倾向的戏进京演出。至于桑某、石某所说是否属实，还要看其他人的揭发能否佐证。这个较量只有进行下去。

一直到《三上桃峰》清查结束，贾克从始至终没有承认过自己了解《三上桃峰》所谓历史背景问题。他这种态度，让自己成了运动的对立面。当时的山西省委，把他作为顽抗到底、死不悔改的典型，从重处理。山西省委《三上桃峰》调查组认为：

> 经调查证明，贾克同志从始至终是这株大毒草的主要支持者、炮制者和鼓吹者，他对文化大革命中革命群众对他的批判很不满意，仍然顽固地坚持反革命修正主义文艺路线；他一贯

以"权威"自居，独断专行，作风极为恶劣，在改编《三上桃峰》过程中，对于重大原则问题，既不听取群众意见，又不向领导反映；《三上桃峰》被揭露以后，他的态度仍不老实，拒绝承认他事先知道政治背景的重大情节。鉴于以上情况，我们认为，贾克同志不适宜于担任省文化局党的领导组成员和省文化局副主任职务。

1975年6月2日，中共山西省委以"51号文件"形式，向中央汇报了对于《三上桃峰》的清查处理意见，对于贾克，文件认为：

> 根据他于1965年就看过《一匹马》通讯的《简报》，并亲自指导原剧目的创作和上演的情况，他是知道这个戏的反动政治背景的，但他至今仍拒绝承认，据此，省委决定：撤销贾克党内外职务，继续进行审查。

在山西，除了省委领导谢振华调离以外，在省一级机关，贾克是唯一的一位因《三上桃峰》事件离开领导岗位的当事人。处理的原因是顽抗到底。但是回头想，承认了强加给的罪名，难道就能获得宽大处理吗？明知一出戏为刘少奇招魂，还要强行推到北京，这岂不是罪恶滔天，哪里有生还可能？就处理此事的当局来说，难道一定要人家承认你们强加的罪名，才是好的态度？种种现象表明，如此重大的政治事件，不抛出一个受刑人，山西省委显然难以过关。所谓顽抗到底云云，也不过是贡献牺牲的口实而已。

走投无路，以死相拼

说起《三上桃峰》的清查，没有人能够忘记含冤屈死的赵云龙。

赵云龙是江苏南通人，上海华东师范大学中文系的高材生。大学时代独立思考，敢想敢说，1957年反右斗争中受了批判，1958年毕业，分配到山西忻县师范学校当语文教师。从江苏强行发配到晋北，当然是一种惩戒。更残酷的是，档案里装进了"不得重用"的组织警告，几行字像符咒一样冰封了赵云龙一辈子的前程。上海的名牌大学生到晋北偏僻的小县城专科学校任教，能力绰绰有余。赵云龙讲语文，旁征博引，生动有趣，很受学生欢迎。校外活动，他热情辅导文艺演出，当了业余剧团的指导教师。由此，1964年夏天调进忻县地区文化局戏剧研究室，参与编创过好几出现代戏。按说，这是赵云龙放开手脚施展才华的广阔天地，可是在严酷管制的"文革"时代，赵云龙无疑一脚踏进了死地。

赵云龙进了戏剧圈子，对戏剧当然有了发言权。他不是个凡庸之辈，虽然命运坎坷，依然保持着探索争鸣的勇气。那时样板戏已经红透天下，样板戏的创作经验也已经成为金科玉律，谁敢说半个不字。江青主持的部队文艺工作座谈会纪要，提出了"塑造无产阶级英雄形象是社会主义文艺的根本任务"的重大命题，赵云龙养成了理论思考的习惯，思来想去，觉得这一提法不科学、不准确，站不住脚。他写了一篇论文《对塑造无产阶级英雄形象的一些理解》，对这一命题展开批评。按说，文艺理论问题探索争鸣，再正常不过了。可是"文革"中间江青专横跋扈，谁敢逆势揭龙鳞。赵云龙指出，所谓"根本任务论"，是"把文艺描写的内容和社会作用混为一谈"，容易导致题材狭窄，人物概念化。他认为这个提法

"欠妥当"。这是明显的和样板戏理论唱反调,谁敢发表这号论文? 赵云龙似乎没有意识到这些,这个不识时务的鲁莽男子,依然以挑战姿态执着地推进他的探索研究。

1973年经贾克批准,赵云龙拟调进山西省文化局创作组。这年秋天,文化局召开戏剧创作座谈会。座谈会期间,赵云龙将论文打印了20份,分送座谈会有关领导同志征求意见。此事非同小可,贾克发现这文章有触犯江青之嫌,立刻将会议动态报告了省委。山西省委当然严密关注事态发展,省委指示创作组起草批评赵云龙文章的报告,另一方面又要严格控制事态扩大。省委负责文教的书记张平化批示:要同志式的,和风细雨地批评赵云龙的文章。在"文革"剑拔弩张的格斗气氛中,山西省委的这种处理,非常难得。根据省委决定,省文化局在这年冬天召开过一个小型座谈会,作为一种"错误倾向"温和地批评了赵云龙的文章,会后,给国务院文化组写了结案报告。此后不久,国务院文化组专门派人来山西了解赵云龙一事的处理经过,他们认为,此事处理及时得当,赵云龙的态度也很好。据说姚文元还专门在省文化局呈送的报告上批示"销案,不再追究"。

按说赵云龙的事情也就过去了,谁也不会想到,《三上桃峰》事件一出,赵云龙的文章又被翻腾了出来。于会泳他们没有忘了旧账,他们还要借此机会报一箭之仇。"四人帮"控制的写作工具把赵云龙的文章概括为"反根本任务论",诬称它是大毒草《三上桃峰》的理论基础。各大报纸纷纷布置批判"反根本任务论",歌颂"根本任务"的文章甚嚣尘上,都知道这是针对山西那个人那篇文章去的。吴德、于会泳在大会公开点了名,在"文革"中,这已经是规格很高的批判调门。

赵云龙笼罩在悲观绝望的思绪里。压力太大,借酒浇愁,醉成一摊烂泥也不济事，醒来了更加焦虑忧惧。《三上桃峰》的编剧杨孟衡和赵云龙同住一个楼层，偶尔交谈，赵云龙只是哀叹自己"不白之冤，无洗刷之日"。

赵云龙孤身一人，家在南通，此时如果家里能稍稍有点慰藉，谅还不至于走上绝路。偏偏他们夫妻感情不好，赵云龙出事，老婆给文化局寄来一堆揭发材料，他在家里的只言片语都拿来无限上纲。父斗子，妻斗郎，朋友批斗似虎狼，这也是"文革"中间常见的局面。

赵云龙走投无路，于1974年5月3日自杀。他在一张纸上留下了激愤的遗言：莫将自己想象的东西强加于人，莫将自己心中的脏水硬往别人身上倒！诬人太甚！辱人太甚！

见过赵云龙自杀场面的山西朋友，都说他死得很惨。他喝下了大量烈酒，将毛巾搭上穿过屋顶的暖气管道，想站在床上自缢。想是挂不稳，跌落下来，脑袋碰了暖气片，引起颅内出血死亡。他满脸血污，酒气和着血腥，地上是呕吐的食物。送到医院，当天晚上就死了。结论是：自杀未遂致死。

就在赵云龙死去的那些日子，广播喇叭整天还在铿锵有力地播送着批判"反根本任务论"的文章，各地工农兵都在奋起反击赵云龙"妄图开历史倒车""对无产阶级文艺革命猖狂反扑"，赵云龙正是在一片叫骂和喧嚣声中，结束了自己年轻的生命。

"文革"结束以后，《三上桃峰》事件平反，赵云龙理所当然地获得了应有的评价。山西省重新举行了赵云龙骨灰安放仪式，所写检查全部退给家人。这个冒死辩驳的刚烈之士，他的检查退给揭发他的家人，不知九泉之下他是否可以安息。

和"文革"中间许多无辜的受难者不同，赵云龙是以笔做刀枪，愤怒反抗文化专制，要求独立思考，顽强地发出争鸣之声的骨鲠之士。"根本任务论"的荒诞和蛮横，也许好多人都看在眼里了，但是敢于开口批驳的，赵云龙是先驱者。他的"把文艺的描写内容和社会作用混为一谈"，至今也是直指"根本任务论"的一剑封喉。天下有多少人看出了它的荒诞，但天下只有一人拍案而起，谔谔敢言。为此他付出了生命的代价，也让我们看到了士人的拼死反抗。有的时候，识别荒谬，并不需要很高学术水平，铿锵宣告点破荒谬却是需要十分勇气。赵云龙的冲天一怒，足可以让他成为那个年代的英雄。

听天由命，沉着应对

《三上桃峰》改编本的编剧杨孟衡跟随山西演出团进京，被抓个正着。在京扣留期间，已经经历了多次追查批斗。回到山西以后，山西批判《三上桃峰》的势头正旺。山西省革命委员会发出通知，号召全省掀起大批判新高潮。3月1日，全省召开3万多人大会，分28个会场联合批判《三上桃峰》。大标语贴满了墙，到处都是"彻底批判大毒草《三上桃峰》""《三上桃峰》要害是为刘少奇翻案"。《山西日报》每天都有整版的批判《三上桃峰》文章，一个多月从不间断。杨孟衡的办公室被查封，搜走了有关《三上桃峰》的所有材料。家里也来人查抄过。文化局通知杨孟衡，停止工作，接受批判，做出深刻检查，写出翔实交代材料。自此，杨孟衡的任务，就是一遍一遍写检查交代，直到下放农村，变相劳改。

现存杨孟衡的检查交代主要有两份：一份是《关于大毒草〈三上桃峰〉问题的交代》，写成于1974年3月18日，9000多字；一份是《我参与炮制大毒草〈三上桃峰〉的检查》，写成于1974年9月28日，10000余字。两份检查，杨孟衡分头回忆了《三上桃峰》由《三下桃园》起头，改编京剧本《桃杏迎春》，又经过五易其稿，定稿进京演出的全过程。每一个环节的改动，杨孟衡都免不了抖搂事情经过，给自己扣上不同色彩、不同尺码的政治帽子。"文革"时代的检查，是强制酸碱淘洗的灵魂过滤，当事人的痛苦，无可名状。

比如开始修改，贾克强调这个戏"是风格戏，在艺术形式上属于轻喜剧类型"。杨孟衡交代了实情，连忙批判"这实质上就是不要严肃的阶级斗争内容，在形式上要用轻喜剧的手法表现所谓风格"——

> 总之，从开始修改《三上桃峰》，领导同志和创作人员的指导思想，都是背离党的基本路线精神，不是以阶级斗争观点去分析剧本主题，而是孤立地讲风格，实质上是在赞赏中庸之道的思想基础上形成的风格。

《三上桃峰》修改过程中，将时代背景改到1959年人民公社化时期，杨孟衡检查这是"恶毒攻击三面红旗"。

剧本将阶级敌人"老六"改成投机倒把，这是"对党的基本路线采取敷衍态度，陷入了修正主义文艺黑线的思想立场"。

这个时候，剧本树立的第一号人物，已经成为"剥削阶级代言人"，剧组的最终定稿，自然成为"美化剥削阶级形象，冒充无产阶级英雄"。

在检查最后，杨孟衡这样结束：

> 《三上桃峰》暴露了我的世界观、文艺观以及政治思想立场上许多严重问题；对《三上桃峰》开展的批判震撼了我头脑中的资产阶级王国。栽了大跟斗，既惶恐，又痛心，同时也使我幡然猛醒。我深深感到对不起党，对不起人民。现在，我要

借助革命大批判，更深入地解剖自己；将来，我要痛定思痛，不断汲取教训。永远不忘党的基本路线，永远刻苦学习马列和毛主席著作，在斗争实践中改造世界观，纠正错误，为人民做出有益的贡献。

杨孟衡属于重要的执笔人，直接面对剧组和文化局领导，追查来龙去脉，追查何人指使，也免不了有别的指涉。他的检查中多次涉及贾克在修改排演中的指导作用，一些具体的修改意见也时有涉及。但大家都在事中，杨孟衡并不曾邀功诿过，嫁祸于人。总的来说，杨孟衡的检查交代可谓实事求是，他对自己无限上纲，对一起共事的同事却是极力回避，不致牵涉。在一个周纳株连，盛行瓜蔓抄的时代，他是一个合格的人。回首往事，他也是一个令人尊敬的人。原文化部艺术局局长曲润海这样评价他：

> 《三上桃峰》的前前后后，从杨孟衡同志身上，看出一个正派的文艺工作者精神的可贵。《三上桃峰》被打成大毒草，杨孟衡没有惊慌失措，既没有推卸责任，又没有无罪认罪，过后也没有反复奔走喊冤，平反以后也只是要求退回自己的日记、笔记。但是他对平反名单里没有李旦初却一直鸣不平。这正是杨孟衡的可贵之处。

委曲求全，坚守底线

从《三上桃峰》的前身《三下桃园》开始，许石青就是原创。《三上桃峰》省地县三级都有改编本，许石青是唯一的参与过三个改编本的作者。当山西演出团在北京闯下大祸，许石青一班人正在吕梁地区编演《三上桃峰》。山西全面清查《三上桃峰》事件，许石青参与过各级三个版本，当然"罪孽深重"，成为关注的重点。

山西省革命委员会1974年2月编发了一份《批判〈三上桃峰〉有关资料汇集》，文集前边加了个《编者按》：

编者按：我省创作和演出的晋剧《三上桃峰》，于今年1月参加了华北地区文艺调演。这个戏在京演出后，调演办公室组织了座谈讨论。普遍认为《三上桃峰》一剧，在政治上存在着严重错误，在艺术思想上有着"无冲突论""中间人物论"等倾向，《三上桃峰》的要害是为刘少奇翻案，诋毁无产阶级文化大革命。它是修正主义文艺黑线回潮的典型。与会同志怀着极大的义愤，对《三上桃峰》进行了严肃的批判。

据现在的初步了解，《三上桃峰》原是由晋中青年晋剧团编导许石青等，为准备参加省现代戏调演，根据《人民日报》发表的一篇《一匹马》的通讯，编写成晋剧《桃李争春》的。作者为了创作的方便，剧中的人名、地名都没有用原通讯中的真名。把卖马的大刘庄改为李庄，买马的桑园改为桃园，改名为《当代新风》。以后还听取了原省剧协和有关同志的意见，又参照了《中国青年报》上发表的《三下桑园赎马记》的报道，进一步加以修改，剧名又改做《三下桃园》，参加了省级调演。无产阶级文化大革命后，在一九七二年，吕梁地区柳林县剧团，将《三下桃园》又作了修改，剧名改为《三上桃峰》，在省城进行过演出。一九七四年我省参加华北地区文艺调演的晋剧《三上桃峰》就是在柳林县剧团演出本的基础上，由省创作组的同志再次加工修改后演出的。

为了了解这个戏的创作和演出的历史背景，现将华北地区文艺调演第七期、第二十五期《简报》和一九六五年七月二十五日《人民日报》第二版发表的唐广益、王仁厚写的《一匹马》，《人民日报》评论员文章《最大的荣誉》，一九六五年十月五日《中国青年报》第三版发表许岔写的《三下桑园赎马记》的编者按等有关材料，编印成册，供同志们批判《三上桃峰》时参考。

这一套有关《三上桃峰》的批判材料，只点了许石青一个人的名，足见许石青在《三上桃峰》政治事件里的分量，也能想象出许石青当时的巨大压力。

吕梁地区及柳林县、孝义县，是编演《三上桃峰》的"黑窝子"。各地都相应做出了批判《三上桃峰》的部署，吕梁地区决定抽调政工干部，把涉案人员集中起来办学习班。

贾克曾经检讨自己"重用有严重历史问题的人"，这当然是指许石青。1940年代，许石青加入过国民党的外围组织"三青团"。一个学生娃娃，知道什么，可就是这点"历史问题"，历次运动中受尽整肃。这一次新账旧账，他不知道自己还能不能回来。"文革"批斗了好几年，这一次，他准备好了进监狱。

学习班听起来文雅得很，在"文革"中间，一般认为有政治历史问题的，犯了某种现行政治错误的，集中起来整治。交代问题、写检查、清洗思想，直到检查过关了，才能放出来。其中如果遇到手腕狠一些的，"学习整顿"过程中常常实行"群众专政"，甚至体罚、伤人。

吕梁地区批判《三上桃峰》的学习班，主要对象是贺登朝、许石青、李旦初等编创人员。为了"取证"，调动了公安机关。大会批斗，小会围攻，目的就是想追出"后台"，查出"背景"，也就是逼着他们承认为刘少奇、王光美翻案，逼着他们供出更高一层主要是山西省委领导的"指使"。

地委认为火力不够，督促升温。人家说上头有交代，不能半温水，要烧得翻滚冒气！文水剧团贴出了大标语：揪出《三上桃峰》的炮制者许石青！又开会了，大家还习惯地围坐发言，交城剧团团长大喊：许石青站起来！发言声讨有了白刃格斗的意味。

由于许石青是《三上桃峰》改编的源头，抓住这个源头，才好追查和"桃园经验"的关系。批判会上，发言的就揪住"桑园改桃园"为"桃园经验"张目的话题逼迫许石青就范。压力太大了，许石青一夜一夜睡不着。但是他没有顺杆爬，按照所谓上头精神交代什么。

学习班大量的时间是写检查，检查交代自己的错误事实，再对照上级精神自我批判。许石青写过多少检查，已经不可历数。从1974年初，传达《三上桃峰》政治事件以后专案整顿，3月8日他第一次写了《许石青的初步检查交代》，此后每开一次会，照例是"检查不深刻""企图蒙混过关"。中国的历次运动，只要运动不结束，领导人不打算让你过关，你的检查永远不会被认为"深刻"有效。只有运动行将结束下一个运动开始取代眼下的运动，重新搜索整肃对象，你的检查于是才"深刻"了，你才能随着集体一起迈进另一个运动。在此之前，你只能不断检查、不断挨斗。当年检查，是知识分子和文化人的苦难挣扎以及生存状态的存照。

许石青的检查持续了一年多，一直到1975年，他仍在一遍一遍写检查，自我揭露，自我羞辱，也揭露事实，按照上边的要求解释事情的来龙去脉。

我所了解的有关大毒草《三上桃峰》出笼的一些情况

大毒草《三上桃峰》的出笼，我自己负有重大的责任，首先我以万分沉痛的心情向党向人民请罪！为了帮助党澄清这株大毒草出笼的实际情况，现将我了解的一些事实如实交代如下：

1965年7月25日，《人民日报》发表了为刘少奇、王光美歌功颂德的通讯《一匹马》，当时发表了本报评论员文章《最大的荣誉》，明目张胆地为臭名昭著的"桃园经验"招魂，替叛徒、内奸、工贼刘少奇翻案。当时我在晋中青年晋剧团担任编导，正准备编写参加省地即将举行的戏曲会演剧目，由于自己的资产阶级世界观没有得到改造，文艺黑线流毒中得很深，在创作中不问政治，单纯艺术观点，对于《一匹马》这株毒草，既没深入了解它的政治背景，也没识透它的政治内容的反动实质，盲目地把这株毒草改编成了晋剧《当代新风》，初稿出笼后，经剧团党支部审查通过当即进行了排练。《当代新风》还在排练过程中，原省文化局、省剧协派了朱东、方彦、杨孟衡等人专程来到我们剧团直接插了手。他们看了一次排练以后，一方面赞赏这株毒草题材好，基础不错，同时又指出说"还不像个戏"，"要重新修改以后再排"。从此排练立即停了下来，在排导当中边改边排。这次修改又参照了《中国青年报》发表的《三下桑园赎马记》，并将剧名改为《三下桃园》。

《三下桃园》这株大毒草排出以后，参加了晋中地区戏剧会演，演出期间，省文化局副局长贾克到榆次看了演出，并召开了座谈会。贾克对这株大毒草大加赞扬，对进一步修改亲自做了安排指点。不久又将我和张正申调到太原，由贾克亲自对修改方案做了逐场逐段的评点安排，我和张正申按照贾克确定的具体提纲改出以后，交杨孟衡转给了贾克，经贾克等人动笔修改后刊登在《火花》戏剧专刊上。排出以后参加了省戏曲会演，并确定为参加华北地区的会演节目。

1966年春季，北京青艺演出了大毒草《春风杨柳》（也是根据《一匹马》改编的），晋中青年剧团组织了十几个演员去北京看了这个戏。看了演出以后，北京青艺和大刘庄的所谓贫下中农开了一次座谈会，让我们也去参加了。会上发言的人对这个黑戏进行了吹捧，我们剧团的人只是旁听没有发表意见。

省会演以后，贾克以及原省委宣传部的林华等人继续抓住这个戏修改、加工、排练，直到无产阶级文化大革命开始以后，才被迫停下来。

无产阶级文化大革命期间，我们剧团曾转接过外地革命群众一封来信，对大毒草《三下桃园》进行了严肃的批判。来信内容主要是指出"桃园"是王光美的黑点，《三下桃园》是宣传了王光美的桃园黑经验。另外，来信还认为，经过伟大的社会主义教育运动，竟然发生了骗人卖马这样的坏事，这是否定社会主义教育运动的伟大成果。当时自己的糊涂想法是：认为《三下桃园》的内容写的并不是"桃园经验"，只是村名用了"桃园"二字，以致引起了误会与错觉。因此，也就根本不去深入了解《一匹马》的政治背景，也更识别不出这篇毒草的反动政治内容的反动实质，直到无产阶级文化大革命以后，一些别有用心的人改头换面地把这株大毒草搬上舞台时，自己仍然麻木不仁，识不破他们的阴谋诡计，也看不清这株大毒草的反动本质，糊里糊涂地又一次参加了炮制这株大毒草的罪恶勾当，再次对党对人民犯下了不可饶恕的罪行。

在下面的检查文字里，许石青依次坦白了自己1972年3月、1972年4月、1972年6月、1972年11月、1973年3月、1973年7月，屡次参与《三上桃峰》剧本编创的详细过程，上级如何通知，如何确定剧本思路，如何修改加工排练，自己应该承担的责任。在检查的结尾，许石青这样说：

> 由于自己没有认真学习马列主义和毛主席的著作，思想感情、立场观点受资产阶级修正主义的毒害很深，根本辨别不清什么是香花，什么是毒草，以致一再为《三上桃峰》这株大毒草的出笼卖力效劳。特别是经过了伟大的无产阶级文化大革命运动以后，又把这株大毒草搬出来，自己负有极严重的责任。这是对党对人民的犯罪，我深感痛心与不安，我再次沉痛地向党向人民请罪。

许石青的检查，也是"文革"中间知识分子在政治高压下检讨自辱的一个典型文本。提到《三上桃峰》，一概用"大毒草"，问世叫"出笼"，桃园经验加上修饰"臭名昭著"，凡修改《三上桃峰》的过失，都是"别有用心""阴谋诡计"，交代检讨，叫做"向党和人民请罪"，这里重要的是这个罪人身份，一旦沦为思想文化罪犯，所有的言行都要按照罪犯的人格习惯来规范衡量自己。在极左路线的政治高压下，知识分子文化人，非但谈不上人格尊严，连正常人的颜面也不得维持。一次一次被迫自辱，给自己身上泼脏水，才能在运动中过关。最残酷就是这种自我羞辱，自己搜寻污言秽语加害自己。对知识分子精神和思想的伤害，是"文革"最深远的罪恶。

许石青也有自己的底线，那就是从不攀咬别人。自己的罪名再可怕，罪孽再难逃，只说自己的罪过。除了省里来指导是报章公开揭露的"罪行"，在地县这一级合作者，他从没有牵扯任何人。吕梁柳林，陷入《三上桃峰》这个政治漩涡的人很多，清查牵连在案的同行很多，没有人因为许石青的揭发罪加一等。我在吕梁访谈，听到最多的评价是"老汉人品好"。

学习班结束以后，许石青回了故乡孝义。也有人企图整斗这个文化罪人，但是当时的孝义县委没有同意。县里安排许石青到一个文艺班当了艺术指导，算是给他一个避开风浪的容身之地。从此许石青远离是非，在县城的一角悄悄带他的学生，直到"文革"结束《三上桃峰》平反，再度出山就任吕梁晋剧团团长。孝义这个以孝、义传说得名的县份，人们说起当年的宽大为怀，禁不住还是要夸赞，孝义人好。

以攻为守，绝地反击

《三上桃峰》在吕梁地区演出，执笔改编还有一个李旦初。李旦初，湖南安化人，打成右派以后下放到山西吕梁，安排在地区综合治理黄河办公室。右派能写写画画，编点文艺节目。那时文化人少，吕梁要改编《三上桃峰》，听说有这么一个人物，地区就抽调了来。《三上桃峰》最初的剧名就来自吕梁。在晋中平川《三下桃园》，在吕梁山区，当然就"三上桃峰"了。吕梁地区各县剧团演出的，大多是地区这个改编本。

贺登朝、许石青、李旦初，一起关进了吕梁的学习班。许石青委曲求全，逆来顺受。李旦初可不是这号脾气。学习班不断加温，拼刺刀，竭尽所能要逼出上面想要的材料来。大标语贴出来，喝令贺登朝、许石青、李旦初老实交代！上会再不像以前文斗，架胳膊按下脑袋，做成低头认罪的造型。折腾几次，可把李旦初惹火了。这个湖南汉子哪里受得了这个，他豁出去了。我是摘帽右派，在黄河滩治岸，和民工差不多。全部家当只有一床被子，关了我夹上被子就走！怕什么！

李旦初觉得，山西省下发的批判《三上桃峰》资料集，分析省地县的责任时畸轻畸重，尤其是前边加的那个《编者按》，把责任往下推。说明清查了要抓批准者、支持者、炮制者，我和贺登朝、许石青能交了账吗？他憋着一口气，要写大字报。这个挨整对象，竟敢写大字报反击，胆也太大了。他拉了贺登朝商量，李旦初动笔，反正甚也不怕了，索性挥洒起来。几个小时，一份3000来字的大字报写成了。

大毒草《三上桃峰》是怎样出笼的？
——兼评所谓《编者按》

晋剧《三上桃峰》是一株大毒草。它的要害是为刘少奇翻案，替王光美招魂，诋毁无产阶级文化大革命。在创作倾向上，他是修正主义文艺黑线回潮的典型表现。通过无产阶级文化大革命，打倒了刘少奇，可是现在居然通过文艺舞台为他招魂，这绝不是偶然的巧合。而是阶级斗争、路线斗争的反映，对于这个坏戏必须狠揭猛批肃清流毒。

《三上桃峰》是怎样出笼的呢？有个不知为什么不署名的《批判〈三上桃峰〉有关资料汇集》的所谓《编者按》，对一些问题歪曲了事实真相。《编者按》开宗明义就说："我省创作和演出的晋剧《三上桃峰》，于今年1月参加了华北地区调演。"究竟是谁创作和演出的？难道是"我省"两千多万人民吗？大家知道，把《三上桃峰》这个坏戏拿到北京演出，是一起严重的政治事件，难道要由"我省"两千多万人民来负这个责任吗？这个《编者按》笼统地说什么"我省创作和演出"是别有用心的，是某些能由"我省"身份说话但又不敢署名的"权威"，为了掩盖事实真相，逃避政治责任，经过反复推敲而说出的话。

事实真相究竟怎样？

大字报分四个部分：一、最初让改编《三下桃园》的是谁？二、让重点抓好《三上桃峰》改编的是谁？三、把柳林剧团调到太原演出《三上桃峰》的又是谁？四、值得深思的问题。从几个方面逐条梳理，按照时间顺序，某年某月某日，省上某人如何指示，如何打电话，如何安排调动演出力量，如何评戏表彰推广，到最后质问：

铁证如山，《三上桃峰》是省文化局某些人蓄谋已久，经过精心策划、周密组织而炮制的。出笼前他们三令五申，一催再催，出笼后，他们大吹特吹，奉为至宝，精心培育；而在《三上桃峰》被揭发以后，他们则大推特推，企图嫁祸于人。

在大字报里李旦初还为许石青抱不平，批判材料那么多大人物不点名，偏偏点了晋中青年团区区一编导，居心何在？所谓《编者按》为什么不敢署名？难道不是心中有鬼，做贼心虚吗？

尤其值得注意的是，文化大革命后省文化局某些热衷于复旧、热衷于开倒车的人，早就迫不及待地又把《三下桃园》重新搬上舞台，他们为什么不先在省城搞，而是要指定一个地区的县剧团搞？可见他们早就有了准备，一旦事情败露，就把责任往下推，以保护文艺黑线，伺机再起，其用心何其毒也！

大字报的矛头所向，指向省一级指导指挥《三上桃峰》编导的高层人士。他的子弹打得不一定准，但在当时，却也不失为一种保护一班小人物的办法。的确，小小的剧团编剧，不过是政治运动中的玩偶，草木之人，只好随着政治风暴伏偃生长，为什么大风一起，又要小人物承载牺牲？你们要往哪里躲？想安生？偏不让你们安生！冲天一怒，呐喊一声，有胆识，有血性。

李旦初不笨，他打的也是批判《三上桃峰》的旗帜。一个《三上桃峰》的编剧，有什么资格批评别人。批判《三上桃峰》是中央的部署，他当然不敢反对。他也在批判《三上桃峰》，甚至要批判《三上桃峰》的"要害"，目标却是为自己和难兄难弟寻求保护。以攻为守，这是在特殊的政治环境中，中国人修炼而得的一种生存智慧。李旦初粗中有细。

学习班的门前，正对着粮食局，那是长长的一面墙。50多张大字报，排了几丈长。大家都逆来顺受惯了，尤其是关起来的黑人。有人竟敢反击？这可是轰动小城的事件。从早到晚，看大字报的人络绎不绝，一边看一边小声议论。粮食局的大墙，一时成了集市一般。

当天，地委宣传部刘部长就把李旦初叫去了，他没有想到这个湖南人敢和他顶牛吵架。刘部长说：咱们学习班是有领导有组织的。意思是不能乱贴大字报。李旦初出口就顶上了："难道就领导我和贺登朝、许石青三个人"？"那么多大字报叫我们低头认罪，你怎么不管"？县委地委检查，都有"我们对文艺队伍现状不了解，用人不当"，"光考虑专家权威"之类的话，李旦初就很不受用。"我列席过县委常委会，我是个摘帽右派，你们谁不知道？"

这话有了挑衅意味。"省里让闹的，地区组织的，许石青不过是参加人，我们有什么责任？"

李旦初写了两份大字报。"告诉你，我这一次大字报说的是省里，你们再不改，下一张大字报就说地区！"刘部长无奈了："教他们马上撤标语，你也不要再贴了。"对于一个豁出命的汉子，任你再骄横的权力，又能把他怎样？

学习班经历一段喧嚣宣布解散，涉事人"回原单位继续接受批判"，这是清查告一段落的冠冕堂皇的说法。1975年9月以后，再没有纠缠过《三上桃峰》的事。

"文革"以后《三上桃峰》事件平反，李旦初这颗金子终于闪光，先任吕梁高专校长，继任山西大学常务副校长，退休以后住在山西大学。谈起当年的豁出一拼，他手头已经遗失了大字报底稿。我去吕梁访谈，搜寻到这份宝贵的底稿，当然只能是一份油印件。当年谁谁谁摘抄、打印，姓名一一标记着。说明当年吕梁地委还是记着这一笔账。如果风向有变，李旦初能惹来多大祸事，实在难以预料。

全身远祸，巧妙过关

查处《三上桃峰》是否是有目的有企图的反动，关键在于落实桑某的揭发。桑某说到他几次向山西的同行提醒过《三上桃峰》的政治背景问题，山西的贾克等人就是不听，一意孤行。那么，桑某所说，是否有根有据，亲证旁证，一字一句能将案子做得铁板钉钉？

山西省委组织了调查组，严查彻查，不放过任何蛛丝马迹。一路循着桑某的证言追过去，三晋城乡，立刻把许多当事人卷进了是非的漩涡。

感谢我们的老祖宗留下了"孤证不立"的办案铁则。这当然也是整个世界的通行原则。单个人证物证，不能采信。天理人情王法，建立在普通人的常识，如果孤证可立，这个世界上任何一个人都可以反咬一口，整个世界诉讼秩序将一片混乱。

桑某说，1973年他来山西，有次聚餐，剧协的贾克、石某在座，他提醒过《三上桃峰》的背景问题。还有一次看戏，他向卢梦、李蒙谈过，"这个戏有问题，和桃园经验有联系"。但是，除了石某说他记得此事，贾克、卢梦、李蒙都表示，根本没有听到桑某说这些话。再无旁证，不能证实。

1973年12月5日，桑某在昔阳，曾经跟省文化局创作组的石某、刘元彤谈过《三上桃峰》的政治背景问题，两人也确认有此事。石某说，回太原后，在红旗剧场，他和刘元彤曾经将这个意见转告了贾克。但是，在场的刘元彤、郭士星等人都说没有听到过。这一条线索又追不下去了。

一次一次，几乎狭路相逢，都被规避化解。历史就这样，巧妙地走出了一道一道狭窄的巷道，涉险艰难过关。

大家可能注意到了，桑某的几次揭发，在山西都有一个重要的呼应人，那就是文化局创作组的石某。正是这个石某，屡次证明桑某的揭发，把祸水引到山西，制造了一次一次惊险遭遇战。

石某接过桑某的源头，进一步把揭发引申下去，主要说的是两次聚会。一次是1973年1月，创作组胡正请桑某吃饭，在场的有北影导演陈怀皑、石某和贾克。桑某在这个场合忠告《三上桃峰》背景有问题。一次是1973年7月3日，创作组开会，他转达了桑某的意见，在场的有马烽、孙谦、刘元彤、张万一、鲁克义、王世荣、杨孟衡。多人聚会，该揭发，还是打掩护？一旦多人面对同一个两难选择，揭发还是困守？这是实实在在的囚徒困境。《三上桃峰》眼看就要天塌地陷，真真切切的命悬一线。

但是在场的十来个人，没有人出面证明听到过桑某的"广而告之"。

那么胡正呢？他是请客事主，处在事件的风暴眼，他没有听到吗？

陈为人在《胡正晚年的超越与局限》一书中，生动记录了胡正的应对：

> 《三上桃峰》让我证实贾克的罪状——当时的导演桑某，他在北京就说：我给他们讲过，这个有刘少奇背景，他们不听。桑某、他老婆和我是延安时期的同学，他来山西后，我请他们到家里来吃饭，在座的还有北京的一个导演，名字我记不清了，还有石某、贾克。桑某说，我在胡正家吃饭的时候还跟贾克说过。斗争贾克的时候，找我调查，北京的另一个导演说我记不清了。后来找石某，石某说，是啊，说过。这不成了一对一了？就又找我。问我，是在你家说的，你一定听到了。我说，我没有听到呀。调查组的生气了，人家桑某说的，石某也听见了，你为什么没有听见呢？认为我是在包庇贾克。我说，他们在我家吃饭，我总要出去端菜呀什么的，也许是我出去的时候说的，反正我是没有听见。打了个圆场也等于要了个滑头。后来这个案子定不下来。不是明知故犯，性质就不一样。后来文教委员会的副主任胡英，我们在晋绥时在一块，说话比较随便，一见我就说，老胡，又端菜去啦？

作家胡正的"端菜避席"，后来成了一个有名的典故。每当一个问题难以面对，急于退下，就有人打趣"端菜去啦"。主动回避的人也会坦率地托词："难道大家不需要吃点水果吗？我去端盘水果！"当事人往往一笑了之，岂不知这个托词的原创正在胡正。有人说胡正耍滑头。这不是耍滑头，恰恰是人生的大智慧。他既撇清了自己，也保护了同志。把朋友推进火坑那是耍滑头，把同志留在福地那是正义感。自己安全，朋友也得安全，那是善意规避带来的双赢。《三上桃峰》的清查就是这样，这么多的在场当事人装傻卖乖，注定了清查不出当局想要的结果。当魔鬼想叫醒你胁从作恶的时候，装睡，也许是当时最好的应对。

大结局，饶有余味

从1974年1月到1975年6月，《三上桃峰》的清查闹腾了一年半。6月2日，山西省委以晋发（1975）51号文件的形式，向中央提交检查报告。这标志着，无论如何，这场强加给国家和民众的政治运动到了收束的时候。上层认为扳倒了谢振华达到了目的，下层干部民众也早已厌倦了无休无止的政治运动，画一个休止符是时候了。

"文革"时代的检查，无非交代事实，纠正错误，提高认识，整改处理，誓不重犯这么几个块块，山西省委的检查也脱不出官制八股。山西省委文件，肯定了"《三上桃峰》是一株否定无产阶级文化大革命，为叛徒刘少奇反革命修正主义路线翻案的大毒草，是修正主义文艺黑线回潮的产物"，"省委常委多数同志看过这个戏，有的不止看过一次，有的还审查过剧本，都没有查问它的政治背景问题，没有察觉它反动的政治内容，分辨不出什么是修正主义的文艺，什么是无产阶级的革命文艺，把毒草当作了香花"。省委检讨了领导责任，明确了省委领导谢振华同志、省委副书记王大任同志负有重要的领导责任，省文教部副部长李蒙、卢梦同志负有直接的领导责任。撤销贾克党内外职务，继续审查。其他编创人员，不再追究责任。省委决心贯彻中央解决山西问题的（1975）9号文件精神，"继续批判修正主义文艺路线，批判资产阶级生活作风，进一步批判《三上桃峰》和其他坏戏坏书，汲取教训，不断端正文艺路线，巩固和加强无产阶级在文化领域对资产阶级的全面专政，把文化大革命进行到底"。

按说这篇八股文章面面俱到，滴水不漏，到此也可以交账了。不过只要通读这个文件，你会注意到文件还有五个附件：一是关于《三上桃峰》出笼情况的调查报告；二是关于《三上桃峰》几个重要问题的说明；三、四、五是王大任、李蒙、卢梦的检查。在《三上桃峰》出笼情况的调查报告中，调查组历数《三上桃峰》由原创到屡次修改加工直至推进华北文艺调演的详细经过，委屈承认了江青、于会泳控制的文化部强加给它的种种政治罪名。但有一处说明值得注意：

> 在这次调查中，对《三上桃峰》的出笼经过及有关地区和部门的炮制者、支持者和领导者的责任已基本查清，但没有人承认事先知道《三上桃峰》的政治背景。对有关这方面的揭发和疑点，有的还不能完全确实地证实。

这也就是说，文件帽子扣得很大，却是否认了炮制大毒草的主观动机。山西当然不敢否认"大毒草"的政治定性，却辩解参与人没有主观故意。这样一来，《三上桃峰》岂不只是客观效果恶劣，编创这个戏的动机还不能妄加猜度。这实际上否定了所谓的"居心叵测""恶毒用心"之类的指责。这是最后一道防线，山西方面不能再退。但是坚守这一条防线，许多参与人立刻由"罪行"降低为

"错误"，批判处理会降低调门。这一结论，挽救保护了不少人。

《三上桃峰》的由来演变，曲折漫长。在查证过程中，有人反揭发，证明1973年吕梁地区先行排演《三上桃峰》时，此前揭发《三上桃峰》政治问题的石某，曾经高调肯定过这一出戏。山西省委的检查文件说：

> 1973年2月10日，省文化局第三次派了五个同志到吕梁看《三上桃峰》，在座谈会上，省文化局创作组石某同志说："我个人看戏不多，最满意的是这个。也许有偏爱，有感情。原来基础好。好的原因，题材本身和现在的一些戏比有独特的东西。——这个戏主题比较高，教育意义大，经过反复修改，比以前的本子有很大提高。这样的戏，的确不多。"同去的同志说："省地县的同志看了很高兴，何况我们原来就有感情，更高兴。"并表示，"这次就是接你们到太原去的。"

这里看似平常叙述，波澜不惊，看到后来你就发现，其实这一笔绝不是可有可无，实在是浓墨重彩，巧做埋伏。翻到下一个附件，埋伏很快引爆。一个小当量的爆炸，却也惊心动魄。

在关于《三上桃峰》几个重要问题的说明里，主要解释的是查证桑某和石某的揭发。调查组汇报了在不同场所、不同人等参加的几次聚会，查实没有人佐证二人的揭发。调查组以"没有人听到""无法继续查证"等理由，谨慎却是决绝地否定了二人的揭发。不仅如此，调查组依据调查，紧逼一步，一个圈子把石某兜了进来。文件说：

> 在华北调演前，石某同志已经知道《三上桃峰》的政治背

景与"桃园经验"有关，不但没有向文教部和省委反映过，而且对《三上桃峰》曾进行过吹捧，这是严重错误。

石某大概没有想到，在同一个文件里，转瞬之间，他就由揭发有功变成了受审人。山西省委含垢忍辱做检查，也没有忘了抓住机会，狠狠敲打了石某一下。碍于当时一边倒的政治大形势，文件不可能过多地评说石某的由捧到批大变脸，但是这几句判词却是凶狠猛烈，借力打力，动作很小，字字见血。看似不经意轻轻一刀，扎得很深。

石某也是老牌革命文艺家，对革命戏剧文艺发展有过贡献。长期担任过山西剧协主席。他对《三上桃峰》前捧后批，阵前反水，表现激烈，山西文艺界过来的同志都很反感。不过那样一个政治高压时代，即便经历过革命战争考验的老同志，面对疾风暴雨也会考虑保全自己，趋利避害。我们对于他，还是应该有更多的宽容和谅解。

经历了一年半的查证惩处，山西省委无奈做了检查，谢振华调离，负责人受了处分。贾克停职检查，李蒙又回了部队，卢梦无法工作，当事人一个一个受伤隐遁。山西省委委曲求全，反复查证，自扣帽子，也有一些顽强的推拒。揭发无情，无力抗拒。巧借反揭发，却也不忘做了一个小巧回击。一个神圣的报复，在严肃庄重的呈报文件里画上了一道刺目的颜色。一片一片整齐沉默的文字方阵里，能看出有几排冷眼和压抑的愤懑。

"文革"查处，一轮又一轮。面对强加在头顶的迫害，各色人等选择了不同的应对方式，展示出多姿多彩的人生。《三上桃峰》这一年席卷天下的政治运动中，铺天盖地的检查过关，展示出国人典型的运动生存方式。面对政治高压，各色人等只能大难临头各自应对。这种应对，集合成"文革"时期国人典型的运动生存和政治生态。

躁动终于过去，一切复归沉闷。《三上桃峰》事件缓慢地落下帷幕。

又经过一年多，"文革"结束，《三上桃峰》平反。轰轰烈烈的全国大批判，大张旗鼓的平反，事件已经过去40年，留给我们的回忆却是意味深长的。

（此文参阅贾克《我所经历的〈三上桃峰〉事件》、杨孟衡《桃园风云——〈三上桃峰〉事件纪实录》，所引检查文字，全部来自原始档案，只是其中个别人隐去真实姓名。在此致谢。）

冷眼平心看大家

流沙河印象记

成都拜访流沙河

到成都，当然要去拜访流沙河。

每个城市都有它的精神高地，流沙河，是这个城市的一个精神标高。寻找思想的矿藏，不妨到他那个小区去。

流沙河，成都文化人叫他沙老。沙老已经年高，唯恐不便会客，不免忐忑。电话联系，听说是山西来的，沙老热情回告住址，又详细指引乘车路线。沙老还说，那天正好成都几个声气相投的老朋友要来聚谈，我想见到的几个大家，都要来，这实在叫我喜出望外。

细雨微风，一路快行，叩响大慈寺沙老住所，已有曾伯炎、黄一龙等几位久闻大名的大贤在座。曾先生介绍说，他们经常来沙老家里交谈，大约每个星期都要来一回，大家谈得很随便，却也是一枝一叶总关情，大家谈，也倾听沙老的高见。国计民生，是文化人永久的关怀。这里实际上是一个小型的文化茶座，呼朋引类，纵论天下，在言语的碰撞中，经常闪出智慧的火光。沙老时不时有妙语横生，机敏中掩藏锋芒，是他的一贯风格。其他人各抒己见，交锋、吸收，输出信息、输入信息，无意之中实现了资源共享。沙老的住所，在风光秀美的成都，是不可或缺的亮点。

一个城市如果只有风光，没有思想，宛若山水无石，柔弱无骨。沙老是成都的一块硬骨头。找风景，蜀地满目秀色，寻找思想名胜，要到这里来。

各个城市大约都有这种思想交流性质的聚会，好像小型的精神音乐会，只是，有没有沙老这号领奏的第一小提琴，那就不好说了。

得知流沙河的大名，一般都来自20世纪50年代的《草木篇》。

作者拜访流沙河

沙老成都解放时参加工作，经历了短暂的重用愉快，1957年被打成右派，日后，下放劳动，接受改造，株连家人，灾连祸结，沙老回忆，那是锯齿咬啮血肉淋漓的苦痛。20多年的熬煎，1978年右派改正。以后，沙老写诗研诗，钻研古典，著有诗歌诗论、文化随笔、文字论学等28种。感谢放逐劳改，没有无聊地跟风，沙老精研古籍，在中华文明的源头畅游。近年来议论庄子，自成一家，文字训诂，引人注目。一本《流沙河认字》正在热销。

我自报家门，沙老立刻将话题引进了训诂。他说，你们毕姓这个姓氏，你知道吗？应该是春秋时代周文王第15子，毕公高的后人。毕字繁体写作"畢"，象形，原本指的是捕获野兽的工具。中

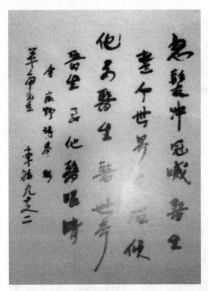

流沙河客厅，友人的戏谑诗

间那一长竖，应该是手柄，手柄四边，多么像交织的网！古人造字是有来由的。

我们家族的姓氏起源，我当然知道一些。可是面前这是一个外人，对文字的来龙去脉梳理得头头是道，不由你顿生敬意，感慨大事小事都有学问。沙老近年来梳理文字源流，深入堂奥，斐然有成。文人论字，当然不可同专治古文字的专家比，但想象丰富，涉笔成趣，却也是枯燥的史笔难以比拟。

沙老赠我一册《流沙河认字》，离开后翻阅，引人解颐的解读比比皆是。比如他解释"沬"字，"沬"为洗脸，甲骨文的形象是人跪皿前低头，一手掬水沃面。"我曾目睹北人有这样洗脸的，与甲骨文稍有不同，他是俯身双手掬水沃面，上下拭搓，同时喷着响鼻，愉快呻吟。洗毕方用毛巾吸擦脸上的水。不像我们，只用毛巾吸水，绞干洗脸。他继承了三千年前祖宗家法。"读书不禁莞尔，我就是这样洗脸的。南北洗脸异同，在这里看到了深刻的文化解析。你能不会心，你能不敬佩？

说到我的故乡，沙老也是一番议论。我说我是山西临猗人，靠黄河，沙老马上接了话：

"你们那里，哪里是山西啊？"

沙老从临猗的起源说起，春秋时代猗顿在此农牧盐商，富可敌国。长安历朝古都，河东是为京畿。在沙老眼里，平阳以北，土地贫瘠，游牧迁徙，口外开发，这才是典型的山西。气候苦寒，农耕不兴，征战流离，这是人们对山西的评价。"你们那个地方，盛产粮棉，重农守土，哪里是山西？"

汉唐气象，造就了黄河金三角的富庶和骄矜，河东一方经常自外于山西。吃住习惯，风土人情乃至方言系统，都和关中亲近。至今我们那一带，开口闭口说西安。轻松的话题，沙老教给我们的是文化地理学。

沙老和山西，渊源很深，我们的谈话也就久久地围绕着山西漫游。1950年成都国共易帜，流沙河还是个小青年，晋绥南下干部、作家西戎主持《川西农民报》，把这个崭露头角的小作家调进报社，流沙河由此参加工作。依仗西戎提携护佑，流沙河得以在文坛安身。嗣后几十年，流沙河和西戎保持了将近半个世纪的师生情谊。一直到西戎安居山西，依然书来信往，时有过从。1988年作协换届，文坛各种力量角斗追逐，前辈作家西戎落选。流沙河有长信诉衷情，宽慰恩师。本世纪之初西戎去世，流沙河写了长文，回忆和西戎数十年的交情。一直到前年，老西家三姑娘到成都，还是流沙河带着她，春熙路、鹿鸣春，一处一处指点当年老西的行止。哪里办公，哪里开会、哪里游走，流沙河一直陪同指给三姑娘看，一边解说当年接管新政的种种纷繁，一边倾诉几十年的别后沧桑。对三姑娘来说，这是接续家史，铭记乃父当年功业。对流沙河，当然又是温习了一回师恩重如山。

晋绥干部南下，接管蜀地，流沙河由此开始和许多山西人共事。

沙老说，民国时代，他对山西人的印象很好。他读中学时，学校有一个老师，教物理化学，和蔼可亲。教书育人，春风化雨。多会儿去问问题，老师对这些小娃崽子都亲如兄长，耐心教你。沙老说，这是他青少年时代印象最深受益最多的一位老师。抗战时期谈起故乡，老师说着说着，禁不住落泪。沙老说，那一刻他明白了，再穷再远的老家，外地人都有刻骨铭心的牵挂。要不，西戎老师入蜀短暂几年，怎么会闹着调回去。

西戎对流沙河有栽培大恩，后来的南下干部，沙老却印象不好。沙老说，山西来的干部，满口黄牙，南方人先看不惯。不洗澡，不讲卫生，生活习惯不好。更反感的是以没有文化、粗鲁无礼为荣。旧政府推翻了，各级都缺干部。首长的警卫、伙夫马夫都成了单位总管。携胜利之威，吆五喝六，颐指气使，把脏话粗话当成革命，把盛气凌人当做豪迈，把头脑简单当做果断，这些北方人的陋习坏毛病，一并移植到大西南腹地了。

我有些脸红。老家水不好，同乡都是黄牙。洗澡换衣不勤，莫说当年南下干部，现在的北方黄土窝子，也还遗留着种种坏习惯。

沙老说，他当时最看不顺眼的是，南下干部吃饭，有凳子椅子不坐，一抬脚要蹲在凳子上，不论凳子椅子新的旧的，油漆细光。他穿着粗鞋底子，一个跨步圪蹴上去，脚底板拧得撕拉撕拉响。新凳子，新椅子，那是让你坐的，怎么能蹲上去呢？

我身边的好多山西干部，现在不还是这样吗？我党以农民革命夺了旧政权，得了天下的农民于是把农民的文化习惯带进了权力中枢，农民文化成为主流至尊。各级干部都以自称"大老粗"为荣，粗鄙粗俗一时成为时尚。干部知识分子向工农兵看齐，他们"手是黑的，脚上有牛屎"（《在延安文艺座谈会上的讲话》），也比知识分子干净嘛。粗，脏，强悍，成为思想进步的表现。反映在衣着仪容姿态上，那就是身穿粗布，脸皮粗糙，手脚老茧，站没站相，坐没坐相，等等。如果感情细腻，肯定是小资产阶级情调。举止讲究，和劳动人民就不在一个立场，思想改造任务大了。男干部动辄口称老子，讲话日爹骂娘脏字不离口，女干部双手叉腰粗声大气好似夜叉一般。"文革"中，好好的女孩儿家剪了辫子，穿起军装腰系皮带，集体合唱"滚他妈的蛋"，就是粗俗文化登峰造极的表现。

以文明为敌，以野蛮为荣，我们一个时代的文化取向竟然是这样！

谈到西戎的大名，沙老就借这两个字为例，解说古代文化中的文野之分，粗细之分。中国古代中原文明之外属于化外之地。北狄南蛮西戎东夷，统称蛮夷。沙老解读"夷"字，拿来一张纸，把"人""夷"的甲骨文象形字画给我看。腰腿直立的是"人"，大腿小腿曲立如蹲是"夷"，现在的夷字，中间拐了几个弯，就是由当初的坐姿演化来的。你看"夷"字下边拐了几个弯，多么像一个人圪蹴的姿势？圪蹴在椅子上，就这样和野蛮蒙昧联系在一起，成为不开化的象征。

文明和野蛮的冲突，无意中成为我们话题的重心。

在这一场文明野蛮冲突的征战中，流沙河这个人有过几十年被侮辱被残害的岁月。打成右派，驱赶到乡下，拉大锯钉木箱过日子。批斗管制，时时刻刻担心被塞进革命政权的绞肉机。爱情婚恋生育，甜蜜的事业，在沙老这里，都是腥风血雨，一夕数惊。"文革"结束以后，沙老才得以过上正常的日子，有机会焕发创造才能。沙老精思多产，创作研究、古籍解析、古文字学好几个领域多有建树，成为新时期数得着的诗家大儒。大西南的地域人文，如果没有流沙河的进取创造，无疑会逊色不少。在这里寻觅数点人文成果，流沙河的大名，你无论如何绕不过去。俯视中国地图，有先生的身影，大西南，不落寞。

即使如此，新时期的岁月，也并非一路鲜花。蒺藜埋设是有的，冷雨敲窗是有的，风沙扑面是有的，虎狼环伺是有的，警察敲门是有的，电话威胁是有的，上门训诫，更加成为习惯性的节日慰问程序一般。

沙老自诉自小瘦弱多病，那年70多岁了，依然瘦削高挑，和那些大腹便便的大官大亨相比，似乎不经打击。但你不能小视这个躯体里的能量，瘦小的肉体爆发强大的聚变能，会使常人震惊。多年以来，沙老并没有消极退守书斋，民众需要时，他从不吝惜自己的声音和援手。全国著名的维权行动，多见沙老的签名呼吁。国内一批民间写作的青年作家精英，如野夫、狄马，视沙老如同精神导师。沙老对这些得意门生，也不吝奖掖扶持。遇到困难尤其是强权欺压，沙老当然会挺身而出，以自己阔大的翅膀挡住明枪暗箭。成都文人更是以沙老为骄傲，以沙老为中心，联手合作，志在文化积累。1957年反右过后，成都地区在1959年曾经再次加码，将一批中学生打成"小右派"，铸成全国著名的冤案。这两年，曾伯炎先生等人搜寻联络，组织当事人撰写回忆录，自费出版，显示出保卫民间记忆，修正正史书写的坚定立场。在沙老这里，成都文人群体，默默地顽强地做事，一方水土，由此闪耀出亮色。

沙老从不参加任何官方组织的无聊活动。环坐的几位都说，四川作协的副主席，那是上头安的，开会选的，沙老没有到场。他在给西戎的信里说："省作代会，知其太浊，予未参加。闻之会上拉票抢权丑态百出，推翻党组书记又似'文革'夺权再版，尚有半分文人气息耶？彼辈以棍子旧技加商品新招，太不像话，予惟远避之而已。硬选予副主席，也不去凑热闹。"后来，他也没有接受过任何公务活动安排。无疑，沙老的价值在民间。尤其在民众心声、民众意愿表达不畅的时候，沙老这里有一条可资利用的渠道。需要和权力对话，沙老从不畏惧担当意见领袖。

环顾沙老房间，陈设简单。唯有墙上的两幅自题书法，醒目

流沙河自题

又发人深省。一幅小斗方"知还",另一幅是王维的诗句,"雨中山果落,灯下草虫鸣",左右两个条幅,显示了主人从容淡静的人生境界。经历了反复冶炼,沙老已然修成圣者智人。宦海浮沉,人间得失,已经摇撼不动慧心。老人冷静地注视着热热闹闹的风云变幻,熙熙攘攘的利害纷争,却也不是超然物外。鲁迅先生说陶渊明,既有"采菊东篱下,悠然见南山"的闲适,也有"刑天舞干戚,猛志固常在"的威猛。沙老也是这样。他当然不是入定的老僧,一介文人,仿佛置身世外,在民众需要时,你会惊讶他们铁肩担道义的勇气。

我们谈久了,我提议,中午大家一起出去聚餐。

沙老起身送客。曾伯炎先生说,沙老从不外出吃请。

我们退到门口,沙老站定,瘦高个子弯腰,一鞠躬,送我下楼。

我愣住了,顿时手足无措,浑身不自在。我一个小辈,如何当此大礼。有心回礼,脚下匆忙,已经站在楼梯。于是,仿佛突然意外地接了沙老的一份厚礼,又没有机会回礼,只好揣着一份不安一路行走回来。从此背负了沙老一笔礼仪债务。

沙老鞠躬,以大敬小,如何受得。

又回想到了当天的话题,文明和野蛮的冲突。

流沙河与山西

流沙河没有到过山西，这不等于他不了解山西，不了解山西人。他和山西有很深的交道渊源。他大半生几十年的生涯，有几个山西人对他的影响尤其深远。

流沙河开始接触山西人，是中学时代。抗日战争爆发，山西汾阳的铭义中学南迁，最后落脚在成都市的金堂县。这是流沙河的故乡。流沙河得以认识了一批来自山西的老师。

铭贤、铭义都是美国人创办的教会学校。庚子之乱，太谷汾阳一带的传教士惨遭杀戮，平息以后，美国人用赔款在当地办学校办医院。铭贤、铭义都是当地非常出色的学校，校舍建筑中西合璧，花木繁盛，学校就是园林。晋中这一带，要上好中学，出了县城只有铭义。铭贤旧址后来办成了山西农业大学。

流沙河对这一批山西老师印象很好。教物理的、教化学的，都是一派民国范儿。循循善诱，春风化雨。多会儿问问题，就没有不耐烦的时候。中学时代遇上一个好老师，往往终身受益。流沙河时常感念少年求学的好运道。只是不理解，四川那么好的地方，怎么留不住山西人。一次说起故乡山水阻隔，老师禁不住背过脸流泪。那一刻，流沙河理解了山西人的恋家。再穷再远的老家，山西人都有无尽的牵挂。待到以后，西戎老师一个心眼要调回去，流沙河就有些明白了什么。

流沙河的人生转折，在于遇到了山西作家西戎。

1949年初，"解放大西南"攻势强大，晋绥干部大批南下入川接管权力，山西那一批代表性的革命作家都到了四川。西戎到成都以后，参与创办《川西日报》，主管副刊，嗣后创办《川西农民报》，担任社长兼总编辑。政权易帜，报社初创，推开旧人，找熟悉新闻写作的太难，报社的新人，多是刚出校门的学生娃。

流沙河中学时代就酷爱文学创作，1949年跳考进四川大学农业化学系，不思学业，只想当作家。十几岁开始投稿，这年在《川西日报》发表诗歌、演唱作品和短篇小说。西戎欣赏流沙河的才华，一封介绍信招调流沙河来编辑部工作，从此流沙河"参加革命"，成为新政权的公职人员。

流沙河出身于大地主家庭，父亲在国民党金堂县政府任职，土改中被镇压。西戎不知道这些吗？按照新中国成立初期的审干规矩，这些都是要老老实实地填表的。这只能说明，西戎用人，还真有一股子唯才是举的劲头。在这个"老革命"看来——西戎这年28岁，已有十三年的革命工作经历——上一辈是上一辈的事，小青年受上一代的影响没有那么可怕，完全可以为新社会服务。

这"一老一少"在报社的日子里，竟然合作得非常愉快。一日讨论办报宗旨，流沙河拟了一段韵文，头一句说，"农民报，农民办"，西戎说，"不对，农民报，地主办。"《川西农民报》创刊，西戎手下的六个编辑有五个出身地主家庭，包括流沙河。西戎当然是在调侃编辑队伍的成分，但在当时，这明显是非常没有原则的玩笑。大胆西戎，他不但这样用人，还敢公开调笑文化队伍的现状，这位老牌革命干部，实在可爱得可以。烟瘾发了，让流沙河去买。市面上有一种劣质烟草，赶时髦叫了八一牌。两人对坐接火，西戎猛吸一口，口腔如烧火，连忙吐出浓烟，叫嚷"啥牌子"？一听说八一牌，西戎嘲笑："难怪满嘴都在暴动！"这个西戎，革命历史也可以拿来寻开心，他当领导，绝不是整天一脸"革命相"。

西戎带流沙河下乡采访，骑一辆自行车，西戎蹬车，后座驮着流沙河。这里不是山西，雨天泥泞，一会儿就没法骑了，西戎扛起自行车前行。要过河，流沙河抱起衣服，绕浅水蹚过去。日本车子笨重得很，扛得西戎一头一脸雨水拌汗水，流沙河又帮不上忙。多年以后回想，依旧愧疚不已。

闲下来的时候，西戎会给流沙河唱几段山西小调，"你妈妈打你不成材，露水地里穿红鞋"，"家住在，汾阳城，鼓楼的东面有家门，奴家的名儿自小就叫田秀英"……亲切随意。两个人的关系可以说亲密无间。

1950年没过几个月，流沙河惹了事。

流沙河与人合写了一部中篇小说《牛角湾》，在《川西农民报》连载。小说用意在于揭露乡间恶势力，用生动的民间口语讲述，很有生活气息。很快有报纸发表批评文章，批评小说夸大了土匪的力量，低估了群众的觉悟，丑化了现实生活。这个腔调我们现在太熟悉了，几十年来关于歌颂与暴露、光明与黑暗的指责，不知道打杀了多少天才。省委宣传部号召公开批判，调门已经高唱到"将导致亡党亡国"。西戎没有跟着起哄。他专程找到宣传部杜心源部长，为流沙河遮掩回护。西戎说流沙河年轻幼稚，作品有不当之处，最多属于批评教育问题。部长兼听则明，流沙河因此得免成为"敌人"，写了一篇检讨文章公开发表，过了关。不然，《草木篇》之前，流沙河先已经中枪倒地了。

流沙河回忆说："我的作品受到党报公开批判，他总是护着我。他绝不伤害我的自尊心，更不认为我有恶意。他只轻言细语批评一句，然后乱搔头顶表示苦恼，劝我检讨。"西戎还年青，难得一副老人心肠。

《川西日报》还有个记者冯振乾，1950年在副刊工作，和流沙河他们做同事。不知加入过国民党什么组织，1951年被捕枪决了。流沙河和西戎谈起此事，西戎感叹："我多次劝过他不要用真实姓名发表文章，他偏不听。当面叫他改用笔名，他改成'冯正千'，还不就是冯振乾。每次都是，他的文章一登，检举信来了。唉！"

西戎言下非常惋惜。这在当时，是极为"丧失无产阶级立场"的言行，叫人传出去也很危险。流沙河就这样回忆：我那时很革命，断定他这是小资产阶级的温情主义，可危险哪，同志。如果他是我的下级，我不恶狠狠地帮助他才怪！

在《川西农民报》，西戎多次向流沙河表示："咱们调到文联去写东西吧。"他自己努力争取调动，也鼓动流沙河调去。终于在1952年5月，西戎调回山西省文联。同年9月，流沙河调进四川省文联。《星星》诗刊创刊，流沙河在创刊号发表散文诗《草木篇》，旋即被打成右派。

山西这一头，西戎听说流沙河打成右派，下放劳动，难过得掉了泪。

西戎为什么如此珍爱流沙河？如此保护他？他们的关系，耐人寻味。

他们是"革命同志"吗？其实除了是一个单位的文艺同好，流沙河和西戎之间的差异之处很多。

西戎是一个北方农家的孩子，流沙河是天府成都的市民。西戎从小做农活，流沙河家好几辈是大地主；西戎是解放区派去接收权力的军管会干部，流沙河是一个父亲遭到镇压的旧职员，这个出身，叫人一听就提高了阶级警惕；西戎接受的是来自延安的革命文艺教育，流沙河在国统区，接受的是系统的旧式文化教育。

流沙河和西戎的初次见面就非常有戏剧性。18岁的少年心里长了翅膀，从此走向了革命人生。手持编辑部来信去报到，单位门外等候许久，不见西戎出来。有一个人出来，"矮个子，高颧骨，立冲冲的短发，白衬衫上套毛线背心，布鞋"，站在门外望望街巷两头，又回去了。流沙河认为这人肯定不是西戎。这人其实就是西戎！在流沙河的心里，一个领导肯定威仪棣棣，哪能那样低矮，那样一脸疲惫？尤其不能那样蹙眉搔头，左右踟蹰。其实在流沙河心里，他的所谓威仪，更多的还是国统区文人长官的形象，风流俊美，仪态万方，现在人说，就是民国范儿。

西戎对于未见面的流沙河，也不是没有忧虑。招调函发出以后，西戎就有些后悔，看一看流沙河来稿一律毛笔小楷，西戎就担心这是个五六十岁的老头子。老头子可能历史复杂，那就糟了。西戎对于"毛笔小楷"，先就存了戒心。见到流沙河这么年轻，他先吃惊，接着开心地笑起来。在他看来，年青就好说，青年人出了错也不打紧。他并不怎么敌视地主家庭出身，甚至上一辈人遭到镇压的流沙河。

流沙河很挑剔这一批南下干部的仪态。初次见面，两人相对抽烟，"我注意到他的烟风欠雅，猛吸有声，竟似吾乡农民，使我感到意外"。流沙河见惯了精致讲究的生活，太不了解在一个粗糙的生活环境里长大的农家干部。

流沙河最反感有椅子不坐，穿鞋蹲在椅子上吃饭、说话。晚饭西戎带他去见《川西日报》主编杨效农，偏偏杨效农就蹲在椅子上吃面条，山西口音正在讲笑话。当年初秋去大邑县采访，县委书记也是晋绥干部，自占一座豪宅，架一支卡宾枪在园里打鸟。陪两人吃饭，也是蹲在凳子上。流沙河对此印象很深。

流沙河创造了一个词汇："蹲踞"，形容晋绥干部这种坐法，很形象。"蹲"而且"踞"，一个很有意味的坐姿。蹲，看起来太不讲究礼仪。踞，给人高高在上的感觉。不珍惜天物，有恶意糟践的意思。你不是高贵吗？这会儿还不是任我踩蹋？鞋底的沙粒，在楠木漆面上摩擦拧转，嘶嘶啦啦，蹲踞者大概有一种任我破坏的快感。流沙河摩挲轻抚惯了，心里肯定像针刺进去。

这两代人的文学素养也大不相同。西戎熟悉的是边区文学，对于国统区，则不甚了了。1949年全国文代会，西戎的邻座是赵景深教授，会上交谈过。回来以后，西戎问流沙河："有个赵景深是干什么的？"他竟然不知道赵景深教授，这让流沙河非常惊讶。视域的局限，价值观的倾斜，新中国成立初的这一批文化领导对文学传统不大在意，制定政策，出手经常是畸轻畸重的。这是革命年代的后遗症。人总要为尊者讳，流沙河说出此事，费了很大的劲才鼓足勇气。

这一对师徒，差异如此之大，合作非常愉快，结下了深挚的友谊。不由得让人思考其中的秘密所在。求同存异，器量大，这些都不足以说明西戎的人事结交原则。新中国成立后，阶级斗争理论甚嚣尘上，私人领域的交情也绝对政治化。世界上只剩下一种感情，就是阶级情、同志爱。中国传统文化中的五伦五常多半被连根拔起。西戎没有畸变成共产革命的情感机器人。他和人的交道，保留了更多的人情美。和流沙河之间，更多的体现出了师生情谊，兄弟情谊，同事的温暖。在红色情感占主导的年代，西戎保留了一个生态丰富的情感世界，才能够和各色人等友好相处，亲情友情都生长得郁郁葱葱。一个领导人的情感世界的畸变，革命以后是很时髦的事。西戎没有变，这是流沙河的幸运。

流沙河调进四川省文联，端赖西戎向报社苦苦求情。他调成了，西戎回山西了。流沙河说：我来了，他去了，这样很好。否则到了1957年他该拿我怎么办呢？

是啊，一旦流沙河被打成右派，这个右派的领导，该拿这个亲密的小同事、国家级大右派怎么办呢?

流沙河高悬了一个"流沙河之问"。

历史不能假设,这话对,也不全对。对于"流沙河之问",恰恰有几个山西人,可以作为替代,回答流沙河的问题。

流沙河被打成右派之后,开除团籍,开除公职,下放到金堂县乡下,靠拉大锯钉木箱度日。"文革"开始以后,成了管制对象,几番批斗,反复抄家,腥风血雨,一夕数惊。求一日温饱也难得,几次大病从死亡线上捡回薄命。关于那些年遭受的苦难,流沙河有《锯齿啮痕录》一书记载。

像流沙河这样的著名大右派,国人皆曰可杀,处理起来,自是怎样严苛都不为过。在天下汹汹的诛杀声浪里,却也有人主张手下留情,给流沙河一条活路。这个人就是当时的四川省文联副主席常苏民。

常苏民也是山西人,晋绥边区文联过去的领导。较之西戎,这位更是老牌的根据地来人。1940年在太行鲁艺,李伯钊任院长,常苏民就是音乐系主任。1942年去延安途中,应贺龙司令员之邀留在了晋绥文联,和亚马、卢梦一班人成为红色文坛领袖。1949年南下,常苏民是四川军管会的文艺处长,1950年代是四川省文联的主管领导。

流沙河成了右派,讨论处理意见,多数人当然是不打杀不足以平民愤。即便是有人想为流沙河说情,一看来势不好,也就知趣地闭了嘴。这个常苏民平时嗫嗫嚅嚅的,这会儿倒是他主张保留流沙河的市民户口,无论如何卖苦力,总得让他有一个买米买面的地方。

常苏民在四川不是第一次施以救援之手。任四川音乐学院院长,他放手培养有天分的年轻人,也不管他们是不是杨森的儿子,军阀的什么;接收了,送出去留学。他是典型的有教无类,为此一直被上头指责"右倾"。他也不辩解，仗着和薄一波的老关系，埋头只管干他的。四川的那一批学有专长的音乐人才，多得益于他的护佑。

保留一个城市户口能起多大作用？未经过三年大饥荒的人没有切肤之痛。20多年的劳改岁月，得免彻底沦为乡村贱民。"文革"后流沙河"解放"，找到常苏民，见面就扑通一声下跪磕了个头。四川纪念常苏民，流沙河送去一块匾额，亲书：蔼然仁者。

山西这边，西戎一旦回到文联，遭遇反右也是猝不及防。山西揪出的头号右派是省委宣传部副部长高沐鸿。在太行晋绥根据地，高沐鸿是马烽、西戎的老上级。省文联也揪出了一个四人右派小集团。西戎又一次面临革命原则和人性人情、阶级观念和同事感情的搏斗。在两难选择之间，西戎艰难地维护自己的做人原则，战战兢兢走过了一段运动生涯。

批判高沐鸿，是省委的指令。文联不能按兵不动。当时的省文联几位领导发表了长篇文章，可谓上纲上线，声色俱厉。文章的题目是《高沐鸿向何处去？》，文中有三个小标题："反动的文艺思想"，"不正常的社会活动"，"灰色的文艺创作"。尽管奉命作文，我们可以看出，这种批判帽子还是戴得够大的。看多了党内斗争，操控这种批判话语，这些革命作家们转型很快。他们知道，这种文章并不要求和事实相符，只不过按照需要把某人摧毁。需要击垮谁，把这些套话当枷锁给他套上就是。搬弄这一套革命大批判话语并不吃力，纠结之间，是良知的隐痛。

这篇文章署名依次为：李束为、西戎、马烽，山西文联三巨头。

省文联内部对四人右派小集团，也是口诛笔伐，罪不容诛。《火花》编辑部编排反右专题《本刊编辑部揭发张晓宇范彪小集团的反动言行》，特别刊发《山西文艺界几个右派分子的脸谱》

《折断范彪的反党毒箭》，嗣后还有专题批判过范彪的小说《市长办公室》。

批判《市长办公室》，太原市政府办公室认为影射他们。西戎再三给他们解释，小说是编的故事，不是说你们那里谁谁谁。对方根本不听。

范彪当时不过是《火花》的一个新编辑。小伙子以编写为生命，在省刊发短篇、出版社出长篇，一时招来了异样的眼光，在引蛇出洞的"阳谋"中，稀里胡涂成了整肃对象。大会小会检查批判以后，发配到大同劳教、挖煤、脱砖坯。劳教劳改生活，当然凄苦不堪，但范彪好歹保留了公职。两年以后结束劳教，回《火花》编辑部接着当编辑。

范彪至今认为，这是马烽、西戎对自己从轻发落，老人感念不已。

一头四川，一头山西。在山西处理右派，相当于在川处理流沙河。相比流沙河的斑斑血泪，山西文联几个"右派分子"要幸运得多。如此设想流沙河在西戎手下，从轻处理应当可能。常苏民就是西戎的做派。

这一班老革命，都有他们的党性原则。党的话当然要听，对右派，批判是免不了的，声讨是免不了的，诛心是免不了的，火力很猛的批判也不奇怪。但一旦安排生活，只要可能，他们还是会施以援手，手下留情。心软了，手软了，温情主义，慈悲心肠，在原则和人情的夹缝里，往往就留下了活路。逃过一劫，静待生命之树伺机返青吧。

不要幻想西戎支持你鸣放，他是党的人；也不必担心西戎落井下石，他是人性的人。

"我来了，他走了，这很好。不然他该拿我怎么办呢？"流沙河问。

常苏民就是西戎的替身。山西的反右就是四川的场景易地演出。流沙河之问，不难得出答案。

"文革"终于结束，西戎平反，他立即想到了流沙河。他给四川组织部门写信，介绍流沙河一案的冤情，力主为流沙河平反。

下午传来了流沙河平反的消息，西戎招呼家人，当天晚上摆酒，在遥远的北方庆贺。家里人知道，他一般只有中午才抿一点。

沉冤昭雪，两人终于都重获清白之身。嗣后每年都有书信往来。有人去成都，西戎会给流沙河带个口信。有人到山西来，流沙河也会拜托问候他的师长。

1988年年底，西戎遭遇了人生一次重磅打击。

这年山西作协换届。省委领导上门谈话，劝慰西戎连任主席。山西一茬青年作家也纷纷拜师，表示拥护老主席连任。西戎自以为连任应该没有问题，一直到投票前，依然稳坐钓鱼台安然自得。不料一经投票，风云变色。原来省委谈话、青年作家表态，都是缓兵之计，暗地里他们早已酝酿好了人选，只等待投票时亮底，一锤子定音。一批青年作家阵前倒戈，西戎落选。

这一届换届选举充满戏剧性。本来主席副主席都拟好了名单，新任主席诞生，立刻让会场大吃一惊。投票的代表发觉自己被忽悠了，下一轮选举副主席，代表们毅然决然不予合作，9个副主席人选，只通过了与密室策划无涉的3位。

无论如何，西戎结束作协主席生涯，已经不可更改。

流沙河得到消息，生怕自己的恩师想不开，连忙来信安慰：

西戎吾师：

昨日唐正学同志冒酷暑来舍下面交大札，并述及吾师近况及落选一事。知吾师光明心境被人戏弄，古人所谓君子可欺西戎吾师：

昨日唐正序同志冒酷暑来
舍下面交大札，并述及吾师近
况以及落选一事，知吾师光明
心境被人戏弄，古人所谓君
子可欺也，愤懑难平，谨具函
慰问，兼陈说一二。

吾师淡薄名利，前在川后
在晋，奖掖青年文士，多方照顾
引掖，人所共睹，尤予所不忘者
也。无论为党为文，堪称无悔，迄今
四十年，阅人多矣，未见遇如

吾师者，一心与人为善，毫不
希图上拉票抢权眈眈百出，
推翻党组书记又似文革夺权
再版，尚有半分文人气息耶？
他辈以枫子菜拔加商品新招，
太不像话，予惟远避之而已，破
选予副主席，亦不去凑热闹，日
日闭门读书自误，济世宏愿早
已破灭，进而来藏身自保，小女
远去香港已四年多，何须准备
纸做工人已二年累照顾我，心境
恬淡，老友数人唱茶、聚叩

去向，文坛自古如是，受排挤何
觉不是划清界限，故吾师是得
也，非失也，何不趁此优哉游哉，
写些回忆文字，垂馈来者，所谓
作协工作，以予浅见，不做也可，抖冠而去，
兴衰无涉，不须惦怀，此予为吾师贺也。

光阴荏苒，予已两见羊年辛
未，即将退矣，五月底省作代

伏安

流沙河顿首
七月二十一日
一九九一

流沙河致西戎手迹

走出岁月的阴影

114

也。愤懑难平，谨具函慰问，并陈说一二。

吾师淡泊名利，前在川，后在晋，奖掖青年文士，多方照顾引导，人所共睹，尤予所不忘者也。无论为党为文，堪称无悔无愧。自吾师离川文联，迄今四十年，阅人多矣，未见过如吾师者。一心与人为善，毫不计较爵禄，并文名亦淡然视之，不企不求，乐天自处，予仰慕而终不及也。清流浊流，各有去向，文坛自古如是。受排挤何尝不是划清界限，于吾师是得也，非失也。何不趁此优哉游哉，写些回忆文字，垂仪来者。所谓作协工作，以吾浅见，实与文运兴衰无涉。不做也可。挂冠而去，不须怅怀，此予为吾师贺也。

光阴荏苒，予已两见羊年辛未，即将退矣。五月底省作代会，知其太浊，予未参加。闻悉会上拉票抢权，丑态百出，推翻党组书记又似"文革"夺权再版，尚有半分文人气息耶？彼辈以棍子旧技加商品新招，太不像话，予惟远避之而已。硬选予副主席，亦不去凑热闹，日日闭门读书自娱。济世宏愿早已破灭，退而求洁身自保。小女余蝉居港多年，何洁准备迁去，小儿余鲲做工人兼照顾我。心境恬淡，老友数人喝茶。恭叩

　　暑安

流沙河顿首

流沙河这封信，对文联换届极度失望，语多讥刺。遥想师尊当年，依然行为世范。至于退隐林泉，超然物外，自然是劝慰的话，却也是传统文人的处世态度。这一通短札，西戎非常珍惜，一直保存。

流沙河在这里建议恩师写些回忆文字，实际上西戎除去1980年代初写过一些关于赵树理的回忆，其他的很少。作为西戎的晚辈，

我也曾建议老前辈写一些反思性的文字，比如中国作协大连会议批判过西戎的短篇小说《赖大嫂》，作为亲历者，完全可以为所谓"写中间人物"立照，还原历史，指谬纠错。西戎听了，神色严峻，凝视远方，不置可否。

西戎不愿意写，当然有他的衷曲。内心深处他还总觉得那是揭疮疤，他更愿意将革命的光鲜一面展示于人。

这一代革命作家，相比流沙河，价值观历史观其实很不相同。即便都经历了劳改下放，革命作家在囚禁中，通读马列全集、《毛泽东选集》《鲁迅全集》的多。流沙河20多年的劳改岁月，却是潜心研读《庄子》，记得烂熟。他被剥夺写作权，工余研读《史记》《诗经》《易经》及屈赋，摩尔根的《古代社会》，恩格斯的《家庭、私有制和国家的起源》，天文学，曹雪芹的《红楼梦》，《说文解字》等，天文地理三教九流，来者不拒，万物皆备于我。又编写英语课本，翻译美国小说，更为一般粗通文字的根据地作家难以企及。

"文革"以后，流沙河和那一代革命作家，展开了完全不同的写作人生。写作天地广阔了，作茧自缚的根据地作家如果还在拘泥固守"左"倾教条，掉队落伍顾影自怜并不鲜见。更有左棍整人者，面目可憎。蹉跎岁月自废武功者，无声无息。流沙河却是如鱼得水，高天流云展翅翱翔。1980年代他隔海说诗，请进来台湾诗歌；1990年代他话说庄子，说龙说成都；新世纪以来说文解字。大量的回忆录，血写历史；小品随笔，笑翻世人，惊醒瞽盲。至于呼唤公平正义，推进民主政治，重大问题一呼百应，更让他成为西南思想高地的精神领袖。

中华文学改朝换代，水火兵燹，数千年不改身姿，一路走来，身后景色逶迤壮丽。革命文学不过几十年历史。静水深流，尺水兴波，能比吗？

不过西戎从来不嫉妒自己的这个高足。即便流沙河龙飞在天，万人仰视，名声显然盖过了自己；即便往日文坛领袖渐渐成了"老西"，他也只有由衷的喜悦。老前辈最欣赏流沙河行文的精美短句，北京开作代会，师生相会，老头子竟然俯过身来问：你那文字真是精塑与纯净的结晶，你是怎么锻炼的？俨然一副取经的架势，也不管身边有没有旁人。

在流沙河，更是终生持弟子礼。一次在北京，流沙河偶遇山西作家燕治国，一听到对方是山西作家，流沙河立刻拦住陌生的朋友，说，我叫流沙河，西戎是我的恩师，请你代问西戎老师好，我这里给他鞠躬了。说着，便弯腰深深鞠了一躬。面对流沙河，燕治国又是晚辈，顿时手足无措，连忙说，我也是西戎的学生，我代西戎老师给你还礼了。这一场礼仪，受礼人阙如还礼人阙如，陌生人相对鞠躬如仪。万里京晋川蜀，虚拟的西戎，敬神如神在。两幢素不相识的大汉此起彼伏，俯仰之间，感天动地。

尽管电子通信风行，这两位一直到老，仍喜欢手写书信。西戎珍视流沙河的友情，他给流沙河的信里说："回首往事，心情分外激动。有人说友情一如溪泉，无论怎样曲折跌宕，总是清流常在。我很珍视我们的友情，因为从你身上看不出一丝虚伪的东西。你里表一样，这就是你在事业上成功的根本所在。你以为然否？"

越到晚年，友谊越纯净。它超越了世俗，超越了政治，超越了意识形态，成为两代文人之间的心灵唱和。师生关系，兄弟情义，朋友情分，同事交情，亦师亦友，不在主义，而在活得率真。事实证明，中华文明，源远流长。纵然历经风暴竟也未能将传统的人伦格杀勿论，礼仪在两代人身上如丝如缕，高压不废。道不同亦可相知相与，这简直是交道的奇迹。

可惜的是，两人始终未能完成互访。流沙河多次诚邀西戎再访川蜀，旧地重游。西戎也做好了出游准备，有一次甚至买好了票，终归因为夫人李英突发骨折，没有成行。以后西戎偕孙女儿去成都，流沙河全程陪同，重访故地，一件一件作介绍。春熙路，鹿鸣春，感念物是人非，流年似水。只恨不能给尊师复制一份成都印象。

这一份奇迹一直顽强延续到本世纪初。西戎突发脑溢血，失去思维记忆，从此不认识任何人，包括流沙河。

流沙河与西戎、常苏民等山西人的交往，在20世纪的革命大潮中，是一个难得的异类相合的范本。君子和而不同，千年流风遗韵。不想60年来，运动频仍，一旦遭遇事变，斩断亲情友情，落井下石，反手施虐者比比皆是。人性荒原留下了笔笔残忍记录。可敬流沙河，可敬西戎，可敬常苏民，他们的交情，平添了可贵的一笔，这是社会和谐发展的正能量。回首革命年代，这种范本还是少了，人性的生态恢复，还需筚路蓝缕。

流沙河知道它的稀缺。在《西戎印象记》里，他就说过：

　　　　在报社内，笑声最喧哗的一角是我们《川西农民报》编辑室。从别的编辑室外面走过，隔窗瞥见一尊尊表情肃穆的罗汉观音与弥勒佛，我就庆幸自己是西戎的部下。

（本文参阅流沙河《西戎印象记》《自传》，曾伯炎《回忆西戎先生》，李英《老西，你慢走》等回忆文字，引文均可见西戎纪念文集编委会所编《西戎，我们的良师益友》一书，在此致谢。）

冷眼平心看大家

　　为人兄一部《唐达成文坛风雨50年》海内外叫好，由此奠定了他在当今传记文学界不可取代的地位。自此之后，他的传记文学写作喷涌而出，山西作家群体传记系列问世之时，另在报纸杂志开辟苏共解体专栏、山西地理文化专栏。这几个系列中，我比较喜欢山西作家群体系列。近人近事，更容易理解为人作文之用心，会心处常有一笑。其中，赵树理马烽两部山西作家代表人物传记，为人苦心经营，是让我读来获益最多、警醒最烈的两部。

　　率先阅读赵马两传的专家，大多惊叹记述的"真实"。真实这个极其普通的评价，在中国走过了极其曲折的道路。1950年代我们套用斯大林时代的"社会主义现实主义"创作方法，要求"艺术描写的真实性和历史的具体性必须与用社会主义精神从思想上改造和教育劳动人民的任务结合起来"。这话虽然拗口，意思明白无误。我们诉说的具体的事项必须服从教育改造劳动人民的目的。这分明是不顾事实强行改造大众屈从官方意见的蛮横律条。1960年代我们曾经大张旗鼓批判过"写真实"这个口号。"文革"结束以后，痛定思痛，"说真话"一个时期成为作家的严肃操守。我们走过的岁月表明，真实没有那么复杂。所谓真实，就是事实，就是曾经的存在。那种经过意识形态需要改造过的人造真实，是这个世纪所谓

"文艺观"滋生出的最大虚假。人物传记写作，从真还是从需要？直到改革开放前，我们都还习惯于使用这种不顾事实只顾政治正确的宣传手段。一直到现在，也还有人怀念它的霸道呢。

读两部传记，可以感到陈为人一个念兹在兹的情结：赵树理马烽异同论。两本传记，陈为人其实是对比着写。就是在同一部传记里，陈为人也时时忍不住抬出另一人作对比。这不仅仅是出于"用对比把人物区别得更鲜明些"（恩格斯语），而且是因为赵马不同的人生道路，代表了面对政治压力两种不同的创作态度，于世人有警示意义。

赵树理马烽的对比，山西文学界屡次提起这个话题，马烽在世时，也曾就这个论题为自己做过辩解。赵马的创作道路，有联系又有区别。多年来，攻也好辩也好，褒也好贬也好，意见未能和解，一条路径大家却是越辩越清楚，接近于共识。那就是在新中国成立后一直到"文革"，对于极左路线，马烽屈从较多，反省较少；赵树理反抗较多，屈从较少。仅就20世纪五六十年代他们创作的青春期作对比，从合作化、大跃进、人民公社一直到"文革"前，马烽及其他山药蛋派作家几乎是亦步亦趋，伴着党和国家的失误唱了一路赞歌。赵树理则明显有所保留，时时以沉默做反抗。对于配合形势，他们都做过追风文章，赵树理显然没有《三年早知道》《我们村里的年轻人》等作品里洋溢的乌托邦式的乐观豪迈。赵树理马烽都缺乏悲剧意识，对于传统文化里的"大团圆"盲从认可，但是检点赵树理的小说，朦胧的悲剧思维还是有的。赵马都有朴素的"生活决定艺术"的观念，这使得他们有时以生活真实倒逼施政决策，思考路线政策的合理与否，只不过在这一点，赵树理更加突出，马烽的意识较为微弱。

胡适曾经一针见血地指出，粉饰太平的大团圆其实是一种说

谎文学。尤其是在国家发生重大失误时，这种说谎文学危害更为突出。

赵树理马烽或异或同，根本区别在哪里？当年的山西省委书记王谦，对赵马有一个极为准确的概括和评价："马烽和赵树理不一样。马烽是为党而写农民；赵树理是为农民而写农民。所以当党和农民利益一致的时候，他们两人似乎没什么差别。而当党和农民的利益不一致时，马烽是站在党的一边，而赵树理是站在农民的一边。"赵树理的民本意识挽救了他，使得他能够在一个狂躁的时代保持相对清醒的头脑。此时，无为便是坚持真理。而马烽由于受强烈的党性意识左右，于历史曲折处高歌唱大风必然遭人诟病。

赵树理也感觉自己和党的要求有距离，几十年都没能弥补这个距离。比如写英雄人物。赵树理一生钟爱中间人物，他笔下活灵活现的典型，几乎都是所谓中间人物。而马烽笔下的社会主义新人，便平添了许多光明的伪饰。赵树理也尽力在生活中搜索寻觅英雄，无奈他总是不得法。陈为人尖锐地指出：立足点是分水岭。大跃进时代全民虚夸，赵树理凭借"作家的眼睛"，极其鄙视"杨文广戴上红领巾，穆桂英入团，佘太君成为老干部"式的生搬硬套。现在回头检视，依然还是赵树理笔下那批中间人物，成为那一时刻底层民众的真实写照。他们不会呼风唤雨，但在虚妄政治高压下的凡俗，比那些形容光鲜的高大全，要本真得多，可靠得多。这才是残酷的历史真实。

令人叹息的是，赵树理马烽的异同，在山西文坛没有获得一种良性互补，而更多地表现为反向激励。这种表现很有趣。当赵马表现出差异时，马烽没有向着赵树理方向攀升；当赵马表现出一致时，赵树理向着马烽俯就。这里面当然有深刻的原因。几十年看来，权力一直在压抑民本意识，颂圣意识压抑独立人格。发展往往表现为权力的铺张扬厉，民本意识没有足够成长的空间。面对人才，面对作家的个性，面对丰富的思想资源、文艺事业的"繁荣发展"时常表现出一种逆向淘汰。这才是值得汲取的深刻教训。

陈为人的赵马两传，解析了两个大家，树了两个典型样本。他们代表了中国作家、中国知识分子在改革开放前几十年艰难曲折的历程，纠结着几十年的运动史。文人的操守和叛卖，觉醒和天真，挑战以及牺牲，时刻都有惊心动魄的记述。"文章信口雌黄易，思想锥心坦白难。"（聂绀弩诗）陈为人浓墨重彩写出了一部知识分子的剖心锥心史，尤其是赵树理，有许多血肉淋漓的漫长岁月解析，至为难得。和其他山西作家的传记一起，这个系列，是新中国知识分子改造的士林别传。一个一个形象，触手可及又入木三分，这是陈为人的写作对当代文学的贡献。

陈为人选择山西作家做传，让我震撼。已经有学者指出作者之所以如此，出于对描写对象比较熟悉。熟悉有便捷的一面，熟悉也有重负在身。山西近年张扬"后赵树理写作"，赵树理已经去世40多年，"文革"甫一结束，后赵树理时代理应开启，为何延宕至今？很显然这不是一个时间概念。这是一个叛逆群体的起事信号。他们之所以迟迟尚未作为，是因为老一代山药蛋派作家群依然健在，这种反省多了顾忌。赵树理马烽，都是我们这一代山西作家的前辈。世人谁没有凡俗的情面因素，上一代的人事牵扯，宗派掣肘，和盘端出真相当然需要正义力量。在中国文学的大背景下，清理山药蛋派思想谱系，追根溯源，条分缕析，也需要多么坚定的信念。陈为人当年置身作协权力中心，和老一辈作家多有私交，上一代人对他，可说恩惠有加。此时冷眼平心说大家，绝不是简单地喊一声"吾爱吾师，吾尤爱真理"能起步的。如同马克思所说，科学入口就是地狱门口。大步跨进去需要非凡的勇气，你要承受撕裂师承的阵痛。支撑陈为人如此作为的，是这一代知识分子文化意识的嬗变成长。在中国人传统思维里，恋祖表现出文化自足心理，审父表现出文化反叛精神。两条思维路线的较量在思想解放运动以后愈演愈烈，从恋祖到审父再到自省，是每一个觉醒的知识分子的行走路线。毫无情面地解剖自己、解剖先人，是鲁迅留给我们的光荣。今天，陈为人的成功，让我们又一次领受了鲁迅精神的威力。

赵树理马烽已有传记多部，文坛还缺少为人这一部吗？事实证明，尽管许多论家已着先鞭，为人的制作照样可以超越前人。传记是历史，历史书写不但在于搜集材料，更在于如何解读资料。我们的当代史传，虚构的成分很多。有些材料有待发掘，有些材料已经发掘，但得不到有效使用，有些材料使用了得不到正确解读。这一代作家和意识形态的紧张关系，在历次运动中整人挨整的各种应对，多年来一直是人人心中所有，笔下又浅尝辄止甚至讳莫如深的话题。赵树理马烽离世都不算久，抢救正当时。几十年来，历史颠倒再颠倒再再颠倒，进步与倒退反复较量，形成了种种虚假混乱的陈述。看眼前，历史的真伪书写正在对峙，各种重写历史努力依然活跃。为人兄志存高远，从现在就着手解构虚假的正史陈述，有眼光也有气魄。

太史简，董狐笔，一直是史官们追求的境界。秉笔直书，生正逢时。只要我们努力，瞒和骗的陈述，岂能再度招摇过市？

漫说李国涛先生之为人为文

《李国涛文存》五卷本终于出版了，先后筹措几年，几经曲折。先生把自己的文集叫《李国涛文存》，这更准确。它远远不是一个完整的收集。不说别的，近些年的小随笔，先生随写随丢，到哪里找去？先生并不怎么珍惜自己的文字，他自我介绍说自己"喜写稿，乱投稿，偶发稿"。先生说自己1955年首次在《光明日报》发表评论文章，"没什么影响"。"近十余年，目力不佳，只能写千字文，在许多报纸副刊上发表，随写随忘，无足道者"，看出先生对自己文字成就的淡泊平和。但你看看这皇皇五大卷，再看先生成文的集子：论文集《野草艺术谈》《文坛边鼓集》，专著《stylist—鲁迅研究的新课题》，长篇小说《世界正年轻》《依旧多情》，随笔集《世味如茶》，就知道先生的著作丰富，涵盖创作研究几大领域。就在编发这五卷本的时候，先生同期有30万言的随笔集《总与书相关》出书，还有一本很精致的小开本《目倦集》。他好似一个忙碌的农夫，你跟在他身后捆扎，他却是边收割边抛撒，谁又能搜尽他的耕种和收获呢？所以说看似皇皇五卷，其实也只是一个大概的搜罗。先生零星地撒在各地报纸杂志的碎玉片琼，恐怕就只能任其星散，在暗处荧光闪烁，只待再再集束。

先生谦和低调，说到自己的文字影响，他说："稍有影响的

走出岁月的阴影

124

论文有《且说山药蛋派》（《光明日报》1978年12月）和《汪曾祺小说文体描述》（《文学评论》1987年第4期）。"其实，这是先生的得意之作。前者可谓一箭定天山，为中国最大的文学流派定了名称。命名就是创造。这个名字几十年一路叫过来，叫响了山河万里，这块国土上的人们，从此不能随意轻薄山西的文学成就。也由此，他和马烽为首的山西几代作家群，结下了深厚情谊，形成了互相感知互相推动的创评关系。后一则，先生在文体研究，开风气之先，推波助澜于后。由鲁迅的创作发端，一眼看1930年代，一眼看当代眼前。沿革流变，各呈奇妙。众声喧哗中高标文体研究，自是由政治到艺术文学转型的深度开掘，也是先生的慧眼独具。在这一波文体学研究的巨大声浪里，先生发出了强大的个性化的声音。中国文坛的艺术描写的深化推进，先生的贡献，值得大书一笔。这哪里是"稍有影响的论文"能够轻描淡写了的。

收到文集，我当即打开翻过。有些文章，原先就看过，这次重新看了。几十年过去，时光依然难以遮掩先生文字的清辉。比如小说《郎爪子》，这是先生改换笔墨写的最早的小说。当时我是责编。我填稿签，感动先生的老辣。先生那时是《山西文学》主编，一贯给别人发稿，我们这些编辑也都是给天南海北的作者填稿签。偶一日，给自己的主编填稿签，也有生怕拿不准的担心和忸怩。国涛先生大概也觉得有趣，我一边写，一边他就要拽过来看。我惊讶于先生一改习惯，小说竟也这般精彩，自然评价很高。他看了只是呵呵一笑，简短地吐出几个感叹词，不再说什么，那脸上写满了自谦。所有这些，至今历历如在目前。这个短篇后来入选隔期的《小说选刊》，中国作协那边很快传来消息，有人打听高岸是谁。高岸是谁？国涛，高岸，互为表里是也。一篇《郎爪子》，写一个大家败落以后的顶尖厨师，乾坤挪移，家道败落，无计可施。厨师的失意沉沦，主人的贫困潦倒，一切都无可遏止。一个家族的垮塌，一个时代的垮塌，全在其中。当社会剧烈变迁，惊涛拍岸，一个人，一个家族沉溺入水，又算得什么呢。

这一时期的小说，先生由短篇到中篇再到长篇，几年间，完成了一轮横扫。我那时看过几个中篇，只觉得把新中国成立前夕的时代动荡描画得震撼人心，有的画面，几近惊悚骇人，如那个封死在银行地下室金库的误入者。中原大战，政权易帜，后人只有欢呼，其实当时时局的剧烈变动，各色人等的心理震荡，远不是用一场胜利能够概括的。就像龙应台的《大江大海》，那失败的一群，也是一种颜色的人生。同一片国土上，摧枯拉朽犁庭扫穴和仓皇辞庙颠沛流离，都是国人的岁月。先生的家乡徐州那时正是一场战事的中心，有刻骨铭心的记忆和体验。先生的小说，展开的正是王朝更迭大变动时代的市民的身不由己。革命变革推进历史，人道灾难也在所难免。先生平实地讲述这一切，这是先生的独特视角。

有关先生的小说成就，不是我能够轻易言说的。当年牛玉秋先生曾经有一篇《高岸小说的文化品格》，由中篇《紫砂茶壶》到长篇《世界正年轻》《依旧多情》，论述先生的文化修养，精神选择，文化定位。牛玉秋是国内著名的小说评论家，论文发在《文学评论》。他说先生1950年代对生活的认识接近王蒙，1990年代对生活的批判接近杨绛。由《青春万岁》向《洗澡》靠近，这大约就是先生的精神历程。先生和王蒙占有同样的生活材料，先生却比王蒙晚写了几十年，回头再看几十年以前，可爱的青春躁动和幼稚的青春狂热，已经嬗变成为冷静的历史辨析。先生写1950年代后发制人，既是时世使然，又何尝不是先生的幸运沉潜。

先生研究汪曾祺小说，那么汪家小说的代表作是什么？世人都说是《受戒》《大淖记事》。只有两个人说是《职业》。一个汪曾祺本人，一个李国涛先生。由此可以知道，先生对于汪曾祺，相知何其深。汪氏要出小说集，请先生作序，先生的论文，汪氏特意作为跋文附后。这些都可见汪氏心里先生的分量。

由文学评论写作进而进入文学编辑岗位，并由评论转入创作，最终进入文化随笔写作。这大体是先生的职业生涯的笔墨转换。先生说，在每一个点，他似乎都不久留。这是实情。先生退休以后，所写最多的是文化随笔，先生的写作文体归结于此，也是意味深长。随笔短文居多，先生戏称为千字文。这些年，全国各地报纸杂志点点开花，究竟有多少篇，恐难以统计，说数百篇是有的。先生由此引起关注。

有关先生的文化随笔，在《总与书相关》出版时，我曾写过一篇短文，介绍先生的短文写作。你惊讶，先生读过多少书呀！那是古今中外、经史子集，无不涉猎。古典现代，先生都不含糊。先生习古，不泥古，现代派也熟，并不跟着时髦变脸。谈鲁迅、梁任公、陈寅恪，这些好说，那么张之洞、龚自珍、傅山呢，谈的人就少了些。先生欣赏晚明小品，张岱，这爱好就更精细了。至于谈古人文章的"圈"和"点"，考证"羽扇"不是"麈尾"，总还算是文字考据，那么说韩柳，说山西小吃，说豆芽呢？说山东苦酒，说《随园食单》呢？在先生笔下，随便什么信手拈来，都能涉笔成趣。先生读过的书有多少？集子里经常见到买书读书记录，某某书，500页，买来，读了。说来轻松，眼前要过多少密密麻麻的黑字呀！查一个材料，要翻开某某全集第几卷，无不中的。先生记忆力超人，时常是遇到疑窦，就能查到相关的书。考一个"盥洗"，先说甲骨文训诂字形，接着举出《红楼梦》多少回李纨洗手，嗣后又举出《左传》晋文公洗手带来的"国际麻烦"——有趣极了。翻开周作人的什么书，翻开周一良《魏晋南北朝史札记》，所指不虚，让人敬佩。好些书很生僻，不是专家不去看，有些书都是大部头、多部头，比如梁任公的书，这些全装在先生的脑子里。

文化随笔讲究文字。先生的文字也好，不是一般的好。先生在书中，几次谈到散文的写法，《散文最要平常心》《文章喜家常》，我明白先生的意思。写文章最好说家常话。谁不想像唠家常一样写文章？那要有那种能力才行。各类大家文章，各类世态人情烂熟于心，你才能将深刻的道理以平常心看待，以家常话出之。先生历数近代的好多文章大家，莫不以家常话谈论，那是因为在先生眼里，这些已经成了家常。我写文章，每到紧要处，为了显示深刻，为了说明问题，不由得就使用艰深的概念，绕着弯子的推理，那是因为在我心里，他们本来还是高深的复杂的，我没有能耐用家常话说清楚。先生的文章看似浅近，读那么一篇，就让你猛醒，又读那么一篇，让你明白了一个道理。有时，就是一个小知识，却也牵扯到东西南北犄角旮旯，轻松一笑里，让你获益。文字明白晓畅，都是常用的词汇、常用的句式，没有故作惊人的修辞，似乎一切都寻常，这却是最不寻常的。

先生的文化随笔，外界估计不足。前几年我去上海，抱着先生四大册打印文稿寻求出版，结果没有谈成。我以为，随着时间的淘漉，先生的随笔，迟早会获得应有的评价。那是会让更多的人惊讶的。

山西的文化人，令我敬仰的不多。我曾经这样评价先生：在山西，如果问，谁算是编辑名家？和李国涛一样入选的，可以有若干人。再问，你会写小说吗？有一流的小说吗？立刻会汰出一批。接着再问，你做过影响全国的文学评论吗？留下的就更少了。如果还有留下的，再问：你懂外文，能翻译吗？这，恐怕就只能留下先生一人了。

这样评价，先生当得起山西文坛第一人。

1983年秋天我调进《山西文学》杂志社，先生那时已是主编。当时老家运城不放人，先生找了宣传部部长斡旋，我得以脱钩到位。自此以先生为师，不敢怠慢。这倒不完全因为知恩图报，先生的道德文章，在作协系统尽知，我作为后生，只有高山仰止，景行行止。

1980年代初期的文学，那是怎样一个盛景啊。社会热捧，编辑尽职，从业者无不自豪。全中国奋发踔厉蒸蒸日上，这是全景里的一个园区。先生的文学功业主要成就于这个年代，大体与1980年代共始终。在改革开放的高速时段先生释放出最动人的能量，许多事情是值得回忆记述的。

我刚到编辑部，办事不知深浅。不久回老家运城，带回两个作者的稿子。交给主事值班的周宗奇，他立刻签发，当月一起发表了。一日上班，先生把我叫到办公室，问：运城那两个稿子是你带回来的吗？我说是。他说：今后再回运城带回稿子，要么交给责编；要么，你就不要带。他们给你也不要带。就这，去吧！没有多余的话，也不容分辩。我唯唯退下，一头雾水，不明就里。至于知道负责运城片责编有意见，那是后来听说的。现在说这些，也无非是证明先生从严治刊的决断。在一个散漫惯了的作家群体，那时的山西文学社，可道是制度严明，井然有序的。

那时我们都怕他。不只是像我这样寂寂无名的，就是张石山、李锐这样的远近知名的才俊，哪一个提起李国涛，不是屏声敛气？在编辑部，一个个守规矩得很。这也不是严刑峻法所能解释了的。先生的人格力量，先生的文学成就都有无言的震慑力。

那时的《山西文学》，不但订户踊跃，国外也有青睐。日本的小林荣，常年翻译《山西文学》的小说，每年印一本，叫做《中国农村百景》，在日本出版，颇有影响。大约1985年，他来山西访问。这是"文革"以后山西作协第一次接待外宾。《山西文学》杂志社作为具体的承办单位，除了文学活动，还有不少的礼仪应酬。一班元老们对他出面，那叫一百个放心。

但是事后山西组织作家代表团出访日本，名单里却没有他。以他的贡献和影响，名列其中合理合情。那时出国很不容易，文学交流当然是题中应有之义，谁不想出去看看？可就是没有先生。我们这一班手底下的编辑都为他鸣不平。倒是先生不以为然，没有就没有吧，以后再说吧。先生的豁然大度，我们这些愤愤不平立刻成了小肚鸡肠。在先生眼里，这些小事，原本可以一笑了之的。

1988年省作协换届，大会选举一波三折，出现了戏剧性的变化。老主席西戎落选，雄心勃勃问鼎入阁的一批青年作家悉数铩羽而归，新老势力几番博弈，沙场战罢一片狼藉。尘埃落定，人心澄明，大会选出了三个副主席，李国涛先生位列其中。那不是现在，一个省作协动辄十几个副主席。三个副主席经历风雨上位，这是山西作家代表们反复掂量做出的郑重选择。这个副主席是有十足含金量的。先生的道德文章，就在这个当口照亮了人心。披沙拣金，水落石出，贤能者当选，顺乎民意。

1989年的动荡却是始料不及。惶惶然之中，换届以后的作协党组班子难产。有知难而退的，有挑肥拣瘦的，新班子迟迟不能圆满，这是少见的难堪。这时主事人自然想到了先生。李国涛德高望重，道德文章，堪为人望。让先生进入党组，既可以号令三晋，又可以用其所长，岂不是一着妙棋？但是，想不到先生拒绝了。先生操着徐州方言说，我不干那个事情。

先生竟然不愿意入阁。这让朝野惊讶。谁都知道，作协副主席是个名誉待遇，党组才是工作班子。实权在党组。一分权力一分利，好多人打破头要挤进权力核心。哪一个单位的班子诞生不是明争暗斗，无所不用其极。但这一招在先生这里不灵。先生不为所动，谢绝了。

多年以后，先生拒绝入阁的高风亮节越来越让世人钦佩。世风日下，文坛也成了官场的变种，拼命做官挤进班子的丑行屡见不鲜。谁要是拒绝进班子，那会招来一片惊愕。先生就是这样，多年前就是另类。又一个星斗其文，赤子其人。

先生自己不进党组，对于选进党组的年轻人，毫无嫉妒不平之意。和他一起做主编的年轻的周宗奇进了党组，每当公众场合，先生总要隆重介绍：这是我们《山西文学》的主编，作协党组成员！先生的坦荡无私，何时回忆，都觉得艳阳高照，回看众生，俗物浊物居多。

好多人都在猜测先生的作为。其实没什么多说的，先生不愿意做官，先生只愿意做一个作家、学人，以文化功业建树影响社会。和传统文人一样，先生更愿意在野，议政议文，划清执行和言说的界线。把自己的职责，牢牢地划定在著述言论。

传统的中国文人曾经有立德立功立言之说。事功并不是多么了不起的亮点。远离权力，疏离权力，置身事外，做自己的文化建设，这是先生的定位。面对这一次巨大的诱惑，先生没有迷失，这是人们最敬佩先生的。

先生执掌《山西文学》这十余年间，我以为这是刊物最好的时段。时也运也命也。《山西文学》最美好的年华，和一个众望所归的大家相伴，这是缘分。

"文革"以后文学刊物复刊，山西还叫《汾水》，老作家兼任主编，先生做编辑部主任，那已经是中流砥柱。先生在别人并不看

冷眼平心看大家

131

重的自然来稿中，一眼选中了成一的《顶凌下种》隆重推出，这篇小说很快荣获全国短篇小说奖，成一由此脱颖而出。此后《山西文学》连连获得全国短篇小说奖，名重一时。先生任主编以后，我以为《山西文学》的变化，要在于艺术因素暗暗增强，逐渐挤兑了政治倾向的浓重颜色。来自大同的一篇小说，先生强调的是"雁北乡村的风情画"。这在1980年代都是很招忌讳的评介；来自临汾的一篇小说，名为《但愿人长久》，先生提笔就改成《小女人》，看得我们目瞪口呆。刊物发稿，先生创立了一个小栏目《编稿手记》，就是要编辑对稿子说些自己的看法。先生以徐漫之等笔名写了很多编稿手记，随意点染，收画龙点睛之妙。以至于《编稿手记》成为《山西文学》的一道风景，配小说那叫点石成金，赏心悦目。山西的小说，逐渐改变了政治色彩鲜艳或者政治加艺术的笨拙表达，走向生活的混元状态，先生有推进之功。

李国涛先生创作研讨会上

1980年代中期，现代派已经西风东渐，愈演愈烈。先生不了解现代派吗？绝对不是。这一年《山西文学》出了个"封面问题"，连续几期使用变形画，外界一片嘘声。先生没有慌乱。事后先生说，鲁迅《呐喊》《彷徨》的封面画，不都是几何图形吗？20世纪30年代先锋，100年以后还是先锋。先生对西方艺术思潮也甚是关注了然。创作会上，先生援引索绪尔的《普通语言学教程》，讲解"语言"和"言语"，"能指"和"所指"，结构和解构，从英文到汉语，畅通无碍，昆乱不挡。听得我们如闻天书。那时的新批评、原型批评、俄国形式主义等，这些理论的传入，在山西，我们都从他这里开始听到第一声。我那时也恶补一些外国书，囫囵吞枣，食洋不化。一次在先生面前大讲阿尔都塞的《结构主义和马克思主义》，先生狠狠盯了我一眼，那眼神要把我刺穿。心下忐忑，回家连忙打开一看，原来阿尔都塞的书名是《结构主义的马克思主义》，我这是露了大怯，只看了个书名就在那里烧包显摆。先生对于这种不求甚解的文风十分鄙弃。省内一位喜欢名词轰炸哗众取宠的理论家，大文推荐西方风行的《历史研究》，把享誉全球的学者汤因比多次叫做汤比因。先生忍不住嘲弄：你那研究的是思克马主义啊？

不久编辑部收到吕新一篇小说《那是个幽幽的湖》，小说显然接受了现代派表现手法的影响，情节只有断片，人物只有暗影，通篇都是神秘的暗示。小说发还是不发？责编拿不准，推给了主编。为了这篇新人新写法的小说，先生召开编辑部全体大会，集体讨论，号召每一个人都发表意见，不管责编非责编，每个人填一份发稿签。由编辑部集体讨论一篇小说的发表与否，在办刊历史上罕见。以先生对文坛大势的判断，先生当然熟知小说写作的新变化。我看先生早已成竹在胸，让大家都参与进来讨论，那是一次文坛新思潮的普及教育。山西的小说，由此不那么古旧。吕新也由此一跃成为活跃的小说家。几年以后，吕新的小说走遍全国，在各地名刊抢滩圈地，他当然不会忘记，谁是他的第一推动力。

主持《山西文学》，这可说是先生文学活动的主要"政绩"。人们常说，山西的作家都起步在《山西文学》，这倒也不全是夸饰之词。成一、李锐、柯云路、钟道新、张石山、韩石山再到张平，这一批山西文学界的重量级人物，哪一个没有得过先生的扶持奖掖？他们大多先后成为山西作协的主席、副主席。一直到年轻的吕新，现在也是山西作协的副主席。几代作家由《山西文学》出发驶入快车道，几代作家敬重他，视他为师长。《山西文学》合着时代的节拍，走过了1980年代，那一度辉煌，当然和一个人的名字有关。这是时代使然，也是他的事功。道德文章之于管理，原来有这样巨大的作用。在先生身上，这一点表现最为鲜明。

先生退休以后，自此坐拥书城，以写作为人生。我作为后学，常到先生那里请教。十多年以后我也退休，去得更多了些。去了，无非谈国运、谈文脉、谈读书写作。有一天先生说，咱们这几年的谈话，收起来有一本书了。我蓦地恍然大悟。退休以后，对先生的了解才越来越多。直觉走近先生，竟然是从退休以后开始的。

先生出身徐州的一个大家。民国时代，李家公馆那就是一个半岛，三面环水，院子有点规模。有一年我去徐州，住在徐州医院附近。回来看先生，先生笑说，现在的徐州市医院，就是他家当年的老宅。先生生在一个爱书人家，家里藏书极其丰富，四壁书架全是线装书。生活无着以后卖旧书，装了一卡车，还剩下半架。1970年代先生回家省亲，妹妹指着床腿问，这下面垫一块石头，二哥你看是个啥？先生取出来擦净，认出那是一方端砚。垫压太久，有了一

走出岁月的阴影

134

道裂纹。怎么办？废了呗。

先生从小生活优渥，接受了完整的旧式教育。先生的旧学修养及持续的兴趣，肯定和青少年时期的文化养成有关。先生的小说描述的一个大家族的败落，当然也有旧年生活的烙印在。先生说，那"郎爪子"炒菜时，我就在边上看，能写不好吗？

1957年的反右，先生逃过一劫，说起来很有戏剧性。先生那时在煤炭系统教书，刚从山东调到山西。山东那边转来材料，自然就不吃劲了。开了几次会，没有批出个名堂，算是虎口余生，幸免于难。

先生多次说，我可不是山西培养出来的作家。他在徐州上小学中学就开始练笔投稿，调到山西以前，从1955年开始在上海的《文艺月报》、北京的《光明日报》都发表过很像样的文章。到山西以后，写作条件很差，蹲坐在床上，拿过纸就写。在山西的报纸杂志发过不少，很快就在山西享有文名。家庭出身不好，几番办不成调动，绕了几个弯儿，才进了文联。

像先生这样的文化背景，偏偏落脚在一个革命根据地文学传统非常强大的省区，这是非常有趣的。冲突和融合，最终两下相安。他为山西的文学事业做出了重大贡献，对于山西的文学传统有开掘发展的功绩。他和马烽等老一辈革命作家保持了几十年的友谊。马烽老师一直到临去世之前，还把他当成可堪交流的知音。他认为在山西，李国涛是可以说几句心里话的为数不多的人。

先生多次大力评介过山西文学流派，他对于"山药蛋派"的成就、局限，当然了然在胸。对于革命文学的流变，也经常是一语惊醒梦中人。他很看重赵树理继承的五四精神，喜欢赵树理1930年代的小说。他认为赵树理承接了1930年代的鲁迅传统。1934—1935年，赵树理写过长篇小说《盘龙峪》，那已经是非常成熟的现代小

李国涛先生（中）和作者及作家苏华（左）

说，和《小二黑结婚》同样优秀。早在1930年代，赵树理已经形成了《小二黑结婚》式的写法风格，远在毛泽东《延安文艺座谈会上的讲话》之前。现在人们都习惯把赵树理的创作归结为根据地文学，其实这绝属简单化地贴标签。

先生非常看重1930年代文学，推崇鲁迅、巴金、沈从文等大师，先生的文章，更多的师承周氏兄弟。鲁迅周作人，是先生的珍爱。尤其周作人，先生多次推介他文章的苦味涩味，可惜我一知半解，学不来更写不来。

先生自己的文章，尤其是近些年的文章，写出了境界，写出了滋味。什么滋味？那是需要仔细咂摸的。先生自己说，他曾应约给一家晚报写稿，每天发在报头右侧。发了一阵子，总编说，算了吧。总感觉这文章有一股说不出来的味儿，不对劲。先生笑谈，什么味儿？就是传统文化的浓酽味儿。没有沾染革命政治的火药味儿。现在的报纸杂志，毁灭文风，官文都一个腔调，汉语最好的表达化为乌有，幸亏自己还有点旧学底子。他说：我总算没有被彻底改造了，还留下那么一点味儿！

看到1949年以后，一些所谓革命作家独步文坛，飞扬跋扈，自以为老子天下第一。先生特别反感。先生冷眼相向，喜欢这样奚落他们：是的啊，能写的都不让写了，那不就数着他们了？

但是对于山药蛋派作家群，先生依然以豁达的态度，给予较高的评价。我理解这其中有客观分析，也有深交和理解在内。他时常诚恳地评说，马烽这些人是很有才华的，那种农民式的聪明和幽默，哪里去找？小说里表现得多好！可惜他们遇上了那个极左的年代，一代聪明作家浪费了才华，不得施展。时代误人，造化弄人，要这样理解山药蛋派。

文学评论是先生的专业，文学编辑是先生的职业。翻译是偶一为之，写小说是临时客串一把。我以为，一直到先生近些年的文化随笔写作，先生才算走进了自由写作的理想境界。先生以作家加学人的身份走进去，在中国历史文化的房间任意出入。林林总总的历史人物，纷纭复杂的历史事件，浩如烟海的历史典籍，先生拿过来为我所用。在历史文化的长河里洄游，先生得心应手，臧否人物，指点当今，都可以看到源流，看到走向，看到历史的强大惯性力。文化是一个深邃的海，深水不流，却是一定要注入无形的力量，影响眼前的一切。先生的眼光已经不再专注山西一地，不再专注60年的是非。他驰骋在高天，沉潜在深海，探海得珠，老马识途，文章写到这个份上，不愧为人师表。

回头再看先生和山西革命老根据地文化的融合，此时自当有解。先生坚持的，是中国传统文化的文化自信。几千年的文化积累，绝不是几十年的变革能够改天换地的。革命文化不过几十年，面对传统，如盐入水，余味还在，化为无形。新社会绝不可能在旧社会的废墟上横空出世，遗世独立。革命文化最终也会融进传统文化的茫茫大海，中华文明海纳百川一脉相承。先生宽容淡定地看着沧桑流变，相信一切终归分久必合。

以我的眼光，像先生这样，有民国经历，有旧学修养，1949年以后，对新文化建设卓有贡献，这样的老作家老学者还有多少？不多了。我们应该加倍珍惜才是。尤其可贵的是，先生全身远祸以后，在一个以破坏旧世界为时髦的时代，重视的是文化的传承建设。先生在晚近的著述，更加贴近古风，以彰扬历史文化为用心。先生文章并不陈旧，其中却可见老派文人的风骨。先生顺接了前代的遗产，后人理当接力继续。先生的价值会越来越凸显。只有俗人妄人才会轻慢先生这样的老作家老学人。

应该在这个基点上理解先生的宽容和淡定，那是一种性格，更是一种文化态度。先生这些年，从容看世事，臧否都在心里。相信历史会矫正一切。先生的平和淡定，是老人的慈祥，也是老人的超脱。各种思想流派交锋，先生持论公允，从不声色俱厉，咄咄逼人。在山西文学界，先生的学子也都各掌文事，先生从不骄矜。先生一个蔼然长者，和谁都友好相处。先生没有对头，但先生不是和事佬，人们敬重先生，是因为先生的学问，因为先生的德行。在这个意义上，说先生是好人，那是高尚高大景仰认服的意思。

我这些年，也写过一些批评山西、批评山西文学传统的文章，先生一再告诫我，切记有理和有礼。有理是道理上站得住脚，有礼是礼数要尽到。山西文学的功过是非，历史会有结论的。这事最好让别人去做，让这个胡同以外的人去做。先生说。

我没有完全听取先生的教诲。在一些地方，依然锋芒毕露不留情面。对于我的鲁莽，我不知先生如何理解。一代人有一代人的理路。齐白石说学我者生，似我者死。我的学力，我的修养，距离先生不可以道里计。想想自己，能做一个仗义执言的鲁男子已经很不容易。对照先生的修为，只能惭愧。

我唯一担心的，是先生文集出版以后是否搁笔告别写作。以先生之高龄，收拾成果一般都有总结一下，刀枪入库的意思。文集出版，喜悦不尽。若果以此告别，将再也看不到先生优美的文字，又是无尽的惆怅。

我在心里暗暗念叨，先生年事已高，如果体力目力不及，那就少写点吧。完全停止读书写作，在先生，不应该，也不会的。

柯云路当年带团做人体特异功能表演

　　1980年代后期，学气功的越来越多，身边的鹤翔桩火了，大街小巷时常看到带功的就在路边翩翩起舞。接着传来的就更玄乎了，不叫气功，叫做人体特异功能。四川传来有人能用耳朵识字，能听出来你写的甚。你给他胳肢窝里放一个文稿，他闭住眼能看见并一字不落读出来。报纸杂志上此类报道多了，你觉得一个神奇的时代来到了，改革开放你还没有回过神来，周围早已经腾云驾雾走进神明附体的岁月了。

　　我已经不能确切回忆起一个什么日子，单位传来一个欢欣鼓舞的消息，柯云路要带一个人体特异功能表演团来太原表演。在此前后，得知这老兄已经得其门径深入堂奥，成了人体特异功能研究专家。那时这个神奇的活动刚一露头，虽然有零零星星的耳闻，看一次集中的展演还是不容易。柯云路创作一出道，《三千万》《新星》就让我们大开眼界。这老兄才气确实非常人可比。我们还在寻觅追随他的文学灵光，他已经又大踏步走进了另一个陌生的领域，探索未知世界的

柯云路《大气功师》书影

奥秘了。他挖掘发现的胡万林，就是一个神奇的"治癌大师"。胡大师在终南山办班，全国各地多少濒临死亡无药可救的病人来这里寻找救命星，舍家舍财追随他求生，一把芒硝如同圣水神丹，呼唤多少死马当作活马医。胡万林大师的经历更像一部传奇，他做过人犯、坐过监狱更加如同神话一般。现在柯云路能带一个表演团来，我们都盼着开眼看新鲜。

表演团到太原住下，柯云路说要先给山西省文联和作协的朋友们表演一场看看。这个可以理解。他毕竟是从这里出去的，作协还是他的老单位，回到太原照顾熟人也是常情。

表演在老干部活动室，小礼堂也就能放百十人，那天作协文联到会的朋友也就这么些。

柯云路先讲了话，我记得大意就是阐释"柯云路病理学"。中心意思就是病由心生，疾病表现在肉体，根子还是在心源。要想祛病，先去心病，你先要认为自己没病；你认为自己没病，身上的病苦就是假的；你老想着自己有病，无病也会想出病。说来说去，你认定自己没病就没病。这些话我们没有怀疑，只觉得挺新鲜，柯云路就是不同于常人。

那天的表演，最为神奇莫测的，一个是意念拔牙，一个是发功治耳聋。

拔牙大师是四川人，样子很普通，登上小舞台，说明来意，他拔牙，不用麻药，不用手术，不施刀剪，只用意念发功，病牙自然脱落，当场脱落，不留创口，立马验证。谁愿试一试？立刻拥上几个报名的。大师叫过一个，相隔五六米，对面站定。大师问了哪边牙疼，左边牙疼吗？那就举右手，举——举——用力上举，跺右脚，噔！大师说，咳嗽！对方一声咳嗽，伸手接着，吐出一颗牙来。这个了不得，神功。立刻满堂喝彩，唏嘘声叫好声响成一片。我们都惊呆了。就是在医院，刀子钳子又拔又撬，它还不肯掉下来呢！

接着一个，右边牙疼吗，那就高举左手，跺左脚，同样一声咳嗽，牙，又吐出来了，不疼了。

到场的朋友彻底被征服了。如此神奇的功力，就在我们眼前展现，以前我们只是听说，各种神奇的神仙魔妖，都只能在传说中看到。现在，神魔一般的人，就在你眼前亮相，奇迹在眼前走动，能不着迷吗。

大师这时叫出一个小孩，五六岁的样子，大师说这是他的幼子，家道传承，也会点功法。今天就带他来这里练练手，也算大师带功。

又上来一个拔牙的，大师抱起小大师，让孩子站在一张桌子上。大师说，发功要求施功人和受功人高低一般，不然影响功力。那孩子站上桌子，也就和成人差不多一般高。

小大师站定发功，和大师一样，举右手，跺右脚，或者举左手，跺左脚，咳嗽，对面那人一声咳嗽，手心里果然接住了一颗牙。众人正在惊讶小神童一样有如神助，大师凑近了说，他还小，功力明显不足，这人的虫牙没有拔干净。大师走上前，伸出手，在那人腮帮子上轻轻地拍了一个巴掌，果然，那人伸手一摸，又掉出半块残牙。

你能不相信眼前的奇迹吗？拍手叫喊，小礼堂人声翻滚，要沸腾了。

换了一个大师，他的功法是气功治疗耳聋。上来一个试法的，当然是聋子耳笨之类。大师和他相距十来米，发功已毕，大师左右手拍巴掌，啪，啪，啪，三声，问：听见了吗？对方摇摇头。大师招呼：往前走几步。再拍手，啪，啪，啪，再问：听见了吗？那人喜形于色，叫一声听见啦！众人又是一阵欢呼，走近两步听见了也不容易，这是治聋子，立马就见效啊！

文联作协著名的耳聋，就是文学评论家董大中。这老兄在单位，和他说话，你要靠近了大声说。给他打电话，你喊破嗓子，他也是似懂非懂，靠老婆转达才能明白。他耳蜗里早已经戴上了助听器，那助听器的功能大概也放到极限，走近了你都能听到助听器嘶嘶啦啦地响，偏他硬是听不见你说什么。大家一个心眼要看看大师的功法，一群人起哄一般怂恿老董上台："老董上！""老董治一治！"

众人的推举把老董簇拥上了舞台，大师依然还是如法炮制。命老董站在十米开外，发功，啪，啪，啪，拍手。问老董：听见了吗？老董摇摇头，表示没听见。大师提示，前走两步。再发功，拍手，三次，再问老董：听见了吗？老董面有难色，依然表示没听见。大师表示这人耳聋比较顽固。于是再招呼老董朝前走两步，大师发功，击掌三次，再问：听见了吗？这回老董回话，听见了听见了。会场顿时沸腾起来。老董这样出名的耳聋，大师都能治好，当场见效，还有什么不能治好的？老董前两次是没有见效，可他是个顽固的耳聋呀！比旁人走近点能听见，更加说明老董确实顽固耳聋，说明大师不玩花的，实实在在治疗。

老董的开聪让这场表演达到高潮。分明无误本单位的熟人，分明无误的聋子，分明无误听见了，这大师神奇的功法真是天人下凡，天下确实有这等神人，不由你不信！

后面还有一个姑娘，表演猜测你的思维。无须问话，她知道你在想什么。我们作协主席焦祖尧上台检验。和姑娘隔不远并立，姑娘一五一十道出焦主席的意识流。其中还有几句古体诗词。下台以后老焦说，那几句旧体诗词很像的。

当天的表演就在一片欢呼一片赞叹中结束，大家可算是开了眼，见证了奇迹的发生。我身旁坐的是《山西文艺报》主编吕文幸，她的钦佩，她的专注，像发现了新大陆的亢奋情绪，至今记忆犹新。

表演团在太原还表演过几场，听说每场都是人山人海，大剧场座无虚席，里里外外人们都在说神功。

不久以后就听到相反意见，说这些表演都是托儿，魔术。受到警告，我们脑子当然清醒一些了。这个时候，最有力的证据就是问身边的老董：你的耳聋好了吗？老董摇摇头，表示没啥改进。事实上我们看到的老董，还是整天戴着助听器，和他说话非得把嗓子喊破。我们就问：那你当时为啥说听见了？老董回说，那么多人看着，人家问了好几次，哪里还能再说听不见。

在拆穿神功骗术的时候，有专家指出，这就是一种广场心理学现象，众目睽睽之下的逼问是一个特殊场域，大家期待看神功，答问会有巨大心理压力。造假的就是利用了这种心理学规律，一般反复发问几次，受功人都会积极配合说有效，起码有一定程度的疗效。很难有人坚决回绝否认有效的。

柯云路率团还在其他城市巡回表演过。过了一段，慢慢地，质疑的声音也越来越大。和柯云路死磕的代表就是司马南。柯云路表演一次，司马南揭底一次。司马南还组织过揭秘专场，解释走火圈、走玻璃种种气功背后的魔术表演。但总的来说，对于柯云路的大揭底，说服力也不是很强。这两方拼得你死我活，司马南叫阵：何时当众拔牙，我上去，他能用意念拔掉我半颗牙，我也认输！柯云路这边也不怵，拔牙大师强势回应，司马南只要敢来，看我拔完他满嘴的牙，让他一颗不剩地回去！不过说到底也没有面对面实打实对决，都是隔空放炮，隔山打牛，放一通狠话而已。

有质疑好。让我们这些乌合之众头脑开始清醒。对我来说，起码意识到兼听则明。这事儿要是托儿造假，便毫无意义；要是真的，那可是天大的意义。这是人类突破自己身体功能的大革命，这是超自然超人诞生的信号。试想将来，不要说人人功力如神，就是有这么一部分人能通神，那也了不得。这个世界的面目将彻底改变。世界上出了几个孙悟空，多亏他是降妖伏魔的，他要是不好好学习马列主义，认真改造世界观，投降了资本主义，我们不就完了？如何提高神魔的觉悟，让他一辈子十辈子为人民服务，这就成了崭新的大问题。事实上这个时候，已经传出了严新发功扑灭大兴安岭火灾，严新再发功矫正美国苏联导弹航向的消息。我们一则以喜，一则以忧。多亏他现在还在为中华民族着想，他要是有一天思想反动，发功于帷幄，起效于万里之外，把美国苏联的导弹闹进来怎么办？他要是想闹谁的原子弹就闹谁的，世界命运不就掌握在他的一念之差里？我们要不要推举他做新时代的全球皇帝？国家民族的生死全在他掌控嘛。

1980年代末期这一场人类特异功能现象表演，到底是新探索，还是伪科学，其实不难分辨，也不难公之于大众。柯云路和司马南隔空打炮，你来我往，搅得"不周山下红旗乱"，由权威机构出面，就组织一场擂台表演有何不可？是骡子是马牵出来遛遛，攻之者辩之者真伪立判。由政府出面公开组织监督比试，各个环节移花接木弄虚作假的可能很小。那时的政府官员还远没有现在这么胆大弄权又奸狡油滑，为了利益敢于公然为丑恶现象张目的较少，也缺乏通过狡猾运作将一场清楚分明的结论搅成一锅粥的能力。但是政府方面没有作为，任民间两方吵破天，酿成全国性的新科学伪科学之争，权力之手就是没有伸进来裁判。该作为时不作为，也是一次最没有道理的缺席。

柯云路和司马南的对决，好一阵难分高下。转折点在胡万林事发。胡万林的芒硝治癌，毕竟太过荒唐大胆，成批着迷神功的患者人命危浅，政府不得不狠下杀手，以非法行医罪法办了胡万林。柯云路以《发现黄帝内经》肯定胡万林行医成就为开端走进人类神秘现象破译，这对他当然是致命一击。司马南乘胜追击，柯云路老兄从此高挂了免战牌。那些治耳聋、意念拔牙之类的神功，当然一并扫进了历史的垃圾堆。兵败如山倒，要么全部，要么全无。我们的思维习惯一向如此。

胡万林事发银铛入狱，舆论曾经高叫追查柯云路的连带责任。以我对此兄的了解，我相信他即使深陷是非漩涡还不至于参与敛财。果然，胡万林胡作非为清查以后，并没有发现柯云路有什么深度介入。此事也就不再深究。

20多年过去，那一场人体特异功能研究的是是非非也该清楚了。风起于青萍不是偶然的，钱学森晚年热衷所谓生命科学，把发掘人体特异功能带上了歧路。胡耀邦、于光远等人尽力阻击，一场混战各有胜败。我们小老百姓看到的厮杀，不过中枢机构的争辩交火延伸到民间，放大到底层而已。春梦了无痕。事过了，关于"生命科学"谁还再提起。

柯云路这些年，继续潜心写作，文学创作也罢，社会学研究也罢，都有皇皇著作。对于那一场生命科学的风波，他偶尔也有发言。表示这个领域依然可以大有作为，这话，当然是表明，对于1980年代后期的结局，他心有不甘。

倒是司马南，完全换了另一副面目。你只能相信时间可以改变人、淘漉人。隔些年，一个人要是换一副面孔再上台表演，你一点也不要惊讶。

张中行文章的一种弊病

张中行是文章大家，他熟悉中国古代典籍，他的文化修养，我们这一代人没法比。记得初读《负暄琐话》时，他谈近代社会的人物和事件，那时我还是懵懂无知。再后来读《顺生论》，他谈《天心》《社会》《己身》，只觉得先前没人这么著述，这个老人和别人不一样。按照我们读书时接受的道德标准来审视，这个人的人生态度太消极，毫无积极向上改造世界的进取精神。我是隔了些年回头看，才逐渐明白一些什么，老人家说的是实在的人生道理，没有习惯上的"教科书"味道。以前我们看一本书，写一本书，总要揣摩一下当前需要什么，上头的宣传提纲是什么，新闻提示、出版要点，总是要思考一下的吧。这本书没有这些，甚或说，这本书，是"反要点""反提纲"的，起码，和这些"出版要略"没有什么关系。我们绞尽脑汁斤斤计较的，在老先生那里，不值一提。

张中行先生的文章以后很是走红了一阵。大约我们刚从时政写作、流行写作的习惯里走出来，习惯了总要迎合一个什么，面对老先生的冷脸子，感觉就有些怪。由怪而注意，很快就理解了老人为文的用心。20世纪八九十年代，"张中行热"持续了很久。

有知音者指出，张中行的文章特点就是"弃新趋旧"，我以为很是中肯。孙郁说，张中行的文章里，看不到政治语汇。首先，他自觉地回避掉了一些意识形态色彩浓郁的政治词汇。有些词汇，实在回避不过去了，他宁可变通。比如，唯物主义、唯心主义，他只说"唯物""唯心"，免掉，"主义"；各种各样的政治帽子，他叫"冠"——摘冠，免冠，右派之冠；思想改造、统一思想，他喜欢比喻成"车同轨，书同文"。"文化大革命"，他一般简化成"大革命"。他在文中，对文化人，一律称先生，女士，某君；对工农，一律称大哥大嫂，从不叫"同志"，除非有特殊的含义。至于"师傅"之类俗滥，张老更是避之唯恐不及的。（见启之《语言与文风——张中行为什么这样红》）

从语言到修辞，到题材选择，张中行的风格，大体是趋旧。趋旧如何又时髦得合适这却是值得研究。大体一个时代，各种各样的革新热，热过一轮，人们总归要回归理性。现代后现代、西方文论，狂热浪漫之后，回头，国学热来了。人们惊讶地发现，沈从文、周作人、张爱玲，也是那么讨人喜欢。张中行提前向后转，与社会的文化心理取向达成了默契。老旧一派，也可以契合甚至引领时代精神的。

张中行的成就，不待我说。我这里说的是他的文章的一种弊病。在我眼里，不容得这种弊病。

2015年第3期《随笔》，有周实先生一篇文章，说到张中行论周作人，周先生认为老人实在说得好，他引证张老文字——

> 先说内容。还想分作思想、知识、见识三个方面。思想，这是指概括而基本的，是对于世间事物，尤其是对于人生，他是怎么看的。对人生有看法，有抉择，这本钱是孔老夫子所说"朝闻道"的道。周氏多次说他不懂道。我的体会，这是指熊十力先生和废名先生争论的道，而不是对世间事物有看法，能分辨是非

好坏的道。这后一种非形而上的道，周氏不仅有，而且明确而凝固。是什么呢？拙作《再谈苦雨斋》曾说明——（引文下略）

接着说知识。在我的师辈里，读书多，知识丰富，周氏应该排第一位。这最明显地表现在他的文章里。上天下地，三教九流，由宇宙之大到苍蝇之微，他几乎是无所不谈。而凡有所谈，都能见得细，谈得深。使读者增加知识之外，还能有所领悟。（这里略去几句）自然，这里隐藏着一个问题，是多知有什么好。我不想大动干戈，却无妨以事显理。是用望远镜，看过往几千年，用显微镜看临近若干年。上至朝下至野，由于无知，我们的失误以及吃的苦头也太多了。而求有所知，我的经验是不能不多读。可读之书很多，周氏著作总是合用的一种。

再说见识。见识来源于知识，成语所谓真知灼见是也。有见识，是对于事物，能够合情合理地判定其是非好坏。这大不易。我的经验，有不少知名的学者，某时某处，或囿于经验，或囿于私见，就说些不通达的话，表现为没有见识。也许来于阿其所好吧，读周氏著作，没有感到有这样的扦格。正面说，凡有所见，尤其别人不怎么谈到的，都，轻说，能够合情合理，重说，能够深入发微。这发微，由他自己说的抄书，披沙拣金的文章里更能看出来。（举例略）不管传统，不管流俗，述自己所见，而能有道理，至少是言之成理，是有见识。这类见识，限于"近取诸身"，是我受到教益不少。不是夸张而是实事求是，我多年来读，所取，写，所从，如果说还不是盲人骑瞎马，这指引之灯，大多是从周氏那里借来的。

内容说到此，转为说表达。这比内容难说，因为一、这方面，他的造诣更高，几乎可以说，"五四"文学革命以来，只此一家，并无分号。二、同样的意思，觉得出自凤姐之口，比出自刘姥姥之口好。证比容易，讲所以然的道理很难。难也不得不勉强说，只好罗列一些自己的印象，由有迹象，到无迹象，试试。这是其一，意思与用语的水乳交融。这像是运用语言的本分要求，可是脑中的存储不多，笔下火候不够，也难以做到。其二是口头与笔头的一致。很多人都知道，这是叶圣陶先生推崇的"写话"，即口头怎么说，笔下就怎么写。合而为一，像是省力，不难，其实不然。原因很复杂，这里只想说现象，是看报刊书本，能够这样的总是稀如星凤。所以叶圣陶先生才大声疾呼地提倡。他自己身体力行，当然有成就，可是和周氏相比，似乎还有用意与未用意之别。其三是用语平实自然，组织行云流水，或者说看不出有斧凿痕。这说得再高一些是其四，比如与古文比试无声，与骈文比试无色，所以就像是未用力。我的体会，一切技艺，像是（也许真就）未用力是造诣的最高境界，纵使一些写作文教程的以及大量耍笔杆的未必肯承认。其五，再从另一个角度说说造诣，是能够寓繁于简，寓浓于淡，寓严整于松散，寓有法于无法。最后其六说说这样的文笔，我们读，会有什么欣赏方面的感受。人各有见，还人各有所好，当然只能说自己的，是平和的心境和清淡的韵味，合起来就含有佛门所说定加慧的美。

像是扭向形而上了，应该赶紧收回来，由体下降到用。这也可以扩张到三项。一是学写作，宜于用做范本。二是可以放在法国蒙田、英国兰姆等作家的散文集一块，读，欣赏。三是可以当作药，治多年来为文的两种流行病：一种是惯于（或乐于）浅入深出，即内容平庸而很难读。另一种是擦胭脂抹粉加扭扭捏捏，使人感到过于费力，过于造作。

至此，我想可以说几句总而言之的话了。是无论从文化史还是文学史的角度看，周氏著作都是有大用的遗产，如果以人废言，一脚踢开，或视而不见，应该说是失策。可是接受，即开卷读，就不能不先有书卷。近些年来，关于周氏著作，零零星星印了一些，但不全面，有的还不易找到，所以，至少我看，印全编就成为急务。一时难能，退一步，能够出版代表全面的选本也好。

这是张中行先生为周作人文选做的序言，实际就是一篇介绍周作人的文章。从这篇文章，可以大体看出老先生文章的文体结构。

先说——接着说——再说——说到这转为说——总而言之，这是老先生的文章结构。老先生明白无误地告诉你，我的文章脉络就是这样。脉络倒是清楚了，甚至直白浅显地告诉你了，却给人一种索然无味，太过直露的感觉。这是写文章吗？一般是领导作报告，只怕你不明白今天说了啥，才这样先说什么，后说什么，最后说什么，要你清楚你来听什么。

你不要以张老先生只是偶然这样，翻看《顺生论》就明白，在老先生的文章里，这种首先其次然后最后是常态。一二三四是老先生经常使用的叙述手段。这个问题有四点，我们先谈第一点。这第一点有三点，第一点第二点不谈，咱们只说第三点。这篇介绍周作人的文章，其实很有代表性。他是先分成一二三四，一二三四里再分一二三四，最后总而言之，在老先生的文章里，拿来做样板可知全貌。

老先生也讲了文章做法，凡文章，总要讲究一点章法。要含蓄蕴藉，要讲究一点布局。道理要讲明白，说得也要有点巧劲儿。如果所有的文章结构都靠一二三四，那天下的文章也太好做了。

常说文无定法，水无常形，究竟好文章的标准是什么，谁也难得说清楚。但是要说什么是糟糕的文章结构，充满了一二三四，甲乙丙丁，首先其次再次然后最后，大一二三四里面套小一二三四，肯定属于糟糕表现之一种。捋过一遍老先生的文章，看到了这么多的一二三四，实在叫我想不通。

好的文章，人们常说"有机结构"。什么是有机结构？应该就是浑然天成，不靠人为拼凑，不露人为痕迹。当然它有它自己的内在结构内在逻辑，但在文字上那是看不出来的。它是一个有机的整体，每一段落每一小节之间，不能显出接续的痕迹。像这样一二三四条块拼凑，明显的把自己的筋骨脉络示之于人，阅读的乐趣就谈不上了。一个有机的整体，它不但反感条块拼接，甚至在句子和句子之间，也特别反感各种各样的连接词。一篇文章里，如果抬头就是虽然但是，不但而且，如果那么，即使也不，也会破坏文章的形象完整。好的文章，一个一个句子，是流水一般流过去，你能斩断分成这一节那一节？记得读过魏金枝先生谈写作，他说过，好的文章，是浑然天成的一整块料子。那些连接词，都是连接料块之间的铆钉。铆钉越多，说明料子越是琐碎，只好依靠一颗一颗铆钉铆接起来。一块料，铆钉太多，成品断然不成样子。而如果一篇大文章，依靠一二三四拼接成篇，不过是几个大点的铆钉铆成的部件，拼接感太强。几个扒钉，太显眼了。

评论张中行先生文章的名家，经常旁及孙犁汪曾祺，他们国脉一系，肯定有很多共同点。若论国学根底，孙犁汪曾祺不如张中行深厚。可是要论文章，我还是认为孙、汪二位的文章漂亮。二位的文章，散文一派云淡风轻，自不必说，就是议论文字，也绝不是由大前提小前提推出结论式的做法。记人记事的散文不必说了，孙犁和汪曾祺二位也写过许多谈创作的议论文字。尤其是孙犁先生，他大量的书信，序文，无一不是美文。他也写过杂谈小说，杂谈散文，写过作家论，比如评论贾平凹的散文、铁凝的小说。他也谈论古典，比如论《聊斋》。哪里有张中行先生这样的一二三四几大块做法呢？请看孙犁先生的《小说杂谈》，分为《小说与伦理》《叫人记得住的小说》《小说成功不易》《小说是美育的一种》《小说的体和用》《小说的欧风东渐》《真实的小说和唬人的小说》《小说的取材》《小说的抒情手法》《小说忌卖弄》《小说的结尾》《小说的作用》《小说与时代》《谈比》《谈名实》《佳作产于盛年》《小说的精髓》，十几个题目并行错出，和那种死板的一二三四式的叙述，大异其趣。这看似很随意，其实也是一种奇思佳构。议论文字讲道理，也要讲得巧。或者以事寓理，或者以古证今，不时有旁逸斜出，看似离题游走，其实摇曳多姿。甚至，像小说一样埋伏，像描画一般点染，这种文章，你是很难把它分解成一二三四几大块的。那才是行云流水，浑然天成，不露一点斧凿痕迹，从头至尾倾泻过来，让你充分感受阅读的愉悦。我以为，要说接受古文修养活用于现代语体，孙犁先生的文章较之张中行，更加相得益彰，更加根深叶茂，化得了然无形，也更加具备美文风范。

张中行老人当然不是不熟悉文章做法的。在评论周作人的文章时他就说过："一切技艺，未用力是其最高境界。"巴金说，最高的技巧是无技巧。罗丹也说过意思相似的话。古人曾经赞美过文章的美妙境界，不着一字尽得风流啦，羚羊挂角无迹可求啦。无法之法，是为至法。这一切都说明，不露技巧痕迹的技巧，是最高境界的技巧。《沧浪诗话》说作文，"语忌直，意忌浅，脉忌露，味忌短"。既然如此，老先生为什么反反复复使用一二三四这样笨拙的技法写文章？这可是明显地暴露脉络甚至暴露那种不太高明的脉络的末流做法。

敬仰张中行先生，他的学养，他的腹笥，绝非像我这样的胸无点墨的轻狂后学可以褒贬的。只不过想到了这么一点，说了。先生有知，不会责怪我太岁头上动土吧。

不堪回首忆当年

写作组记忆留痕

雨生，你好

我入伍以后写报道，却一直属意于文艺，对报纸上刊载的文艺批评密切关注。"文革"中间的报纸杂志文艺评论，不是赞样板戏，就是批判"四条汉子"。我们只能在这样一个高度限定的荒谬前提下，接受一点可怜的文学常识。1970年的一天，看到《解放军报》一篇赞革命样板戏的文章，一个整版，题目是《人类文艺史上的新篇章》，作者署名为"4642部队战士业余写作组"。文章汪洋恣肆，酣畅淋漓，特别是在尾声部分，"我们祖国的万里江山，到处回荡着革命样板戏的雄壮战歌……"更是看得我热血沸腾，豪情满怀，对于文章的作者敬佩极了，仰慕极了。也就是那个时候，我发下一个宏伟誓愿：一定要在国内大报上一个整版的评论文章。20岁刚出头，这个奋斗目标，确实有点宏伟。

一直到1974年进了军区写作小组，和雨生一起共事，我才知道这个战士业余写作组，就是雨生几个人，甚至就是雨生自己。

雨生"文革"前老高中毕业，写作能力在那一代人里确乎出类拔萃。"文革"中间发文章，全靠写作技能。你想想，我们都是农家，谁见过钢琴，你却赞钢琴伴唱《红灯记》；根本不知道什么是交响乐，却要写文章赞颂革命交响音乐《沙家浜》。更可笑的是我们还写过歌颂芭蕾舞剧《红色娘子军》的文章，至今我也没有看过芭蕾舞剧。那个时候最想不通的就是舞台上那些人为什么老要踮着脚尖走路。刚刚批判了"大洋古"，写完《我们贫下中农最讨厌那个大柜子》（指舞台上的演出钢琴），又要赞美钢琴协奏曲《黄河》。没有立场，不讲道理，报纸上登啥写啥。由此一来，写作其实就是比文章结构、比词汇丰富，纯属技术活。按照要求，能把词汇排列成文章就是本事。我们都是抽取了灵魂的写作机器，那时一个小青年能出人头地，已经觉得很了不起，哪里允许理性思考。

雨生刚一报到，就显得与众不同。我们的办公室背靠西山，我们这一间在阴面，开窗就能看见山坡的草木，山尖的残雪。军区的办公条件好，楼窗宽敞，遥看景色如画。雨生立刻找了一张大纸，写了"窗含西岭"四个字，贴上去。取的是"窗含西岭千秋雪，门泊东吴万里船"的意境。楼窗好似一个摄影取景框，阅尽西山美景。在凸显路线斗争觉悟的"文革"岁月，我第一眼就看到了雨生身上的文人气。

我们从外地调来，都是单身，住招待所。雨生不愿意，要求住办公室，单位依了他。那时部队干部也没有行装，床板一支铺盖一铺就是家。只是我们的办公室从此像寝室一般，和办公气氛很不协调。部队要求整齐划一，几次检查环境内务，批评雨生行装不整。雨生一时来气，有一天上班了，他把书籍挎包等堆上办公桌，杂乱一摊，上面大写一个条子挂起："兄弟我实在也是没有办法，谁能给我一间宿舍？"这在当时，不但是发牢骚说怪话，简直就是向军务处示威。这里是首脑机关，首长一个变脸，立马就能把你打发回去。一圈众人都替雨生担心，也有撇嘴不以为然的。多亏主管副部长王稼祥惜才，他看了现场，打个哈哈，把这事压了下去。我这是

《张雨生随笔选集》，解放军文艺社出版

头一回领受雨生大发名士脾气。

写作组略有分工，雨生和我，还有资料室的骆荣顺，分在文学艺术一摊。雨生实际上是我们这一块的主笔。写作组出品文章，大多是杂凑。雨生最不愿杂凑，因而我们这里的文章，还能略微显示一点个性。分来了题目，雨生愿写的，他自己一管到底。分给我们的，我们写了，交他改定稿。写作是非常个人化的行为，"文革"批判名利思想，废除个体写作，一律集体在场凑句子，集体署名，实际上非常不通情理。但那时大势如此。雨生给我们保留了一点空间，有时翻出老文章，还能寻找出自己的段落句子，实在很亲切。

我们开写的第一篇文章，是李季同志编辑了一本《工农兵诗文选》，要我们写篇评论，说好了在军报发。雨生自己执笔，我看叙述得很平和，节奏舒缓，文字有些诗化。雨生自己很得意，但是显然不符合"文革"期间暴戾逼人的文章风格。不久《解放军报》发了，篇幅却压了不少。雨生不太满意，我们却是见识了雨生独当一面的能力。

不久我们接到一项大任务：批判肖洛霍夫。这一场大战，深深见证了雨生的本事。任务领下了，我们连肖洛霍夫的原作还没有看过。一连几天，我抓紧恶补。四大本《静静的顿河》，一本《被开垦的处女地》，短一些的《一个人的遭遇》，一个礼拜看完。年轻精力旺盛，连天连夜，看得昏头昏脑。雨生却是自在悠闲，读他的唐诗宋词什么的。我写第一稿，好赖读过原著。初稿出来交给雨生，我不知道他怎么修改加工。个别细节他问我一句，其余全靠他空中取水空手套白狼，那可是大块文章，一万多字。一个毫无兴趣去读原作的写家，竟然纵横捭阖汪洋恣肆地把道理说得头头是道。他简直是一个文章制造机。稿子后来定名为《肖洛霍夫与苏联的资本主义复辟》，发在《解放军文艺》，六七个页面，无疑是刊物的重头稿子。

江青一向主张狠批肖洛霍夫，批《第四十一个》（又译《女狙击兵》）时她就说，不要光批判丘赫莱依（苏联国内战争题材电影《第四十一个》导演格里高利·丘赫莱依）这些小东西，还要批肖洛霍夫，他是现代修正主义文艺的鼻祖。大约我们冥冥之中撞对了路，这篇文章得了江青的青睐。

雨生大概也是看透了"文革"的蛮横写作，反正拉上来就批判，看什么原作呀。可是能为无米之炊，这可不是个平常人。

北京就是一点好，出门随便都能遇上高人。我们在几家大报大刊名社，见足了世面。人民日报社的袁鹰、姜德明，就是那时认下的。"文革"中人民文学出版社引进一批苏联当代文学作品，印行不加设计，称之为"白皮书"。其中有一本《蓝色的闪电》，写苏军空降兵。苏修的书，当然只能"供批判用"，社里让我们写一个"批判性序言"。我们写了送过去，找到联系人孙绳武、陈小曼。和二人谈稿子，我不经意一瞥，看到了陈小曼桌子上有一张未写完的留言条，条子写给一个叫"韦韬"的家人，嘱咐关窗生火之类的家事。当时也没在意。几年后就知道了，韦韬是茅盾的儿子。"文革"以后，茅盾日记资料一卷一卷出版，巨著浩瀚，世人仰视。可笑当年这两个小兵跳来跳去，知道什么。

雨生比我年长，婚恋却晚。写作组的小军官，介绍女友的说客盈门。小骆很快和山西省军区副政委的女儿定了终身。雨生那时心有所属，和他们189师演出队的小刘正在热恋。雨生湖北黄梅人，从军多年乡音不改。那时电话通话效果很差，打一个长途，接线员听不清雨生的口音，经常要我转述翻译。一会儿声音小了，雨生急得大喊，柔情蜜意变了味，我们在一旁只有偷着笑。

文化部刘秉荣是我们的好友，为写作组的婚恋，他拟了一个对子：

骆荣顺私走并州府
张雨生调情迎泽园

毕竟是初恋，众人一传爆笑，雨生满面通红。

我和雨生写作，和而不同。其实我喜欢逻辑推理，概念演绎，雨生喜欢形象说理，幽默俏皮。多年以后，我们都感觉在向对方靠拢。思想并不一定都靠逻辑推演，幽默有时也很给力。笔下有思想，俏皮就不会失之油滑，讲究语言艺术，论理才不会枯燥概念。那个年月，我们就这样一路走过来。"批林批孔"，评《水浒》，学鲁迅，谈样板戏……上帝给我们设定了一条荒诞的路，我们年轻的生命力只能发出怪异的光亮，一路走过了青春时代。

"文革"以后把我们这一代都叫"吃狼奶的一代"。应该说，在那个消灭知识消灭文化的年月，大多数人没有奶吃。我们什么怪事没有做过？什么怪文章没有写过？无理批判，没脑子跟风，强词夺理，辞藻轰炸，回头再看自己丑陋的怪相，无知的横暴，实在羞愧。时代如血雨腥风，我们哪里敢论清白。不吃狼奶精神枯竭，吃了狼奶精神疯狂。我们实在羡慕改革开放以后的年轻人，他们一上口，就是钱穆、陈寅恪、殷海光，尽可择食精神正品。相形之下，我们这些在制造大话空话套话歪理邪说中间蹉跎十年美好时光的人们，还好意思讴歌青春无悔吗？！

　　"文革"结束，写作组遣散，我和雨生，从哪里来，回到哪里去，又回各自的原单位。他先回63军，后调进石家庄陆军学院，最后进了解放军报社，我以为雨生找到了他最后的安身立命之地。我转了一圈，进了省作家协会，也算适得其所。终于没有脱离写作这个行当，我们的来往依然密切。电子通邮方便得很，每有得意之作，他会发给我看，我也时常把自家的作品发给他看，他不介意批评，是为数不多的不给我面子的朋友。雨生"文革"后专攻杂文，卓有成就。国内各大报纸杂志连连登榜，多部杂文集子接连问世。在石家庄，他和几个朋友发起组建几家杂文刊物，他实际上成为早期杂文事业的发起人物之一。新世纪以来杂文大昌，一批刊物各显风流，成为出版事业一大重要的方阵。雨生有筚路蓝缕开启之功。

　　东西南北杂文报刊社邀请雨生当顾问挂主编，雨生依然源源不断发表新作，有时我问他，你能管过来吗？雨生只是一笑：那些杂事，谁管他。原来刊物仰慕雨生名气，所谓主编主持顾问之类，只要挂名，办刊经营，雨生从不过问，甚至有些刊物挂名，他竟也不知道。在这方地盘，雨生无疑是一路老大。

　　有这些，雨生当然牛。2008年我的散文获了冰心奖，到西安一打开获奖名单，有雨生的杂文集。开会两天，没见雨生。连忙打电话，你怎么不来？雨生回答很淡，那种奖，我去干什么。

　　退休前几年，雨生又经历一难。他不说，朋友都知道。那年解放军报调整，强令调出军报的很多，大家不愿走，哭哭闹闹的。雨生被安排到河北保定军分区当副政委。赶出北京呗。雨生二话没说，喊哩喀喳报了到。在我看来，这也是雨生的傲骨嶙峋，我雨生到哪里不一样，哪里能挡住我写杂文？

　　雨生到老，恃才自傲，有时这自傲甚至不顾及家人。他爱人小刘随雨生进京，后来做到战友文工团政委，调进军区创作组。一次我去看他，雨生指着小刘，那口气很是不屑：

"星星你说，小刘会什么？能进创作组！当年进创作组，那可是咱们终生为之奋斗的目标，努力一辈子也未必进得去。现在——小刘进了创作组！"

1970年代的军区创作组，只养胡朋、刘伍、杜锋、戈基四人，清一色的老革命。胡朋是电影名演，戈基资历最浅，一部《连心锁》成了名。换一茬，《十五的月亮》词作者王石祥进去了。小刘当然有她进去的理由，只是在雨生眼里那都不算什么罢了。

雨生的病，比较麻烦。那年突然脑袋胀痛，住进301医院手术。医生说脑子里长了两个血管瘤，先切除一个，待保养好了，再二次手术。脑瘤影响大脑功能，于恢复很不利。怎么能得下这号病？

我去看他，雨生沉默着。只在偶然间看那表情，对我的谈话有反应。手脚不灵便，吃饭要人喂了。身体虚弱，坐一会儿就要躺下。我在想，这样，如何能保养好了，再支持一次手术？

雨生你好。盼你好。你能好吗？

回忆朱耀廷

在网上看到有人写诗悼念朱耀廷，顿时吓了一跳。老朱出事了？该不是同名同姓的另一人吧。再往后看，心里慢慢沉下来，就是他。悼诗悼文都写着，其人是电视连续剧《成吉思汗》的编剧。

就在春节，我还给他打过电话恭贺新年，电话那边，他依然笑呵呵的，听不出有什么异常。怎么就——连忙给他家打电话，那头嫂夫人说，他患癌做手术已经大半年了，一直住院，春节不过回家小住了几天。几天前终于坚持不住，走了。

我和老朱相识成为同事，是在1974年。"批林批孔"开始，北京军区要成立理论组——其实就是一个写作小组，把我们抽调过去。一批人吃了饭啥都不干，就写文章，这在"文革"中间常见。写作组一方面抽调部队的笔杆子，也从高校抽调了几个教师，充实和提高业务能力。老朱就是这样调了进来。

朱耀廷

老朱的引人注意甚至神秘，全部来自一个源头：他是从"梁效"调过来的。

"文革"期间，北大和清华扮演着至关重要的角色。20世纪70年代以后，北大清华联合成立了写作小组，撰写大批判文章。在报纸发表文章时，一开始署名"北京大学、清华大学大批判组"，后来取"两校"谐音，署名"梁效"。梁效是"文革"中后期的舆论领导，许多中央精神都通过梁效的文章传达出来。一时间，全国的报纸杂志，有"小报看大报，大报看梁效"之称。老朱来自梁效写作班子，当然身披一层神秘的色彩。

我是农村青年应征入伍的，知道当兵难，却就在老朱调进来这件事上知道了，当兵原来也可以这样容易。30多岁了，说一声入伍就成了干部，还比我高一级。招几个秀才，在军区首长眼里小事一桩，批了就进来。啥叫个规矩，规矩是人立的。我对国家机器高层权力的强大力量，从此有了理解。

老朱一介书生，换了一身军装，却是没有一点军人素养。政治部组织实弹打靶，他是军官，规定试射手枪。他从来没有接触过枪械，一点也不会。我好赖当兵几年，年年打靶甩手榴弹，知道怎么操作，拉枪栓装子弹手把手教他。手枪难打，老朱脱靶，一环未得，也在情理之中。老朱身着军官服，进出营门卫士敬礼，老朱就紧张，练了几次很快会还礼了。期间还传着一个笑话，说是老作家曹禺体验生活住进军营，为了进出方便，给他发了一身军装。老作家出营门，卫兵嘎地一个立正敬礼，老人哪里见过这个，连忙摘了军帽，深深一个鞠躬，一边道歉：您客气，您别这样——大家大笑，老朱知道这个善意的玩笑和自己有关，也就只听不附和。

　　写作小组十多个人，按照文史哲分成三摊。老朱分在历史一摊，正是"批林批孔"，他们任务较重。"文革"中批判名利思想，废除了个人写作。写作组成文，属于典型的"集体创作"，大家围坐，一人主持，执笔记录。商量确定了内容，开写，众人你一句他一句杂凑，主持人认为哪一句好，记下来，接着凑。速度不快，但大家负责，保险。写作组发表文章署名"洪城"，取"红色长城"的意思。从1974年到"文革"结束，在各大报纸杂志发表过很多长文。"文革"文章多属空头政治批判，事涉历史，一般都问老朱。其实老朱专修明史，先秦史并不精通。不过部队专修历史的不多，北大历史系出来，当然还是靠得住的。

　　老朱还是写文章，这会儿却成了军人。提了待遇，西山这边还分了房子。这在"文革"期间的北京，相当难得。老朱的命运不错。

　　造化弄人。大的历史变迁，个人往往不能自主命运。老朱因为从梁效来，写作颇为倚重，待遇也有提高。"文革"后清查梁效，老朱恰好进了部队，躲过了梁效最为高调嚣张的那一段。以梁效成员衡量，老朱最为清白；以部队政治机关衡量，老朱毕竟有过梁效一段过往。因为来自梁效，老朱进了部队；也因为来自梁效，老朱离开部队。"文革"结束以后，写作组解散，老朱于是又回了北大。

老朱又回到"知识分子成堆"的地方。三年的军旅生涯，在他如同梦幻，在我看来，他还是回去好。北大"文革"中卷进去的文人学者很多，多老朱一个也不显眼。清查梁效，老朱无疑又是罚单最轻的。在这样一个集体里，容易获得谅解和宽容。事实上也是，老朱回到北大以后，很快得到重用。北大分校改成北京联合大学以后，老朱做了教务长兼历史系主任。

只是不知老朱怎样记忆他的三年军籍？有一支歌这样唱：生命里有了当兵的历史，一辈子也不会后悔。我们却是深知，一个人是否"青春无悔"，和他从事的职业没有什么关系。我们的青春赶上了从军，却也赶上了"文革"，赶上了"文革"中的写作组，我不知道，我们是该"青春无悔"，还是应该"亢龙有悔"。

老朱的档案里，一直静静地躺着三年军龄。翻检历史一定会惊诧，一条笔直的学者之路，为什么要长长绕出那么一个小弯。这也就是那个时代的诡异捉弄。

三年以来，我们时时在窥探老朱的神秘。回忆三年相处，我倒是觉得，老朱和梁效这一条线索，没有什么神秘。尽管北大处在"文革"权力中心，老朱一介学人，并未能够亲近国器权柄。他身上表现最明显的，是浓烈的知识分子的迂腐和憨直。军区是部队的高层机关，一旦攀龙附凤，前程不可限量。即便如此，没有见过老朱亲近过哪一个高官，和同事们也是磊落了然。所以他再回北大，我竟然不记得有什么人挽留他。

老朱重回高校，如鱼得水。考虑到明史已经太过热络，老朱转治元史，成就斐然。高教杂志常见他的论文，职称很快评了教授。校内外的学术圈里，老朱的元史颇有盛名。培养的学生一茬一茬长上来，老朱的事业进入了人生最美好的时段。

十多年前突然听到，老朱辞了教务长，专心做他的系主任，我就知道这人的迂腐憨病又犯了。在高校，教务长抵半个校长，历史系主任不过是个不值钱的专家。但老朱就喜欢这么着。此后不久，他转产做电视。《成吉思汗》《忽必烈大帝》，电视连续剧一部接一部，都是五六十集。老朱抓对了题材，宣传各民族大团结，写好元蒙史太重要了。毕竟像他这样的元史专家太少，电视剧又需求急切，老朱一时行情看涨，洛阳纸贵。看到中央电视台接连播出，我实在为他高兴。电视剧收入改变了老朱的生活，他在望京买了房子，喜迁新居。青年时期的苦难仿佛得了回报，老朱此时一帆风顺，事业有成，春华秋实，只待收获。

老朱罹患癌症的消息我得知很晚。传话的朋友轻描淡写，我也没有在意。不料他走得这样快。事业驶上快车道平稳运行，家庭子女各安其事，正所谓大展宏图之时，突然间这一切不得不停驻下来，而阻止这一切的竟是生命！上帝在安放一个人的幸运时，总归也不忘安排他的寿数。以老朱的年龄，原本也不算大，怎么回事呢？

老朱的丧事我没有赶上。事后到家里去吊唁，人已经没了，房里房外全是书，老朱不知还想做多少文章呢！嫂夫人说，他的两个儿子发下誓愿，父亲的书，他们一本也不处理，全存下，代代相传。

"文革"中学术研究被彻底砸烂，老朱虽在高校，我们也从不问他师承何人。也就是在这几年我知道了，老朱在梁效时很为周一良赏识。周一良是谁，不用我多说。他是陈寅恪的大弟子，20世纪50年代以后叛逆，杀出师门批判陈寅恪，"文革"尤其是"批林批孔"，周一良倚重一时。"文革"以后，周一良痛悔当年，写文章谢师请罪。陈寅恪的学术地位学术精神，重新为国人看重，一代宗师名传天下。从周一良，再到朱耀廷，陈寅恪的影子都找不到了。这是一条怎样的师承路线？学术薪火不是变形就是绝灭，想起来，不禁黯然失神良久。

回忆雷抒雁

雷抒雁逝世了，让人想不到。他才70岁出头，寿数远没有活到。

报道说他因病去世。我们的新闻实在没治，迄今为止，凡报道名人，我还没有发现谁不是"因病去世"的。这也实在大一统了，人死都死成一个格式。

很想知道雷抒雁因什么死的，他才71岁，应该有点意外的因素。

我和雷抒雁认识较早。1972年，《解放军文艺》筹备复刊，从各军区抽调文艺创作人才，我们都借调到总政，住在西直门招待所。我是晋南人，雷抒雁是关中人，风习相近，不由就联系多些。

雷抒雁为冰心
奖获奖者留言

他爱听秦腔、眉户（叫郿鄠准确些），1974年，华北文艺调演，他拉了我说，咱们看眉户戏去！我当然愿意去，因为演出团是我们临猗县的眉户团，剧目是演了多年的《一颗红心》，雷抒雁看得没劲，他说，太简单了，你说呢？我不敢说，支支吾吾不置可否。

借调的人都是一方名士。我记得有云南的范咏戈、宁波的王耀成、沈阳的王中才等，雷抒雁却是公认的聪明。下班一进院门，收信栏有个信封，收信人写着"李土豪"，雷抒雁立刻叫喊：李土豪接信！逗得大家大笑。解放军报社社长姚远方，落实政策刚从外地回来，也住在这里。他的来信很多，他的笔名远方，常有人来信写"远方"收。每当遇到，雷抒雁会高吟"远方来信——"，那是对空间距离的诗人感觉。

雷抒雁的名字好，很抒情，像个诗人。他常奚落我，叫个星星干什么！可我这是从小父母叫起来的，不好改。他也没有提起他的名字如何改来。有一天，我意外发现他有一枚图章，木制的，四个字"雷书彦章"，于是知道了，他家给他叫的是这几个字。有点古旧的书香气，也有点迂腐陈旧的意味。雷抒雁就着音改了，改得好。

雷抒雁从大学入伍，一股子书生气。总政这样的书生很多。我就是从那时才知道，什么入伍18岁啦，体检啦，一般而言都是对付老百姓的，那些特殊人才只要长官愿意叫你当兵，一句话你就成了军人。军队也不都是打仗的，养这么多文人，我意外，也暗喜，毕竟我也挤进来了。总部，上班在国防部大楼，那叫神气。

人说赌博最见脾性，不假。闲下来打扑克，雷抒雁是最难伺候的一位。一旦牌好了，他目中无人，豪气干云，赢得得意洋洋犹有余威；一旦一把烂牌，立刻没了神气，凝思沮丧强撑着，一副等待宣判世界末日的架势。我和他多次打对家，一旦出错了牌，他会大声嚷嚷指斥责备，毫不留面子。嫌你合作不好，他会虎着个脸，一张一张牌甩得噼噼啪啪响，一个人把好局一条龙带到底。可惜这样的局面不多。老雷只好憋闷生暗气，终于吊着个脸呼啦了牌，不玩了不玩了，闷闷不乐散去。大家一块议论，只好笑笑。

老雷这急性子，当然要影响到为人处世。"批林批孔"开始得突然，1974年1月下旬，江青在体育馆开大会，突然有了精神，报纸杂志要宣传。《解放军文艺》每月1日出刊，没几天了要出一本刊物，这不是胡闹吗？范咏戈和领导紧急商量，设了个专栏"批林批孔势若燎原"，刊登"批林批孔"诗词和文章，总算救了驾。马上到哪里组稿子？立刻动员文艺社的编辑们带头写。雷抒雁是枪杆诗。"拿起刺刀，和孔老二格斗！端起炸药，炸毁孔家店！"手忙脚乱弄成了，总算出了一期火线批孔的刊物。那时突出政治，是批孔就确保了政治正确，粗制滥造不算什么。至于背后的忙乱，为了一个毫无道理的目标没来由的忙乱，那是"文革"的常态。

运动中，文化单位可以贴大字报。一天我到社里去，突然看到解放军文艺社办公区有了大字报。通栏的大字是《胡奇的中庸之道和张文苑的上智下愚》。这有点结合本单位实际批孔的意思了。老社长胡奇，确实有点好好先生，求稳怕乱；副社长张文苑，确实有点大刀阔斧地敢作敢为。我一看那毛笔字，就知道是雷抒雁的手笔。说的倒也对，可是给自己身边熟悉的领导贴大字报，那是要有点勇气才行。雷抒雁涉世不深，有点愣劲。他后来离开总政，和这些有没有关系，我不知道，但当时私下还是不免为他担心的。

雷抒雁的性格影响了诗歌创作吗？肯定的，他的诗，我读来总觉得一股峻急之气。行文联句，都给人急急匆匆赶路的印象。好在一部《小草在歌唱》奠定了他在诗歌史上的地位。再重新开始，可以从容地表达自己了。这些年，我读过他不少杂文散文，思想丰富了，表达成熟了，一些艺术手段可说运用娴熟。读他的文章，常

不堪回首忆当年

有别有洞天、层层机心、应接不暇的感觉。他没有应一个虚名，不愧名家，出手总与凡人不同。不过为什么人们还是记住了《小草在歌唱》？他的由峻急到从容，有迹可循吗？这些都是值得我们深思的。王蒙说：形势比人强。这是凝聚了大半个世纪的人精对于成长的智慧总结。思考雷抒雁的道路，很有借鉴。

我倒是以后和雷抒雁失了联系。他去了工人出版社，去了作协，我都是听旁人说的。他不算得势，也不算寥落。有那么多人拥戴，在中国文学界呼风唤雨，作为这个领域的从业者，也可说立功立名。中国作协纪念他，这就是明证。

我自以为卑小，离开部队后流落到山西，很少和雷抒雁联系。近些年，和中国作协自觉越离越远，对体制内的套数，越来越冷眼旁观，也就不再打扰他，免得增加一个最低分，降低了先生的评价。2008年我获冰心奖，在西安领奖，雷抒雁正好是颁奖嘉宾。想凑上去说几句话，看到人潮如涌，先就退避了。等到没人了，雷抒雁静坐，凝思远方，那神态，有些40年前的气盛，也有忧思和伤神。我终于明白，岁月还是让他有了很多变化。而我，是喜欢40年前的雷抒雁的，于是我悄悄退避了。幸好，这个时候，不介绍，他也不会认出我。

40年前的朋友，大家在同一个起点。40年的时光，足以让彼此认不出对面是谁。这不奇怪。时间的淘漉，也有选择的差异，命运的摆弄。我多么愿意和雷抒雁做一对老朋友，然而没有做到，原因也不知道在谁。回首往事，我愿以目光照亮人生的岔路，让自己的结交更丰富更有品位价值。分分合合，尽在机缘。得意失意，当局者迷。人各有志，倘若志在不舍，同路一段已是百年修渡。奢求一生知己，这是苛责别人，也在为难自己。死者已逝，生者当好好思忖一下自己才是。

闲聊样板戏

复排"革命样板戏"必须一招一式不走样吗？

这几年戏曲不景气，为了振兴，为了活跃，想了很多招数。复排"革命样板戏"也是一招。20世纪60年代编排的这一批"革命现代京剧"，"文革"开始以后，逐渐发展定型成为"革命样板戏"。"样板戏"开始号称八个，1970年以后按照《红灯记》《沙家浜》《智取威虎山》的套路，又排了几个，比如《平原作战》《杜鹃山》，根据《南海长城》改编了《磐石湾》，根据《红嫂》改编了《红云岗》，陆陆续续也就十来个，"文革"十年的文艺舞台，就是这么十来出戏进进出出。所谓"八亿人民八个戏"，指的就是这种萧条与横暴。

"文革"以后，戏曲舞台主要演出传统戏，现代戏较少。近几年渐渐发出了为现代戏喊冤叫屈的声音，复排上演"样板戏"的风头在滋长。据我看到的，《红灯记》《沙家浜》《智取威虎山》《杜鹃山》陆续都已经上演，近日看到的，是中国京剧院的《平原作战》。

《平原作战》的复排演出有一个特点：一招一式照搬原剧，相当于复制。当然，其他几出戏的演出差不多也这样。不过《平原作战》最为刺眼罢了。

当年《平原作战》公演，人们就非议较多。比如《智取炮楼》一场，八路军赵勇刚挥动一杆赶车长鞭，和一群荷枪实弹上了刺刀的日本鬼子格斗，鬼子兵四面围定刀枪夹攻，就是对他奈何不得。赶车长鞭左右挥舞，煞是好看，只是人们奇怪，这些日本兵端着带刺刀的枪，怎么就不得近身。

样板戏

即便在"文革"中，"革命浪漫主义"可以解释一切荒唐想象，观众依然摇头，觉得纯属瞎侃。几十年后再上演，稍加改动，这个瑕疵就遮掩过去了。不知道导演怎么想的，就是要让一杆鞭子横扫一周刺刀长枪，立志让你别扭。

那这个复排就不那么简单了。

稍微懂行一点都知道，戏曲上演其实是一个不断修正的过程。即使有了脚本，每一场演出和前场比，其实总有或大或小的改动，因此剧本发表，才有"某某某某年演出本"之说。也就是说，编剧也承认剧本处在不断修改更新的过程中。以前京剧圈里学演别的团，地方戏移植京剧，也都有不同程度的改编，根据本团本剧种的特点，做出相应调整。怎么到了今天，复排几十年前的一出京剧，反倒成了一招一式照搬照套，唱念做打纹丝不动，削足适履，不得变通，一定要翻出三四十年前旧模样呢？

毫无疑问，在他们看来，"革命样板戏"依然是高不可企的文艺范本。它的一招一式，一念一唱，神圣不可侵犯。如同一尊天神塑像，你要修眉开眼，必然亵渎神圣，即便你拂去灰尘，整饬衣冠，也有大不敬之嫌。只能顶礼膜拜，奉若神明。它的创作方法比如"三突出"，依然是金科玉律。把英雄一步一步拔高到不食人间烟火的地步，塑造出左而又左的一批精神怪物，或许就是他们要苦苦追寻的。

中国人什么时候"一招一式不走样"地排演过京剧？有的。记得1972年，"文革"中的国务院文化部号召"普及革命样板戏"，让各地剧团进京"取经"改编。那真是一句一句，一个动作一个动作手把手脚抵脚，决不允许走样。甚至叹气声音大小，吐痰哪个方向，都要一一把握，明察秋毫。有人不敬，立刻推上审判台，全党共诛之，全国共讨之。普及结果，是吓得无人敢排，生怕越雷池一步，招来横祸。而现今的状况，是一群人虔诚钻研，自觉地钻那个牢笼，你挡也挡不住。抚今追昔，真不知今夕何夕。

应该回到1970年演出本之前

这几年复排上演的几出京剧"红色经典"——我说的是《红灯记》《沙家浜》《智取威虎山》等，使用的都是1970年演出本。我看了却想，复排这些剧目，可不可以使用1970年以前的演出本？我认为应该如此。

戏剧脚本，随着演出不断修改很正常。就以这几出"样板戏"为例，当初也不是刚一露头就成了样板，也有一个修修补补的过程。这几出剧目得以受青睐，曾在"文革"前夕的大区戏剧会演。中国京剧团、北京京剧团借光移植，"文革"初期被钦定为"革命样板戏"。在极左风潮的簇拥之中，边演边改，直至1970年，三剧各自完成了最后的修正，目前各地复排的，《红灯记》《沙家浜》为1970年5月演出本，《智取威虎山》为1970年7月演出本。

应该说，在"文革"前夕的那两年，极左路线的生成发展已有时日。"文革"爆发选中这几个戏作为文艺革命的样板，当然是看中了它们的思想倾向。但它们毕竟来自下层的创造，和高层推动的"文化大革命"尚有一定距离。于是如江青所说，它们进入了"十年磨一剑"的修改加工，以便使其"尽善尽美"。至1970年夏天，三剧终于获得了最高当局的完全认可，成为不可更改的"艺术样板"。《智取威虎山》一剧中，曾有将"春天"改为"春色"的一字师的传说。一字一句精雕细刻，样板戏至此，自夸字字珠玑，只允许叹为观止了。

1970年演出本，和以前的演出本有什么大的区别？

比较两个时期的演出本，修改首先在突出政治强化对领袖的个人崇拜。除了各场次不断出现"贯彻毛主席关于某某的伟大指示""毛主席教导我们"之外，在重头戏所谓"核心唱段"，一定要出现讴歌"毛主席革命路线"的华彩。如《沙家浜》的《坚持》一场，将原唱词改为"毛主席党中央指引方向，鼓舞着我们战斗在水乡""漫道是密雾浓云锁芦荡，遮不住红太阳万丈光芒"。把"毛主席"挪到"党中央"之前置顶，本是"文革"的荒谬排序，此时却强行安放在1940年代一个新四军排长身上。《智取威虎山》杨子荣核心唱段《胸有朝阳》，大唱"毛泽东思想大放光芒"，全然不顾"毛泽东思想"这一词组传播自何时。唱段最后"叫散"时，京剧唱出了"东方红"旋律，被高调赞美为"艺术创造"，歌唱领袖已经无所不用其极。

"身穿红衣裳，站在高坡上，挥手指方向，歌唱红太阳"，是样板戏里"英雄人物"的标准造型。如果要谈"艺术创造"，1970年演出本，同样是把"三突出"推向极端的样本。他们唯有奋斗，唯有打杀，不认人性人情，是贴着政治标签的"思想代理""主义代理"。由于他们的形象被赋予宏伟的政治含义，"高大全"势所必然。各个剧作里，他们一出场，要配那个时期的"音乐主调"，比如《大刀进行曲》。以后的唱腔动作行进中，或正奏或变奏，音乐主调如影随形，样板戏称之为"特性音调"。特性恰恰最不讲特性。它把戏剧音乐创作引向"一个阶级一个典型""一个时期一个典型"的极端，只不过当时无人敢批评罢了。

在1970年演出本之前，这三出戏还不乏可爱之处。比如《沙家浜》结尾草包司令胡传魁婚礼，游击队员扮作各色人等混进去发动突袭，富于传奇色彩。按照最高指示，改成"正面打进去"，偏执乏味。剧中英雄人物，也还有常人一面，比如李玉和好喝酒，经常偷偷喝一口，被李奶奶察觉，无奈又倒了回去。修改时，文化部大批判组指责"在阶级斗争的大风浪里偷酒喝"的恶习，当然要拿掉。其他细微之处不可胜数。总之，改编本决心将革命标签贴到无微不至，时时处处显示出面目可憎方才罢休。

毫无疑问，1970年演出本，是极左思潮最猖獗时期的产物，是艺术规律遭到空前漠视的产物，是"文革"政治强奸京剧艺术所产的畸形儿。所谓样板戏的"千锤百炼，精益求精"不过是将极左路线推向极端，又渗透到细部，"彻头彻尾，彻里彻外"革命化，其实就是彻底的走向妖魔化。

复排1970年的演出本，无疑是彻底倒退。难道我们还要亦步亦趋地复原，一丝不苟地极左，无微不至地荒谬不成？

1970年以前的演出本并不难找，也不难排演。它当然也有许多问题，可和这个极端形态的样本相比较，它还是显得和善一些。

样板戏的同辈近亲

1964年"社教"运动前后有一批戏，路子差不多。想不出合适的名目，姑且把他们称作"社教戏"吧——社会主义教育运动中诞生的戏曲。比方说话剧《年青的一代》《霓虹灯下的哨兵》《千万不要忘记》，京剧《红灯记》《芦荡火种》《智取威虎山》等，评剧《夺印》，北京曲剧《箭杆河边》，我们这里的地方戏有《向阳坡》《一颗红心》等。《红灯记》、《芦荡火种》（《沙家浜》）、《智取威虎山》后来成了样板戏，鹤立鸡群，不认以前的穷亲戚了。在当时，其他那些戏的影响，可是一点也不弱。

我们中学组织看过《千万不要忘记》，一个年轻工人，为了穿上一套高级毛料西装，每天下班后去郊外打野鸭子，卖几个钱，攒够148元，如意地买到那一套蓝灰色西装，遭到爷爷——老工人的尖锐批评。后来当然转变，思想进步了。老爷爷看到那一身西装，惊讶地谴责："这个就是那个一百四十八呀！"这句台词，我们同学之间经常借来打趣。有趣的是，这个小青工的"堕落"，戏里归咎于岳母——一个小业主的影响。小青工要抽烟，家里人不让，岳母支持，说："没见谁抽烟抽穷了，没见谁戒烟戒富了。"当时，这也成为我们同学之间逗趣的名句，经常有人学着电影里的腔调表演。

后来听说毛主席关注这个戏。党内头号大秀才胡乔木在《人民文学》发表《词十六首》，其中有《贺新郎》一首《看千万不要忘记》，拿到这一期《人民文学》，打开就是，仿宋体，看字就骨相清奇。这首词的名句我至今记得：一幕惊心戏，忆寻常亲家笑脸，肝胆如是。——镜里芳春男共女，瞎马悬崖人醉，回首处鸿飞万里。——正人间风云变幻，纷纷未已。——漫道豺狼摇尾；君不见烽烟再起？石壁由来穿滴水，忍江山变色从蝼蚁？阶级在，莫高睡。中学生不懂诗词，揣摩个大意，也八九不离十。

《年青的一代》全国演得很火。我们学校高中班排演过这个话剧。四幕话剧呀！一个班演出。那时的中学课程不像如今这么紧，初中也有排独幕剧的，只要为了社会主义教育。剧中人肖奶奶的名言："只要你们肯干，就是天大的困难也挡不住你们年轻人前进的脚步！"抄上黑板报，写进日记本。给林育生宣读烈士父母的遗嘱时，几个少男少女在舞台上扮演父母，严峻沉痛地回忆："我们不是你的亲生父母，你的亲生父母早已死在国民党的监狱里了……"台下肃然，蛮像样的。

《夺印》是讲一个生产队队长被腐蚀了，权力不在贫下中农手里，要重新夺回来。地富女人烂菜花沿街喊叫"何书记吃元宵啰……"。这是阶级异己分子腐蚀干部的象征。看了戏，到处能听见拿腔拿调模仿烂菜花唤人吃饭。中国评剧院编创的戏，马泰、魏荣元，都是当时一流的评剧演员，唱得好。

1964年京剧现代戏会演以后，江青选中了《红灯记》《沙家浜》《智取威虎山》，要进一步加工，打造样板。那时还没有"样板戏"的名称。据查，"样板戏"这个叫法，出自1965年《解放日报》的一篇文章。其实这一批戏，都可以拿去加工样板的。只不过由于一些并不重要的原因没有选中罢了。

我们现在分析这一批戏，它们有许多重要的共同点。比如现代戏题材，都绝对要求"工农兵占领舞台"。对于"革命史"，必须按照当时的政治取向解释史实；对于现实题材，则是按照"无产

不堪回首忆当年

177

阶级专政下继续革命"的原则，虚构阶级关系，夸大阶层对立，生造先进落后的差别。分明是反生活反艺术，却冠以"两结合"创作方法的美名。文艺作品为主流意识形态服务，从主题情节到艺术语言，都形成了一套相对固定的套路模式。那一批戏，风格面貌，属于一个类型。

样板戏不是一个孤立事件。就像"文革"不会凭空出现一样，极左文艺观泛滥成为主潮，也不是一朝一夕之功。样板戏的基本理念，社教那一批戏里都有。样板戏的套路，"文革"前已经雏形初具。社教那一批戏，是样板戏的同辈近亲。

即使不提1950年代初期的强行改戏，我们至少可以将样板戏视为1958年的"大写现代戏"风潮的自然延续。这年的"戏剧表现现代生活座谈会"提出了"以现代剧目为纲"的号召，样板戏的基本理念已经清晰地表现在这一时期所提倡的现代戏里。意识形态至上的价值观已经确立，样板戏是非常自然的发展。无论处理革命史题材，还是现实生活题材，出于强烈的意识形态考虑而扭曲历史、虚构现实的所谓"革命现实主义与革命浪漫主义相结合"的创作方法，始终贯穿在1958年以来一系列"革命"的戏剧创作中。

前年我到山西南部的一个小城，晚上听到叮叮咣咣的戏曲锣鼓声，我们循声曲里拐弯找到一个俱乐部，那里在排练《向阳坡》，当年的名演正在示范。样板戏在"文革"以后名声不好，有人就退一步唱这些"社教戏"，其实这一帮同辈兄弟颜色味道负营养程度差不多。

样板戏的改名行动

1969年样板戏正在加工修改，出了一个政治事件，那就是孙大德的"样板戏报告"。

当时选定的八个样板戏，《智取威虎山》是和真实的历史事件联系最紧密的一部。国共战争史上有威虎山剿匪的史实记录，有根据战斗经过创作的长篇小说《林海雪原》，作者曲波已在国家一机部任职。"文革"前夕拍摄过故事片《林海雪原》，择取的就是《智取威虎山》这一段故事进行艺术加工。京剧《智取威虎山》里的人物，大量沿用了原作中的人物名字，杨子荣、少剑波、孙达德、李勇奇、土匪匪首座山雕等等，应该说，京剧《智取威虎山》和东北的那一场剿匪，自然没有办法撇清关系的。

孙达德的真名叫孙大德（也有说孙大得），当时在北京中医学院附属医院做管理员。样板戏出了名，报纸开始追寻样板戏背后的真实人物，《北京晚报》1969年7月31日刊出了《访林海雪原中的孙大德》的新闻报道。也是出自宣传革命样板戏的好心，孙大德开始应邀在北京各厂矿、学校、部队作报告，宣讲当年的"小分队"剿匪经历，和眼前的《智取威虎山》相比照，让人们更好地体会生活和艺术的源泉关系。那年月报纸杂志宣传卡得很死，新闻口径很窄，地方报纸杂志可自主报道的东西太少。《北京晚报》抓住孙大德做文章，既符合上头宣传样板戏的精神，又可以提供一些人们关心的"幕后秘闻"之类的趣话，算是在严酷的文化管制下的一个不错的招数。

"文革"中人们对自己的嘴巴管得很紧，孙大德的报告没有什么出格的东西。除了歌颂杨子荣大智大勇，他不过说了些真实的生活记忆，比方小分队没有那么整齐严明，喝酒吃肉，穿着随便，解放军也有土匪习气，蝴蝶迷没有那么漂亮，威虎山打得没有那么曲折，杨子荣死得有点窝囊之类。就这些，毕竟是刻板的政治报告里没有的趣闻和花絮，孙大德一时热闹得很，到处请他作报告。

我党领导的农民武装，下层军官士兵都没有文化，进城以后虽然安排了工作，对于权力政治层面的东西浑然不懂，多数出自"朴素的阶级感情"而已。孙大德所说都是实情，但是这个时候，样板戏已经成为神器，江青急于把样板戏神圣化，闹成不可企及的范本，连曲波这样的地位较高的原著作者，都不敢开口阐说此一智取威虎山和彼一智取威虎山有何关联，孙大德这样的小毛卒，有什么资格站出来说三道四，声称自己就是智取威虎山的目击人见证人？孙大德大祸临头，是非常合乎"文革"逻辑的事情。

孙大德很快遭到革命大批判。中共中央的理论刊物《红旗》杂志发表文章捍卫样板戏的权威地位，笔锋一转毫不留情地批判了孙大德："最近就有一个自称是姓孙的人，胡说《智取威虎山》中的申德华就是他本人，并山南海北到处乱说，信口开河，大吹大擂，竭力丑化人民解放军的形象，破坏革命样板戏，完全是一副政治扒手的嘴脸。"在"文革"年代，如此用语，这是置人于死地的判决。孙大德很快就被押出来批斗，以现行反革命罪被捕入狱。他罹患胃癌，依然从病床上拖起拉出来批判，1970年含恨死去。上级给出的政治结论是"犯有严重政治错误"。

孙大德事件是一个标志。由此开始，样板戏迅速举行了一场雷厉风行的"改名行动"。这实际上是一场去真名化、去原型化的举措。孙达德改名申德华不必说了，少剑波改称无名无姓的"参谋长"，白茹改称为无名无姓的"卫生员"，土匪"一撮毛"改名"野狼嚎"，其他几个战士改为毫无来由的"钟志成""吕宏业""罗长江"。改名行动还从《智取威虎山》蔓延到其他样板戏，《沙家浜》里的陈书记改名"程书记"，日军翻译官周仁生改为"邹寅生"，《奇袭白虎团》里的杨伟才改名"严伟才"，《红色娘子军》里的吴琼花改名"吴清华"。按照江青的设想，本来还要将剧名改为《智取飞谷山》；故事发生地夹皮沟改为"桦树沟"；杨子荣改名"梁志彤"，少剑波改名"赵建刚"，座山雕改名"隋三刀"等等，只不过在高层受到阻止，没有完全实行。

样板戏为什么要改地名人名，用一个无迹可寻的地名，毫无由来的人名？样板戏既然自命为"人类文艺史上最伟大的新篇章"，它当然要摆出一副横空出世的架势，号称和人类文艺史上的任何旧作划清界限，了无挂碍。《共产党宣言》所说的"和一切传统观念实行彻底的决裂"，是"文革"中的"文艺革命"时常借用标榜的崇高目标。张春桥曾经狂妄地夸赞"从国际歌到样板戏，这里有100年空白"，即是指只有到了样板戏，才出现了全新的"无产阶级革命文艺"。这个时候如果有迹象表明它竟然和几部十多年前的旧作有渊源关系，岂不大煞风景？改头换面清除旧迹是必须的。打压原型，让你不敢开口，更是横暴无比。

"文革"时代极左思潮泛滥，动辄宣布"人类历史上前所未有"，号称在一切"封资修"文化的废墟上建设新文化。什么"古人""洋人"，统统不放在眼里。实际上是，这些全新制造和几部十多年前的旧作也撇不清干系。事实再一次说明，再高调宣布和世界绝缘没有用，如果对于前人创造的文化艺术缺乏起码的温情和敬意，自顾标高无父无母无本无源一空依傍，不过是狂妄无知的自大狂。如果动用权力打压，更是昏招，只能徒留笑柄。

样板戏的政治笑话

"文革"期间没有别的文艺节目，只能听样板戏。京剧本来就不是人人都爱听，八个样板戏轮流听了一遍又一遍，国人也都腻烦了。创作样板戏是政治革命，看、听样板戏是政治任务，只有反复学习反复听。各地基层的业余剧团也组织起来学演样板戏，部队师团一级都组织了宣传队，一水儿演京剧样板戏。一天到晚样板戏，公众的厌烦情绪当然要表达，但不能公开反对，渐渐地，全国上下编派了不少关于样板戏的笑话。

我记得有几个段子传说较多。

一家剧团演出《红灯记》，演李玉和的演员太高，演李铁梅的太矮，李玉和出门，铁梅要给爹戴上围巾，不料李玉和低头弯腰，铁梅抢起围巾怎么也够不着，戴不上。李玉和只好临场发挥，接过围巾说："还是自己来吧。毛主席说要自力更生嘛！"台下大笑。

外出坐台一般三天，剧团不能只演一场，几个样板戏轮换上演，演员连着轮换角色，难免出错。《沙家浜》演胡传魁的在《红灯记》里演鸠山，"智斗"一场，要问阿庆嫂："我问你这新——四——军？"演员串到《红灯记》里去了，胡传魁逼问："我问你这密——电——码！"传出来又是一个笑话。

演样板戏是政治任务，演出叫作"学习革命样板戏，演好革命样板戏"。演员都很紧张，生怕出错。越怕出错越出错。《红灯记》里对李玉和用刑以后，日本宪兵要出台回报鸠山："报告队长，李玉和宁死不招！"演员一紧张出了错："报告队长李玉和他招了！"一下子满堂惊愕。多亏了鸠山转圜："像李玉和这样的共产党怎么能招了？你搞错了吧？再问！"救场是救了场，哄堂大笑，这可是政治错误。

《智取威虎山》的笑话最多，大概因为排演的多。杨子荣打进匪窝，座山雕要考一考他的本事。在威虎厅一抢手枪，打灭一盏吊挂的灯。下面该是杨子荣要过枪，一枪打灭两盏灯，众匪徒接着大叫："一枪打俩，一枪打俩！"后台有管效果的，拉这个闸灭一盏，拉那个闸灭两盏。太紧张了，偏偏出了事，"啪"地枪一响，他一把拉了总闸，全场漆黑。座山雕连忙救场："胡彪好枪法呀，保险丝都打断了！"整个大厅笑爆了。

我得声明，以上这些笑话，有些是演出中间的真事儿，大多数都是编的，算是那时的编创。故事在编创过程中越编越圆满，越变越精致，越传越热闹，在"文革"期间严酷的政治生活里，这些笑话可谓调味剂，当年那一代人都记得。

有些笑话生命力旺盛，一直延续到现在。比如座山雕问杨子荣："听说许旅长有两件珍宝？"杨子荣答："好马快刀！""马是什么马？刀是什么刀？"本来应回答："卷毛青鬃马，日本指挥刀！"现在人们常常接答："吹牛拍马，两面三刀！"当然这是对现实人际关系的不满。

我们现在说这些笑话，仿佛很轻松。"文革"中间出笑话，那可是政治问题，轻则批评处分，重则撤职开除。人们整天战战兢兢，生怕出一点错误。因为演样板戏出错受了处分的不乏其人。1974年在首都剧场看《平原作战》，演小英的李维康在幕后一句"青纱帐举红缨一望无际"跑了调，全场大笑。陪我们看戏的首长忧心忡忡，担心受处分，一场戏看得没有情绪，至今记忆犹新。

"文革"的政治高压，是特别荒唐的治民手段。本来一个戏，大家不满就不满，不演就不演。可是那十年，没人敢演，没人敢提意见。不满情绪不能严肃表达，只能选择笑话这种形式，在戏谑中发泄内心的不满。"文革"中间几亿人万马齐喑，另一方面，这种笑话式的隐形创作也不可忽视。想想那十年，几乎每一个运动，都有相关的政治笑话流传。这实际上是对高压政治的一种曲折的反抗。鲁迅曾经说专制使人们变得冷嘲。在那个年月，冷嘲热讽最能消解所谓积极意义。对付庄严的假面，撩拨一下，出他一个洋相，高头讲章政治课变成一道笑料，也是群众的批评智慧吧。

哲人说，笑是人类区别于其他动物的特有能力。但显然人不能随便笑，为什么笑、笑什么和笑谁是非常不同的。"文革"时期思想戒严，公共话语，尤其是政治话语中没有笑话的位置，导致笑话私下讲传盛行，成为一种重要的信息传播形式。这当然表现了那个时期社会的公共话语形态，应该受到历史学方面的重视和研究。

近几年我们经常遇上恶搞。样板戏的笑话，也属于"文革"中的恶搞。面对威权，个体的无力无助往往可以从集体的戏谑中得到解脱。全民恶搞简直就是全民示威，戏谑的口气传达的是反抗的火星，极权政治应该从中感受到压力。诗可以怨。政治笑话无疑是民风民情的巧妙表达，却也是无奈的表达。哪一个时期政治笑话创作繁荣，那个时期国家肯定出了问题。全世界都知道，苏联和1960—1970年代的我们，是政治笑话传播最热闹的地方。

所谓十年磨一剑

样板戏以精雕细刻著称，江青有一句名言"十年磨一剑"，指的就是样板戏反复修改，精益求精。《红灯记》《沙家浜》《智取威虎山》等几部大戏，不断加工修改，从剧本、演出到音乐唱腔、服装道具，一次一次改动，力求尽善尽美。几十年过去了，近两年有人又翻出这几部京剧上演，依然叹服它的精细化，一词一句推敲打磨，那真是光亮细腻，无可挑剔。

戏曲演出永远是个未完成体，只要还在演出，演员导演，觉得哪里不合适，随时可以调整。为什么样板戏的修改那样引人注目？因为要打造"样板"，即是从此后叹为观止，不能再美了。《红灯记》《沙家浜》《智取威虎山》，这三大部样板的定型，是1970年演出本。1970年以前，提意见修改。1970年，《红旗》杂志分别刊登了《红灯记》1970年5月演出本、《沙家浜》1970年5月演出本、《智取威虎山》1970年7月演出本，至此，样板戏作为样板隆重推出，各地演出以此为蓝本，亦步亦趋，照猫画虎，谁敢越雷池一步，便是篡改革命样板戏，类同反革命罪行。这个时候你胆敢再提"磨戏"，那是活得不耐烦了。

1970年以前的修改，有些地方变化还是很大的。"文革"初期我在老家当农民，我们村里"毛泽东思想文艺宣传队"演出《红灯记》，那时候限制还比较少，村里不知道从哪里搞的本子，大概是1964年1965年的演出本，《刑场斗争》一场，我记得李玉和唱词是这样的：

> 恨叛徒骨头软无耻叛变，
> 怎比我李玉和志比钢坚，
> 哪怕你各样的酷刑全用尽，
> 哪怕你烈火烧身滚油熬煎
> 也吓不倒共产党员，
> 但愿得同志们早日脱险，
> 但愿得那文件送上北山，
> 但愿我抗联速把兵派遣，
> 早日里恢复咱锦绣河山，
> 那时节西风起乌云飘散，
> 朝阳照东方红春满人间，
> 但见那无数的革命红旗迎风招展，
> 革命的花朵开遍人间。

不堪回首忆当年

和后来的"狱警传似狼嚎我迈步出监"那一大段"核心唱段"相比，变化还是很大的，后者显然丰富多了，层次明晰，描述形象，用词精致多了，这些修改都很有价值。

李玉和被捕以后，宪兵队派了一个特务蹲守在李家门口，上场以后，这个特务有一段念白，配打击乐，京剧叫"扑灯蛾"，老家的地方戏叫"大七寸"，台词如下：

> 李玉和，硬骨头，
>
> 刑逼利诱全无用，
>
> 皮鞭子，竹签子，
>
> 老虎凳，电椅子，
>
> 啥法都用尽，
>
> 就是不招承。
>
> （采儿来采齐采齐采呛才呛）
>
> 鸠山队长发命令，
>
> 命令我二次来寻访，
>
> 假装补鞋匠，暗中看动静。
>
> 但等抗联取电码，老少一起抓。
>
> （采儿来采齐采齐采呛才呛）
>
> 队长说，只要此事办成功，
>
> 就能发财把官做。
>
> 我来到，他门下，
>
> 两眼不住盯着他，盯——着——他！

这一段念白，后来没有了，大概是嫌插科打诨太逗笑，妨害庄严肃穆的悲剧气氛吧。

我印象里，1968年《红灯记》这先头一批样板戏大体修改成型，以后的修改，小修小补居多。但是以后的修改，方向却比以前明确，强制性很强。这是因为"三突出"等一批样板戏理论已经总结出来，发展到极端，修改往往被赋予强大的政治方向——塑造革命英雄，或增或删都成为政治化的行为。但恰在这一时期的修改，把人物剧情发展都推向"左"倾极端，成了字字句句突出政治的怪种，失败处居多。

由于"三突出"处处突出第一号英雄，他不能有半点差池。原先赴宴斗鸠山李玉和一出场唱：

> 未送出机密文件心中悬念，
> 贼鸠山又邀请心生疑团。
> 我自问做事谨慎无破绽，
> 哪怕鸠山诡计多端，
> 任凭敌人残暴凶险，
> 风浪中掌稳舵安如泰山。

现在他必须全知全能未卜先知，于是改为：

> 一封请帖藏毒箭，
> 风云突变必有内奸。
> 笑看他刀斧丛中摆酒宴，
> 我胸怀着革命正气。
> 从容对敌，巍然如山。

原来李玉和背着母亲偷酒喝，很有人情味，拿掉了。原先李奶

不堪回首忆当年

187

奶痛说革命家史，嘱告铁梅唱：

> 你不要哭，莫悲伤，
> 要挺得住，要坚强。
> 像一个铁打的金刚。

"像一个铁打的金刚"改成"学你爹心红胆壮志如钢"。

在监狱里铁梅还唱"学爹爹浑身是胆万难不怕，革命人经得起地陷天塌"。

"文革"结束以后我们开创作座谈会，邀请冯牧先生主讲。谈到样板戏"三突出"，他说，那就是他说得好做得好还不算，还要动员所有的人一起说他好，轮番说他好。众人大笑。一句白话，说到位了。

这两年重排革命现代京剧，移植团体不乏有人赞美当年精雕细刻力求完美。且不说当时的完美是否完美，就是你愿意磨，也得有磨剑的工夫。"文革"时代强权管制，样板戏"不算经济账，要算政治账"，那是一种不计成本的艺术生产。几个国家一级的京剧团，国家养着，十年就演那么一两出戏，当然能慢工出细活。就说加工，要改一个戏，用得着停工侍候坐下来专门打理吗？齐头并进排演几出戏，说不定还能互相启发，加快进度。一个国家团体十年啥也不干就排一两出戏，大概也只有"文革"十年能干这种荒唐事。这还没有说耽误演员青春浪费演出资源。钱浩梁、高玉倩、刘长瑜倒是唱得家喻户晓名满天下，你问问那些演特务的、演鬼子兵的，还有上场只喝一碗粥的贫民，只转一圈的游击队员，这十年他们磨出了啥？

文艺事业团体改制以后，有人感叹戏粗糙了。其实，现在才叫进入了正常的艺术生产流程。作品加工要经历一定的酝酿时间周期，有些成品就是要放一放再改才好。何况作者各有所长，苦吟型、才子型同样可爱。管他是下笔千言倚马可待还是反复加工日臻完美的，是精品就好。

从诡辩到胡扯

"样板戏，老三战，西哈努克到处转"，说的是"文革"十年的文艺节目。样板戏只有八出，老三战，指的是《地雷战》《地道战》《南征北战》，当时的国产故事片，只能演这三部。电影不能演故事片，只能演新闻纪录片。新闻纪录片也不能随便拍。恰好那时西哈努克亲王的柬埔寨流亡政府设在北京，外交部有人陪着亲王全国周游，走到哪里纪录片拍到哪里。这个上演肯定没问题，于是《西哈努克亲王访问西北》《西哈努克亲王访问四季青人民公社》等等，反复放映，每场电影都加映。

国内自己不能拍摄故事片，但翻译了那么几部兄弟"社会主义国家"的故事片。别人家的东西，尺度就略微宽一些。比如朝鲜《摘苹果的时候》，歌颂朝鲜人民的"和平劳动竞赛"；罗马尼亚《多瑙河之波》，有爱情镜头；越南的片子说的都是抗美援越；阿尔巴尼亚的片子差——于是关于电影也有了段子：朝鲜的说说笑笑，越南的飞机大炮，罗马尼亚搂搂抱抱，阿尔巴尼亚莫名其妙，最后是——中国的新闻简报。

这些小段子都是民情民意的反映。"文革"十年，没有戏，没有电影，没有文学作品，国民的文化生活太枯燥了，太单调了。种种段子，牢骚怪话，都是对文化专制的不满和反抗。

江青控制的中央"文革"当然也听到了全民的不满。于是就有了1974年的一场关于文艺作品到底是多还是少的报纸杂志辩论。

"文革"期间说是辩论，当然只有一家之言，《人民日报》《解放军报》等大报组织了一场评说文艺作品"多了"还是"少了"的反击文章。

"文革"期间的文艺作品，到底是多还是少了，这还用辩论吗？全国只能上演八个样板戏，地方戏移植一下也是战战兢兢。电影呢，"文革"一开始，江青张口枪毙了200多部电影，凡故事片一律打入冷宫。所有文艺家一律进干校改造，文艺期刊一律停办，文艺团体一律停演。文学界叫作"举目望文坛，南北一浩然"，这样的局面，不是明明白白地表明文艺作品少了吗？

那么批判"文艺作品少了"怎么批？"文革"中间的写作小组，都是听命于上级的御用工具，让写什么就写什么，至于与事实相符与否根本不重要。《人民日报》《解放军报》都发表了署名的评论员文章，大意是：

> 什么是多？什么是少？看来是少了，其实是毒害人民群众的封资修作品少了。革命样板戏横空出世，工农兵形象占领舞台，革命的文艺作品多了！
>
> 古往今来，都是帝王将相才子佳人占领舞台，哪里有工农兵形象？今天我们有了八个样板戏占领舞台，这不是多了？
>
> 我们文化大革命刚刚开始，工农兵形象占领舞台刚迈出第一步，有人明里暗里说三道四，这是文艺黑线回潮。什么多了少了，都是阶级敌人的阴谋挑唆。

那时老百姓常发牢骚："样板戏好是好，就是样板戏太少。"谁敢说样板戏不好？说少就是不满嘛。批判文章也做了针对性驳斥：样板戏也在不断发展，不再是八个样板戏了。其实一直到"文革"结束，八个样板戏以后，也不过多了《平原作战》《杜鹃山》，由《南海长城》改编的《磐石湾》，由《红嫂》改编的《红云岗》，折子戏多了个《审椅子》，戏曲节目稀缺没有什么变化。八个当然太少，十几个又能说明什么？还不是太少！

从以上论辩可以看出，这些写作班子似乎摆出了一个"讲道理"的架势，其实所谓评论完全是胡扯。大家嘴里的"多"和"少"和这些评论家笔下的"多"和"少"，根本不是一个意思。笔杆子耍了一个简单的概念游戏，和解答民众质疑根本不着调。面对民众的真实问题，论家们给出的是虚假的回答。它看似还有点论辩色彩，正常人看了，不过回一句"扯淡"或者"胡扯"罢了。

"文革"中的大批判文章，如果说一开始，有些论家还讲究一点形式逻辑，讲一点写作道德，他们表面上还讲点形式逻辑推理，即所谓自圆其说吧。我的意思是，即使偷换概念，他们还知道有一个真概念在那里。即使完全在事实以外兜圈子，以概念演绎遮蔽事实，这些写家也还相信有一个真相在那里。等到发展到胡扯，那就成了说谎骗人，黑白颠倒，根本不在乎什么是真，什么是假。什么是真实，自己所写是否合乎事实，他根本不感兴趣。写文章完全成了一种职业，事实没有任何神圣可言。这在"文革"后期表现得尤其突出，这大约也是"文革"写作的"最高阶段"。报纸杂志完全成了和社会真相背离的"印刷品"，普通老百姓只有蔑视，也就懒得再和他理论什么。

这种以胡扯为论辩的歪风，近来显然有所抬头。你批评中国房价高，他说高房价有利于限制农民进城，缓解交通拥挤。你批评腐败，他论述腐败是社会进步的润滑剂。你说腐败严重，他说这是适度腐败。你说老百姓对腐败深恶痛绝，他说这是因为反腐败深入人心。某地去了纪检委，抓出了腐败大案，他说是反腐败的巨大成果。纪检委一无所获，他说是廉政建设的局面喜人。总之，这种胡扯的遗毒演变成了随意的狡辩。面对一个决心把黑说成白，把方说成圆，把一泡狗屎说成液体黄金的家伙，你还理睬他干什么，且由他去吧，任何论辩都是多余的。

地方戏移植京剧样板戏

全国各地地方戏移植演出样板戏《红灯记》《智取威虎山》《沙家浜》，在"文革"初期就有。"文革"期间除了样板戏没有其他剧目，地方戏剧团总得演戏，也就移植了京剧样板戏来演。这三出京剧剧本定型也早，率先公开刊登了演出本。但是要说移植样板戏有了规模，有了自觉意识，那是在1970年以后，江青讲话号召、《人民日报》社论号召普及革命样板戏。从此以后，演出样板戏成了政治行为，移植样板戏有了"政治正确"的含义。江青借用政治权力把这一行动推向全国，地不分东南西北，剧种不分梆子皮黄，音乐不论板腔体曲牌体，全都移植京剧，甚至一些从民歌脱胎而来的小戏也改制唱开了大戏，福建广东这些语音系统和北方相距甚远的边疆也套弄开了京剧。样板戏真正的大普及、大推广，从这一阶段开始蔚为大观。

样板戏是革命样板，即使移植演出，也要摆出一副谦恭自卑的姿态来，那时的口号是：学习革命样板戏，保卫革命样板戏，学演革命样板戏，移植革命样板戏。

大演样板戏的行动一直到"文革"结束。1974年以前，主要移植《红灯记》《智取威虎山》《沙家浜》，1974年以后，加上了《龙江颂》《平原作战》《杜鹃山》等"新样板"。

文艺革命抓戏曲，是江青在"文革"中间的重要作为。北京一旦号召，全国响应。我看过听过当时移植的剧种很多。比如天津移植的河北梆子《红灯记》，豫剧《红灯记》，秦腔《红灯记》，评剧《沙家浜》，晋剧《龙江颂》，石家庄河北梆子《龙江颂》，其实各个剧种都行动了。湖南花鼓戏本来是小戏，也移植了《沙家浜》，广东的粤剧移植《沙家浜》《龙江颂》《杜鹃山》。福建的芗剧、江西的采茶戏、云南的花灯戏、广西的彩调剧都有移植演出。北京移植了话剧，新疆移植了维吾尔语《红灯记》，吉林延边移植了朝鲜语《红灯记》《智取威虎山》《杜鹃山》，百鸟朝凤，万派归宗，八方供奉，几个样板戏成了艺术圣经。1975年纪念《讲话》，文化部举行过地方戏移植样板戏会演。

样板戏的创作经验叫"三突出"，移植样板戏的经验叫感情、性格、时代的"三对头"，以期达到"时代精神和剧种特色的统一"。但实际操作的结果，恰恰是把地方戏生硬地套进"现代京剧"的框框，抹杀了剧种特色，全国各地方戏都在向京剧靠拢，不但京剧只有一种色调，地方戏也改造成了类京剧的色调。

样板戏是极左思潮的产物。在极左思潮支配下，艺术只有一种风格，那就是伪崇高。移植样板戏总的倾向，就是以所谓阳刚、激情覆盖一切，把其他戏曲形式都改造成亢奋张扬的虚假表演。广东粤剧总结移植经验，指责粤剧唱腔"纤细柔弱，轻佻放荡居多"，改革的目标是"刚健挺拔、开阔清新"。"坚决破掉了传统唱腔的陈腔滥调，彻底剔除娇、软、嗲、滑的靡靡之音，赋予革命的音调"。湖南花鼓戏总结移植《沙家浜》经验，认为旧花鼓戏这种由小生、小旦、小丑组成的"三小戏"，"过去只擅长演儿女情长、家庭纠葛的题材，情调轻佻、色情、滑稽、悲切"，为了表现郭建光的勇敢豪迈坚定乐观，他们选择高亢、健朗、欢快的"十字调",为了表现阿庆嫂的机智勇敢,选择了委婉、欢快、开朗的"花石调",以此"对旧花鼓戏音乐进行革命的改造"。从这两地的经验,可以看出移植京剧的总原则。

移植样板戏要求一招一式不走样,剧本不可更改一字,演出亦步亦趋照搬,乐队仿照京剧配置西洋乐器,地方戏移植改编的空间很小。即便在唱腔,编导演员也是小心翼翼对照京剧唱段,寻找和京剧相仿的调式、旋律、节拍,一格一格填空一样充填进地方戏的音乐元素。有的导演竟然卡着秒表,对照京剧的节拍控制自己的拖腔长短。这样"复制"京剧,谈什么艺术质量。

我们国家疆土广阔,文化资源丰富多彩,戏曲音乐的表现也是千姿百态,各擅胜场。京剧戏曲音乐系统完备,即使如此,它也不能一花独放,取代地方戏的演唱特征。即以样板戏最有代表性的"有层次的成套唱腔"论,四大调式各有导板接回龙再接慢板接原板快板,这个套曲表现能力很强。但是各地地方戏没有类似的套曲,一旦遇到回龙腔,演员只好像说快板一样一个字一个字快速蹦过去,这分明是以己所长强人所难。

在我看来,"文革"中间地方戏移植样板戏的大行动,至少对地方戏造成了以下不利影响:统一排演大戏,一些以演小戏为主的地方戏勉为其难;阳刚强调到极端,忽视了优美;全部大戏规制,抹杀了一些地方戏小巧活泼的特点;至于一些地方戏里大量的假嗓演唱、特有的表演绝技统统视作"四旧"彻底打杀。

"文革"十年的极左思潮,是扼杀个性大一统管制最为严酷的时代。"书同文,车同轨"曾经是我们社会的治理蓝本,有谁能想到"文革"十年加上了"音同律"。和几出京剧显出异类也是大逆不道。音律强制,你能感到全国都在扣着一个调门演唱。从言论管制到歌唱管制,这无疑是最极端的集中统一。当怎样歌唱都有了具体规定，国民的思想空间就压缩到了极限。一根指挥棒规训导引，七亿人同一个旋律、同一个节奏，共同休止，共同强弱，民族心声桎梏窒息了，"时代强音"掩盖的是万马齐喑的无奈。

希腊神话故事里恶魔普洛克路斯忒斯有一张床，行人住上他的床，太长了就用斧子砍去手脚，短了就拉长，以便合乎床的标准。不是床适应人，而是人适应床。拉上这张标准床，无不伤身丧命。地方戏移植革命样板戏，就像是拉上了一张魔鬼之床。

当年移植革命样板戏，不少地方戏编导写文章，声称这是"地方戏的新生"，所谓新生云云，不过一个怪胎。我宁愿相信，那是在高压之下的违心之论。

样板戏和样板电影

"文革"时期，京剧创作演出样板戏是最伟大的革命成果。不过一场全面的文艺革命，在其他领域也要有所表现。由此而来，电影故事片的创作问世就逐渐提上议事日程。1973年以后一批新制造的故事片陆续问世，第一批有《火红的年代》《青松岭》《战洪图》，嗣后，《春苗》《红雨》，根据长篇小说改编的同名电影《艳阳天》《金光大道》，重拍《渡江侦察记》等老故事片，一直到1975年的《创业》，"文革"临近结束的《反击》《决裂》，共有十多部故事片批准上映，作为"文化大革命"的伟大成果展示给国人。

"文革"时期的创作，首先确保政治正确。民主革命时期绝对突出领袖的历史地位，新中国成立以后歌颂一系列极左运动的正确必要。艺术塑造方面，照搬样板戏的"三突出"经验，英雄人物贴上观念化的政治符号，所谓艺术典型，其实没有什么艺术生命力。

由于笼罩在样板戏的强烈光影里，这一批故事片的宣传大多低调处理，和样板戏的横空出世高调宣传难以比肩。"文革"结束以后，这一批电影又由于时代的印记，艺术上先天不足，清算"文革"极左思潮时，它们也随着受到了有区别的批判，之后就销声匿迹。几十年以后的今天，几乎没有人记得这些曾经的制作了。

但有一部故事片，却是在"文革"时期就占尽风光，俨然位列各部故事片之首，"文革"以后，也没有受到什么批判伤害，依然时时被官方民间提起。影片里的插曲更是跨过了历史时代，至今重大活动时时响起它的旋律。红歌风起，它们是骄傲的热门。历经路线斗争曲折九曲回环，光耀无比走到当下。它就是故事片《闪闪的红星》。

《闪闪的红星》根据同名小说改编，八一电影制片厂摄制，1974年10月上映。故事讲述的是国共内战时期，一个红区的孩子投身血光拼杀的故事。红军撤退以后，在血腥的报复中，小小少年配合大人打游击，最后火烧炮楼，刀劈白军头子胡汉三，迎来胜利，参军成为红军小战士。

《闪闪的红星》上映时宣传规模就不一般，《红旗》杂志，《人民日报》《解放军报》《光明日报》都发表过大块赞颂评论文章。《在银幕上为无产阶级争光》《一个可爱的小英雄》，"方锣""小峦"，都是当时的文化部写作班子的化名。以创作组摄制组名义谈创作体会，也只有样板团才有此等殊荣。这种声势，远非其他的故事片可比。"文革"时期的文艺评论，要么是"赞"，比如"赞革命样板戏"，要么是大批判。没有那种"好处说好，坏处说坏"的评论。如此评论，说明文化部门是把这部作品作为故事片的样板推出的。我曾听过编剧王愿坚的创作报告，对于"塑造小英雄"，他编过几句话：不要写平了，不要写歪了，不要写油了，等等。较之生硬死板的样板教条，他讲得很生活化。不过说到底，还是"三突出"蓝本的活学活用。

《闪闪的红星》上映时就有非议，影片的显著特点就是诈伪。一个不满十岁的娃娃，白军要烧死他的亲娘，群众救应，他挡住了说"妈妈是党的人，不能叫群众吃亏"，这样显然属于成人决断成人思维成人逻辑的大话，不晓事的少年怎么能说得出？一个小孩子火烧炮楼，刀砍一身横肉的胡汉三，也大概属于童话故事。那为什么这部影片能搏出上位，成为那个特殊时期的样板剧？

军事题材，军队制作，这是《闪闪的红星》凌驾于其他故事片之上的特殊优势。八个样板戏里，突出的就是军事题材。这一批故事片，《闪闪的红星》是唯一的一部军事题材，由这个题材的制作重镇八一厂推出，《闪闪的红星》先就占领了题材制高点。打江山的历史，本来就是文艺创作的优势题材。军队的创作部门，得天独厚。加之"文革"中天下大乱，各地时不时实行军事管制，军队不但抵御外敌，制止国内动乱也是中流砥柱。这造成了社会对于部队的迷信崇拜。生产活动中的大兵团作战，工厂农村到处都是班排连式的仿军事建制。女民兵不爱红装爱武装。青年人戴军帽穿军装扎武装带，群众组织头头叫司令，闹得全国就像一座大兵营。那时号召全国学解放军，在这个大环境里，当局重视军事题材，一般民众出于崇拜将军事题材置于上首，也是可以理解的大众心理。

这种思维延续至今。一项工程，经常比作战役。一上工，战斗打响了。开拓，叫攻坚战；巩固成果，叫保卫战。文学创作队伍也喜欢叫"晋军""湘军"。陈忠实、贾平凹走出关中，叫"陕军东征"；广东起色了，称"粤军北上"。至于把商场比作战场，外贸视为和资本主义决一死战，更是常见的表决心发誓言。大型战役连续剧反复制作反复播映，甚至八一篮球的输赢都成为政治事件。在社会管理中，偏向严格秩序，喜好命令统一，忽视个人空间个性化需求，这些都是军事管制思维的遗韵流风。

军事管制思维有利于统一管理，有利于强制压制不同意见。但是，我们毕竟走进了一个民主法制的时代，沿袭军管思维要不得。给社会松绑，给每个人自由发展的机会，应该是社会管理的最终目标。命令集中统一军管，协商民主契约精神是两种对立的社会管理方法，弃旧图新，势在必行。

前几天八一厂导演李俊去世。他是《闪闪的红星》的导演，因此一辈子享受殊荣。有网友留言说，"他直到死都不知道自己做错了什么"，这话有些严厉。但是《闪闪的红星》留下有些负资产，无疑应该祛魅、捐弃。

想起了根据地改戏

有关样板戏的打造，我曾经追溯到1958年戏改，今天索性再往前追溯，思考一下1940年代的根据地戏改。

1940年代在敌后抗日根据地，演剧活动一度成为抗日宣传的重要组成部分。陕北到山西的各抗日根据地，歌舞小戏，秧歌、眉户、道情，都宣传抗日。戏曲作为战争动员的手段，宣传抗日救亡，动员民众参加抗战，在根据地乡村文艺活动中经常见到。

明清以来，中国的传统戏曲繁荣发展，戏曲在文化生活里的地位越来越突出。但即使如此，在广大乡村，演剧依然是为传统社会主流文化所轻视的。尤其乡村小戏，虽说有教化劝惩的功能，村民主要还是娱乐，总体来说，鄙俗粗糙，历代统治者各级政权均对这一底层的演出活动采取放任的态度，乡村演剧基本上处在自娱自乐自生自灭的状态。当时的戏班子也都是游方演出，班主带班，艺人流动，聚散无常。演出的剧本以传统小戏居多，艺术水平参差不齐。总的来说，是一种疏离于政治生活之外的艺术表演。

为了宣传革命宣传抗日，根据地率先改造传统的民间班社，成立新的戏曲表演组织。这些演出团体，仿照文明戏的方式，称"剧社""剧团"。从部队抽调干部担任团长指导员，建立党支部，完善科层设置，使之完全成为规范化有系统的管理。改造旧戏班的同时，还积极成立新的民间剧团。根据地收留演出活跃的民间艺人还有爱好唱戏的农民，组成了乡村剧团。这些新剧团都或多或少受到地方政府财力扶持。剧团打破班主制包份制，演出不收报酬，实行供给制，统一发放小米粗布衣。所有这些，都表明了剧团和政府的隶属关系，他们由民间班社变成了政府的宣传队。

如何提高艺人的政治觉悟，使他们由一个职业艺人变成真正的"革命文艺工作者"，也是根据地戏剧运动要着力解决的问题。新剧团废除把头制，师傅学徒之间，建立平等的师徒关系。革除抽大烟赌博等陋习。艺人们组织起来，讲解政治法令，提高政治觉悟。上政治课，上文化课，办整训班，通过改造，艺人们支持拥护根据地政权，自觉地在演剧中宣传革命、宣传抗战。太行三分区的老艺人，开戏前联系实际给观众讲剧情。"演《千古恨》，就联系实际讲蒋介石不让八路军抗战；演《反徐州》，联系改组统帅部。有空还讲破除迷信"。"当他们从干部口中听到红军打下柏林，打死希特勒的消息后，他们大部分人就自动地给老百姓宣传解释，常常开始三五个人谈，一会儿就围成一圈子"。（鲁石：《一个民间剧社的成长》）艺人由挣钱养家，开始自觉承担革命文艺工作者的职责，负起革命责任。

改戏的中心，当然是改革剧本。边区的革命文艺工作者搜集旧剧，选择突出阶级斗争无关风月一类的剧目上演，其余大部审查禁演。延安秧歌运动大开展以后，剧团从实际生活出发围绕生产抗战创作乡村小剧，成为戏剧活动的主流。歌唱根据地政府的政令方针，表现革命生产拥军减租减息反地主恶霸等主题，是演剧的主要内容。乡村小戏经过改造，虽然还沿袭了旧形式，反映的内容却已经起了变化。劳动模范英雄人物成为主角，革命斗争劳动生产成为舞台展现的新生活。陕北的《兄妹开荒》《夫妻识字》，山西的《张秋林》《好军属》都是这一时期有代表性的剧目。

从1940年代的戏改，到"文革"期间的样板戏，改制、改人、改戏一直是戏改的三条线，归结起来我们可以看出这么一条思路：

新生的政权非常重视政治宣传，一开始就把文学艺术紧紧纳入政治宣传的范畴。政府广泛团结艺人组建剧团，组织文艺队伍。须知在艰难困苦的抗战年代，政府的财政负担能力非常有限。新中国成立后1950年代初，民间艺人全部组织成国营剧团，就是根据地包养政策的延续。

不论是1940年代的改戏，还是"文革"中的样板戏运动，新生的一方都喜欢强调自己破除传统，横空出世的姿态。1940年代的根据地，大部分旧戏禁演。到样板戏时代，更是禁绝全部其他节目。在1940年代戏改，延安的李伯钊指斥旧戏"大部分剧作是宣传封建、迷信、愚昧、淫荡的思想，很便于替敌人做反宣传"，"所有这一类有毒素的剧作，同敌人新民会的宣传纲领没有什么区别"。在山西，革命作家赵树理一言以蔽之："无论大戏小戏，为帝王服务的政治性都很强，哪一本没有封建毒素？"

通观历史不难看出，从20世纪40年代开始，我们的演剧就走上了高度政治化官方化的道路。几十年来，这场完全由政府主导的戏改在深度广度方面超过了任何时代的戏剧运动。戏改说到底，就是政府和民间社会争夺文艺活动的主导权。很显然，在1940年代，根据地政府对民间社会的管理控制能力尚不能完全到位，夺取政权以后，政府通过体制化的社会系统运行组织，动员全社会的财力支持，完全垄断了公共文化产品制造。进入"文革"时期，民间社会的影响力控制力丧失殆尽，艺术生产完全成了官家行为。当民间社会的活动空间挤压到极限，才出现了样板戏成独角戏的局面。

与吴钩谈禁戏

近日，历史学者吴钩先生发文，谈清代的禁戏和限戏，我在此附议几句。

清代的禁戏，比吴钩先生所说要严厉。

吴钩所说禁戏限戏，主要谈的是京昆一类。对于其他剧种比方说山陕梆子，朝廷下手要狠得多。

清初至乾隆年间，戏曲在京华实可说百家争鸣，各显其能。尤其是山陕梆子的崛起，更为突出。艺伶魏长生，艺压群芳，得享盛名。《燕兰小谱》说："京班多高腔，自魏三变梆子腔，改为靡靡之音矣。"《啸亭杂录》记载："长生因变之为秦腔，辞虽鄙猥，然其繁音促节，呜呜动人，兼之演诸摇亵之状，皆人所罕见者，故名动京师。"又一处再说："近日有秦腔，弋黄腔，乱弹诸曲名，其词淫亵猥鄙，皆街谈巷议之语，易入市人之耳；有其音靡靡可听，有时可以节忧，故趋附日众。"从中可以看出，相比京昆，梆子戏的鲜明特点就是入俗。其一，它言情，不避桑间濮上，男欢女爱，带有下层民众对封建礼教的天然背叛；其二，它通俗，白话口语皆可入戏，明白晓畅；其三，它讲究娱乐性，剧场效果好。所有这些刚健质朴清新的特点，恰恰是以前的雅部戏曲缺少的。鲁迅先生原本就说过，民间戏曲是"俗的，甚至于猥下、肮脏，但是泼辣，有生气"。这简直是对魏长生演出的绝妙注解。这号演员一出场，时人见所未见，闻所未闻，引起轰动，就是情理之中的事情了。

山陕梆子起自民间，和钦定的官阁艺术比，原本就"地位低下"，这时在京城又如此搅动视听，这当然会引起朝堂的不安。魏长生乾隆四十四年（1779年）进京，在皇朝的眼鼻子面前手舞足蹈了五六年，对于这等有悖封建礼教，有违士大夫雅驯文化的俗物，干扰世道人心，当然属于异端邪说。如此震动朝野，不可轻视。于是在乾隆五十年（1785年）议准，对山陕梆子严加禁止：

> 嗣后城外戏班，除昆弋两腔仍听其演唱外，其秦腔戏班，着步军统领五城出示禁止。现在本班戏子，概令改归昆弋两腔。如不愿者，听其另谋生理。倘于怙恶不遵者，交该衙门查拿惩治，递解回籍。

嘉庆三年（1798年）、嘉庆四年（1799年），又两次重申了上述禁令：

> 嗣后除昆弋两腔仍照旧准其演唱，其外乱弹、梆子、弦索、秦腔等戏，概不准再行唱演。
> 所有京城地方，着交和珅严加饬禁，并着传谕江苏安徽巡抚，苏州织造，两淮盐政，一体严行查禁。

对一个地方戏剧种如此大动干戈，历史上恐怕绝无仅有。一个山陕梆子，直闹得清政府坐立不安，如临大敌，不惜通令全国，扑杀禁绝。

乾嘉两朝，文字狱之酷烈，世人尽知。文字稍有越轨，就要烧书杀人。舞台上你不循规蹈矩，中庸守礼，当然不能容忍。此外，这里分明也有保护朝堂艺术，救护昆弋两腔的意思。郑卫之声，足以乱雅乐。钦命的高雅艺术受到了起自民间的通俗艺术的挑战，士大夫们当然不会坐视不管，甚至不惜动用王朝权力来干预。这也算是清代的"振兴昆弋"之举吧。

清代戏曲艺术也有主流非主流、官家民间之分。民间艺术一旦威胁到官方钦定艺术的地位，王朝会动用政权力量，保护一方，打压另一方的。民间力量的生长，在前朝就有一番苦难遭遇。

在这样的官方高压下，山陕梆子戏班陆续解体。一班艺人无奈进了京腔的班子，像魏长生这样的名声在外，格外引人注目，在京城不好待了，他只好南下江浙另谋生路。

问题也有另外一面。

禁戏令颁布以后几年，朝野上下慢慢发现很难彻底执行。毕竟山陕梆子唱红京师，已经有四十多年的历史。魏长生当红的六年，许多京腔戏班都受过影响。其中一些著名的戏班，演出时常就是"两下锅"，昆腔梆子同台，民间已有"京秦不分"的说法。至于市井观众，更是迷恋。为适应需要，一些戏班就不顾禁令，明里暗里兼演梆子。或者移花接木，或者改头换面，很快就成了禁而不绝，气氛逐渐缓和。禁令还在，但已经不废而弛了。

高压逐渐解除，梆子戏故态复萌，以后京城的戏曲演出，就成了昆曲、皮黄、梆子三足鼎立。

发展进步的诉求，往往起自民间。愚蠢的统治者，又往往选择打压。真正的民间心声绝不可能禁杀。民间力量看似弱小，生命力极强。它活在人心，怎能禁除。这也是昆曲极尽保护，未能振兴，梆子戏屡遭打击，屡挫屡奋的原因所在。

《三十里铺》散记

《三十里铺》这首民歌很有些名气。

　　提起了家来家有名，家住在绥德三十里铺村。
　　四妹子合了一个三哥哥，他是我的心上人。

　　三十里铺过大路，戏台子拆了修马路。
　　三哥哥爱见那四妹妹，咱们两人没盛够。

　　三哥哥今年一十九，四妹子今年一十六。
　　都说咱二人天配就，你把妹妹撇在大路口。

　　叫一声凤英你不要哭，三哥哥走了回来哩。
　　有什么话儿就对我讲，心里头不要害急。

　　洗净了手来和白面，三哥哥当兵上前线。
　　队伍就开在了定边县，三年两年不得见。

　　三哥哥当兵坡坡里下，四妹子硷畔上灰塌塌。
　　有心想说上几句心里话，又怕人笑话。

这里的绥德、定边，都是陕北的县份。绥德靠东，和山西隔河相望。定边，是所谓的三边（定边、靖边、安边三县）之一。三十里铺，是绥德的一个村名。不到陕北高原，不大容易理解民歌所歌唱的情景。一望无际的黄土高坡，一座土岭连着一座土岭。沟壑纵横，深深地切割下去，把高原分割成一座一座黄土山。坡高沟深，沟底有细细的流水。风沙弥漫，干旱少雨，这是陕北和晋陕蒙三省区交界一带常见的山野，典型的黄土高原地貌。

在绥德，黄土高坡尤其多，尤其高陡。乡民居住，都是土坡上铲出一块平地，朝山里打窑洞。坡太陡了，碹起窑洞，只留下几步平地，留不下院落。站在窑洞前，脚下就是壁立的土崖。一层一层窑院由低到高，嵌在山坡上。人们站在门口和路上行人说话，如同站在崖边。这就是"碴畔"的意思。

合了一个三哥哥，"合了"，好上了。"没盛够"，在一起没有待够，没有尽兴。"害急"，着急。"灰塌塌"，失望沮丧的样子。这些都是当地方言。

民歌是一首叙事诗，有故事，有人物。说的像是实有的事儿。四妹子和三哥哥相好，因为三哥哥当兵去，生离死别，一桩美好的姻缘，被战乱生生毁掉。三边靠近宁夏，有了浓厚的边地意味。"可怜无定河边骨，犹是春闺梦里人。"绥德靠着无定河，这里史上就是古战场。"由来征占地，不见有人还。戍客望边邑，思归多苦颜。"战乱毁弃了多少幸福的家庭，粉碎了多少青年男女的爱情梦想。一直到送行，连几句心里话也不得说。

北方民歌，情歌居多。民歌多属于苦寒地区的产物，民歌所唱也多为悲苦之音。《三十里铺》旋律简单却动听。四句音阶跳跃不大，没有华丽的细分音，没有大拖腔，表现力却十分强烈。头两句几乎重复，三四句一变而为"变徵之音"，凄婉哀怜，楚楚动人，简单质朴，直指人心。十来段歌词回旋反复，也是民歌复沓歌咏的方式，像是无尽的幽怨，反复向着天地撒播。旋律没有卖弄，甚至没有装饰，四句就能写尽悲凉，于美妙的旋律里听出不绝如缕的叹息和抽泣，这就是民歌的魅力了。

《三十里铺》由此走遍陕西山西，一直到辽阔的北方城乡。这些年，音箱在放，手机在听，随便可以听到有人点播。歌友聚会，《三十里铺》也经常是热门。大型演唱会，电视荧屏上的民歌手出台，《三十里铺》是不可或缺的拿手好歌。《三十里铺》走遍天下，成了人人耳熟能详的民歌经典。陕北大地，叫凤英的女孩到处都是。《三十里铺》歌声所到之处，一曲青年男女的爱情悲剧，成为响彻黄土高坡的大地悲歌。

民歌依靠口口相传得以流布。在流传的过程中，常常有不同的改变。随口唱来，没有什么定式。《三十里铺》也有若干种版本。草创"未定稿"较长，但已不见文字。早期有十段式，十七段式等，叙事更加详尽。确定为现在相对固定的五段式六段式，获得广泛流行，有一个漫长的过程。

1930年代，三十里铺是绥德一个著名的镇点，东来西去，过往的客商常在这里歇脚。去山西，去宁夏，三十里铺四通八达。一条商道的站点，就是当时的信息中心，一个制造故事，诞生传说的地方。

绥德当地人都知道，《三十里铺》里面的"三哥哥""四妹子"，实有指涉，并无其事。"三哥哥"叫郝增喜，和"四妹子"凤英姑娘两家原本就是硷畔上下的邻家，打小在一起玩。有一次凤英姑娘外出放羊，大水冲掉一只小羊，还是郝增喜跳下水帮她捞上来。三哥哥四妹子是排行，在村里就叫"三儿""四女"。郝增喜去当兵，凤英姑娘才12岁，根本不懂男女情事，两人压根儿没有那层关系。那时都知道当兵的有去无回，一村人纷纷泪眼相送，凤英小姑娘也跟上哭，如此而已。

　　凤英姑娘稍大以后，三十里铺周家骡马大店的雇工常有昌喜欢上了她，凤英姑娘却没有这个意思。见凤英不愿意，常有昌炉火中烧，开始编派"三哥哥"和"四妹子"的情事。常有昌是个天才的民间艺人，能编能唱。围着三十里铺车马大店的炉火，常有昌和南来北往的赶脚汉混在一起扯词儿，前后扯了几十段，那是一首叙事诗。在常有昌的口里，这两个哥哥妹妹是偷情相好，有许多下流猥亵的描写。比如"亲口口咬了我的舌根根，三哥哥太狠心""一双奶子白生生，揣上一揣扑棱棱""奶子好像两架山，肚皮好像栽绒毯"。常有昌自编自唱，即兴增删修改，三十里铺赶牲灵的马队，把歌声带到三省五区。应该说，常有昌才是《三十里铺》的起始作者。而酸曲儿、荤段子，原本也是许多陕北民歌的初始状态。

　　《三十里铺》的第一次审定改正，是在鲁艺师生下乡采风。他们发现了这首民歌凄婉动听，不胫而走响彻在沟壑坡梁。鲁艺的师生们拿过来这首民歌修改加工，剔除了色情猥亵的成分，净化了歌词，删繁就简，让它更加容易记忆。这是官方力量第一次介入《三十里铺》的制作。目前的十七段体，大体就是鲁艺师生修订以后的样子。

　　应该说，鲁艺师生的这次田野调查，以采风为主。对《三十里铺》的斧削，态度审慎，力度有限。它大体上保留了民歌的原汁原味和民间立场。比如民歌里的反战情绪，对于"当兵"的中性化态度，民间那种"好男不当兵，好铁不打钉"的职业鄙视，国破家亡爱情不死的人性至上，这一切，和后来"革命英雄主义"，我军必胜，敢拼敢打都相去甚远。民间艺术的去政治化，超脱意识形态的立场，在这里都原封不动保存下来了。这是《三十里铺》最值得珍视的地方，否则，几十年以后，我们将看不到听不到如此凄美动人的《三十里铺》。

我一直不明白，在抗战最艰苦的1940年代，根据地为什么还要养那么多跳舞唱歌作曲拉琴的。这些人统统属于部队建制，却又不会打仗。当年音乐家常苏民在晋绥，当地有顺口溜说他——"打南面来了个大学生，手里拿着喂唔吟（小提琴音译），哆来咪发真好听，他叫常苏民。"在行军打仗流血牺牲的部队，他仿佛一个游方艺人。这只能说明，在早期建政时期，我们就非常重视文艺的宣传、鼓动的作用，重视改造利用民间艺术。晋绥时期大规模的改造民歌秧歌，与延安相呼应。民歌的改造利用，达到革命化政治化的目标，把现存旧戏台变成革命的新舞台，接过民歌的旋律，让革命宣传传播到遥远的乡野，从那个时候起就开始了。一直到现在，我们的军队仍保留大量的歌舞团建制，高薪养活大批的文艺兵，都可以追溯到那个源头。

《三十里铺》进行彻底改造，是在新中国成立以后。

新中国文艺团体中不乏有眼光的音乐家，他们一眼看出了《三十里铺》歌声的价值，这个来自乡土的爱情故事，凄然的神态，伤心的歌吟，立刻迷住了他们。1950年代，中央歌舞团就排演了无伴奏合唱《三十里铺》，先在北京上演，后到全国巡回演出。到1990年代以后，各路艺术家抢滩登陆，改编加工，配器和声，多声部交响，复杂的立体的《三十里铺》已经成为大雅之堂的常客贵宾。不单是西北的民歌手王向荣、贺玉堂在唱，陕西的歌唱家贠恩凤、冯建雪都曾经借旋律一展歌喉。现今的民歌大王阿宝，《赶牲灵》《三十里铺》更是家常便饭。凡有民歌比赛，《三十里铺》是反复亮相的经典作品。现今的五段体六段体，就是在反复加工反复传播的过程中形成的。

1990年代西北风劲吹，西北民歌唱响在天地之间。《三十里铺》之声传播到港台地区及欧美国家，大中小城市回荡起悠扬的情歌，通俗摇滚各种形式都来趋奉。绥德人说，三哥哥四妹子是东方的罗密欧朱丽叶，是贫苦农民自家的梁山伯祝英台，说得好极了。

但是《三十里铺》有着先天的不足，它的凄凉感伤，明显不合于高昂激越的美学调门。于是便有了《三十里铺》的改编，1970年代末开始，从歌舞剧到多集电视连续剧渐次登场，沿袭的都是这个思路。

在绥德见到了张光生老人。老人1935年生，绥德当地人。1948年他13岁就在延安参加了西北儿童剧团。1950年代初，进西北工农速成中学学习。1957年回到绥德，以后的职业以编剧为主。离休以前是绥德县文艺创作研究室主任，绥德县晋剧团团长。由这样一位既有革命历史经历，又兼具专业特长的当地专家担纲编剧，当然最合适不过。

在张光生先生手里，《三十里铺》这样一首民歌，第一次拓展成了大型歌舞剧。歌舞剧六场，用陕北方言演出，大量使用陕北民歌，各个唱段成了陕北民歌的联唱大荟萃。《三十里铺》由此成为故事曲折人物形象清晰的大型剧作，有了规制，堂皇多了。

从1970年代末至今，歌舞剧《三十里铺》虽然也有多次修改，21世纪之初，绥德县投入人力物力，又一次重排。但是故事情节大体没有变。八路军战士李双喜，惜别未婚妻参军。姑娘高凤英在老家等待恋人归来。战地烽烟，久无音信。凤英的养父贪财动了邪念，想把女儿改配义和店的小掌柜，凤英严词拒绝。恰在此时，传来了李双喜在前线牺牲的消息，凤英姑娘悲痛欲绝，义和店加紧逼婚，凤英姑娘誓死不从，她发下生死相依的誓愿，决心和未过门的婆母相伴终生。故事最后，双喜牺牲是一场误会。战士胜利回乡，与心上的姑娘喜结良缘。一曲《三十里铺》的音乐响起，满台锦绣辉煌，闭幕。

可以看出，新编的《三十里铺》沿袭了那种革命加爱情的模式。政治挂帅，革命伦理确保政治正确。革命至上，爱情退位。由革命赋予人生意义，爱情才有所附丽。鲜花为勇士而开，战场收获爱情。革命战争的正义牺牲，掩盖了战争的人道灾难。一种残酷的光荣与梦想，遮掩了《三十里铺》原有的悲悯情怀。两者的区别不在规制的大小，而在于看历史，看生活，着眼点犹如从前，一个心眼突出政治。

张光生老人说，哪一个时代不是这样？创作不服从政治，哪里有出路？听得出，既有自觉，也有苦衷。

歌舞剧《三十里铺》改编演出的年代，恰在1980年代到1990年代，那一时期，民歌高调回归传统，演出演唱追慕"原生态"风行一时。强劲的"西北风"，曾经引领歌坛风骚于一时。人们腻味了歌舞演唱的政治化，企图在民间创作、民间演唱的民歌风里，找到质朴，找到纯粹，找到生活化，找到生命力。歌坛西北风张扬原始野性，号召回归自然，有它强大的道理。人在寻找，寻找民歌的原始状态，寻找民歌的原创原唱。到田野去、到世俗文化里去，返璞归真，原生态一时蔚然成风。沿着《东方红》上溯，找到了《白马调》《兰花花》。《走西口》重新热门。去革命化，去政治化，传统民歌的强劲复兴，那一时期的歌坛生意盎然。

回归原生态，无疑是文艺远离政治影响，回归自身的一种表现。

由民歌《三十里铺》到大型歌舞剧《三十里铺》，走的是另一条回归之路。它理所当然地荣获陕西省大奖，却感觉距离原生态的

《三十里铺》远了。

走进新世纪以来，各地都在打文化牌，宣传地方文化，彰显知名度。2004—2005年那两年，绥德人也在寻找自己的文化品牌。"家住在绥德三十里铺村"，一句歌词让多少外人知道了绥德，《三十里铺》这首民歌，依然是绥德人造势的本钱。

绥德人加大力度，《三十里铺》工程再度上马，修路，修复三十里铺的旧模样；吸引更多的游客听民歌，来三十里铺观光。打三十里铺品牌，让绥德名扬天下。县上从北京请了专家，改排歌舞剧《三十里铺》《米脂的婆姨绥德的汉》。2005年《三十里铺》参加陕西省艺术节会演，获得优秀剧目等多项大奖。2012年30集电视连续剧《三十里铺》热播，三十里铺又一次成为世人关注的焦点。

绥德人再度策划一个大行动，《三十里铺》进北京。

《三十里铺》的几个当事人，"三哥哥"郝增喜退伍以后当农民，已经在1997年去世。那个常有昌1990年去世，在世的只有四妹子王凤英，老人也80岁了。

中央电视台把四妹子请进了演播厅，大牌明星主持倪萍亲自出马，主持访谈节目，和四妹子对话《三十里铺》。

令人惊讶的场面出现了。任凭倪萍问话，王凤英老人就是一声不吭。

倪萍乃大牌主持人，什么场面没有见过？中央电视台主持人都有一流的临场发挥能力，遇到意外，应急反应也是快捷有效。动员，做工作——四妹子那时和三哥哥离得不远吧？打小在一起玩儿吧？三哥哥当兵，你真的哭了？远远地看着？四妹子就是拽着衣襟，不说话。眼看这场专访就要这样结束，倪萍只好自找台阶退却。——王凤英老大娘今天太激动了啊，千言万语，不知从哪里说起啊。这样，我们让老人先休息，隔天再访谈怎么样？当然，这也不需要观众批准，访谈就此结束。

在倪萍的访谈史上，这应该是最失败、最尴尬的一次。

她没有想到，一个乡下老太太，以这样一种方式将她打败。

现场直播，没法更改。历史记录了这一刻。

王凤英老人为什么不开口？

《三十里铺》这首民歌，对世界，是艺术；对凤英老人，那可是一场灾难。当年就是因为常有昌到处传唱，把凤英丑化成了一个不守妇道放荡随便的女儿家，老父亲看着无法收拾，只好在遥远的深山黑家洼给她找了个婆家，急匆匆嫁了人。从此，贫穷落后封闭，伴随了这个女人不幸的一生。

提起《三十里铺》，王凤英老人常说：这个歌儿可把我坑苦了。

在凤英老人的心目中，《三十里铺》几十年间并没有什么变化，它就是偷情，就是相好，就是青年男女的私情。这是民间对情歌的理解。至于常有昌编派的《三十里铺》版本，赤裸裸的放荡和性描写，更是耻辱的标记。她虽然不识字，这些道理是懂的。民间自有民间的情怀、民间的判断。此时也相当强大，你改变不了她。

一头是偷欢、私情，凡俗生活；一头是革命、爱情，英雄儿女。她只要一开口，两头立刻就会发生乖巧对接。《三十里铺》里的四妹子立刻成为革命英雄的恋人，现实生活中的凤英也立刻成为配合官方宣传打造崭新绥德的模范典型，但是，民间传统就是有这样强大的力量，她稳住了，没有动。

她能承受多大的压力？人们都知道广场效应。把一个人放在众目睽睽之下，怎样说，怎样做，多数人顶不住会顺着人家的意思说。央视访谈，那就是一个国家级的大广场，亿万双眼睛在收视，看你说什么。众人的逼视有多么强大的威力？这个老太太竟然顶住了。那一刻，她简直是我心目中的英雄。

她从一个普通的爱情故事里走出来，现在，官方要把她拉到革命爱情的强光之下，她并不领情。做一个广告代言吗？她以这样的方式拒绝了。

我们的生活中，时常要面对两个传统：一个革命文化传统，一个民间文化传统。两种传统应该互为消长，最终分久必合，融进中华文明的大海。但在实际生活里，革命文化传统时常更加强势一些，有意无意压制民间文化传统。《三十里铺》遭遇的尴尬，就是这样。

当地人都知道，老人从不接受记者访问。官媒记者有官媒使命，总想把老人拉进预设的政治轨道。有记者不请自来千里迢迢寻找到黑家洼，老太太一律以沉默作答。关于《三十里铺》的话题，休想从她嘴里掏出一个字。只有特别熟悉的自家人引荐，老太太才勉强接受一些简单的问答。

前些年《光明日报》记者通过熟人介绍，找到黑家洼老人家，这大概是老人第一次认真和记者对了话。《光明日报》记者沉浸在获得了独家新闻的喜悦里，夸赞老人是西北名人。老人不屑这个名人的高帽子，她问记者：你说我是名人，咋还这么穷呢？

绥德一个穷县，给不了老人什么，不过从2001年起，县里决定每月补助老人600元，作为文化名人的补贴。老人的几个儿子，也分别给予适当的照顾。

再一次到绥德看三十里铺，是今年夏天。

三十里铺还是这般喧闹，它永远是人们津津乐道的话题。绥德在北京聘请大牌导演作曲，正在打造一台节目，定位为"交响音舞诗画",名字叫《我的三十里铺》,准备参加2014年10月的陕西艺术节。2016年在陕西举办的中国艺术节,这也是预演。《三十里铺》规格越来越高,场面越来越大了。

车过山陕峡谷,一道一道沟,一道一道梁,黄土高坡,千古奔流的无定河大理河在这里汇合,苍凉的原野上响起苍凉的歌,硷畔上的人家历历可见。进了县城,先是看到抗金名将韩世忠的塑像,这位历史上的民族英雄原来是绥德人。新修的千狮大桥,栏杆雕塑起一尊一尊狮头,桥头有老一辈革命家习仲勋的题字。抗战时期,习仲勋在这一带领导军民,绥德留下了大量活动记录,县里建有习仲勋抗战活动纪念馆。传统文化和红色文化在这里交汇,绥德是名副其实的老根据地名县。

住在文化馆附近,出门就能看到,文化馆低矮的办公宿舍区,和周围的五光十色的高楼形成鲜明对比。宿舍靠着土坡,上面就是硷畔,一层一层窑洞向天上攀登铺排。文化馆的大院,门楣上有一个"卖剧本"的广告,留下了手机号。院子里有人排练歌舞,响起《三十里铺》的旋律。这里,就是培育和制造《三十里铺》的地方,一座《三十里铺》的加工厂。

在绥德,随时可以见到《三十里铺》的守护人。绥德的"著名警察"马保信,多年以来,一直以搜集挖掘整理创作陕北民歌驰名。他是一个警察,常年为陕北民歌奔波劳累,他搜集整理过1000多首陕北民歌,自费出版了《中国陕北民歌经典》。每一首民歌的版本,演变,都有清晰记载。《三十里铺》不同时期的三个版本,这里翻开就能找到。作曲家王方亮、党音之两个版本的编曲和声演唱,也一一分别记谱。马保信自己也编创民歌,他编创了《三哥哥是我的心上人》,实际上是《三十里铺》的续歌。《三十里铺》能繁衍出多少新品,实在不可胜数。

三十里铺旧址

　　武警部队首长给马保信题了词，这等于给了马保信民歌活动一张护身符。从此他更加聚精会神投入，他是基层的一名文艺兵。

　　在绥德，抬头低头，都能遇上和《三十里铺》有缘的人们。民歌剧《三十里铺》，是老编剧张光生的代表作。一代一代歌手，因为演唱《三十里铺》成名。雒胜军、雒翠莲因为演唱《三十里铺》，得到陕西省政府重奖。文化馆的作家贺世成，电视剧、歌舞剧，凡和《三十里铺》沾边，都请他写介绍，写主持词。歌舞剧，少不了作家文字客串。贺世成自己写三十里铺的散文，翔实优美。关于三十里铺的文字，他是绥德第一支笔。

　　当地朋友带我去看三十里铺。离县城不远，山坡渐渐合拢，沟底有小溪，村妇三五成群，沿着弯弯曲曲的清溪洗衣裳。沟底流水，坡顶旱垣。这就是陕北。

　　绥德县正在打造黄土文化风情园，三十里铺村正式列入民俗文化村规划。三十里铺旧址已经略做整修，路旁竖起一块铁皮广告牌，草绿色的底子，四个手写大字"三十里铺"，一旁小字上书"家住在绥德三十里铺村"。车马大店原址、土窑土炕，尽量做成70多年前的模样。推土机推出一块小平地，那是方便游人抵达歇息的。

在当地找到一位老人，对于三十里铺的故事，经历过70多年的传播生发，老人已经是滚瓜烂熟。他一边给我们叙说，一边带领我们去看三哥哥和四妹子的窑洞院落，还有常有昌的窑洞。院子早已废弃，荒草半人高，门窗歪斜着，有人家圈养着羊。只有对那首民歌感兴趣的人，才会到这里探寻一下，找一找当年的气息。

老人指着大山深处，说，那就是黑家洼。凤英就嫁到那个村子里。

隔着一道一道沟，灰青色的山坡，罩在茂密的林草里，阳光在天际闪烁，能想象出那个地方的遥远，难走。大山深处，穷苦和落后，漫长的日子。

随行的朋友说，凤英老人今年88岁了，眼不花，耳不聋，见过她认针，捻了线头，轻松地穿过针孔，缝缝补补做家务。

岁月流过，凤英姑娘已经变成凤英嫂子，凤英大娘，凤英奶奶，有一个名称却历久不衰，历久不变：四妹子。

朋友笑了说，你去见她吗？她不像过去那样不见人了。只要出采访费，几十元，一百元，你问，她会回答。

开口的凤英会说什么？

新中国成立以来，政府对乡村文化管理，包括民间文艺资源，较之根据地时代更加畅通有效。民歌这种纯粹民间生长的东西，也逐渐净化。以革命的名义改造也罢，以发展的名义改造也罢，其结果都是距离传统民歌越来越远。民歌披上金光闪闪的华丽外衣，登上了华美炫彩的舞台、银屏，它，还是民歌吗？

《三十里铺》一步一步变成了官阁体。

凤英老人不过是民歌时代的一份遗产。

她还能说什么，她还有必要说什么吗？

70多年的岁月，已经凝聚成一部历史。她和一曲土生土长的民歌不期而遇，误撞，交恶，和解，经艺术加工以后的美容，整容，打扮；70多年的交集，一个人和一首民歌一起生育一起成长，相生相克，相伴终身，这已经是一个奇迹。被改造过的歌曲一再被反复改造，唯有四妹子还是四妹子。一朵生长在陕北大地的奇葩，80多年盛开，至今老树着花，东方不败。

我们终于没有去打扰凤英老人。向着遥远的深山，我们一起献上我们的祝福。广袤的黄土地上，千千万万个四妹子，唯愿你们福寿康宁。无论是革命、战争，还是权力、风俗，还是GDP，还是掀翻了天的文化开发，都不要搅动你们平静的生活才是。

马铃薯与西红柿的旷世姻缘

马铃薯和西红柿，都是我们常见的植物。我们都是因为整天吃菜，作为蔬菜才认识它们的果实。——确切地说，马铃薯连果实也不是，我们吃的是它的块茎，普遍称为土豆，我们山西老百姓家常都叫山药蛋。关于它们的秧子禾苗呢，知道就更少了。

我是在1958年大跃进时期，才反复听到人们传说栽种马铃薯西红柿。山西最著名的科技卫星，是我们邻县一个小学生嫁接西红柿马铃薯成功。大田里地上结西红柿，地下长山药蛋。

小学生叫尚马朝，是山西永济县卿头小学六年级学生。卿头是永济的一个镇，靠着涑水河，地势平坦，盛产粮棉，历代教育都办得好。辛亥革命前后，卿头镇已经有3座小学，其中1座为女小。1937年抗战前夕，三校合一，合称卿头初级小学。新中国成立以后，1950年代，号召学习工农，教学和生产劳动相结合，学校课外劳动课格外多。那时农工神圣，爱科学、爱劳动是小学教育的响亮口号。农村小学大田就在周边，摆弄农作物很容易。那时农村土地宽裕，1957年镇里给卿头小学划拨了一块地，用作试验田。卿头小学学生课外成立了一个学习农业科技小组，叫"米丘林小组"，老师带领小同学，常常就在大田里，边教边学，动手动脑。当年10月，学校进一步扩大课外活动规模，办起了工厂、农场、饲养场，

"米丘林小组"改成"红色少年科学院",各种栽培养殖活动非常活跃。

尚马朝的父亲就是个乡村能人,栽培果树,整枝嫁接,算个土专家。受家庭影响,尚马朝从小喜欢在庄稼地里鼓捣些小名堂。那时人们看到的小学生尚马朝,屁股后面经常别着小铲、嫁接刀,在试验田上劳动课,跟着辅导老师练习嫁接。

大跃进年代号召老师学生敢想敢干大搞科学实验,1958年夏天,小学生尚马朝突发奇想,和同学张成全一起练习嫁接马铃薯和西红柿,取西红柿幼苗的枝干,去根做接穗,取马铃薯幼苗的根茎做砧木,嫁接成功。这个农田里的奇特景观,当地学校农村都叫它"两层楼",地上长西红柿,地下结马铃薯。当年10月,这棵远近闻名的"两层楼"成熟,收获西红柿36个,重8斤7两,地下结马铃薯11个,重1斤2两。上级教育部门大力表彰"两层楼"创造奇迹,10月8日,当地将"两层楼"送往北京,参加全国文教展览会展出。小学生尚马朝在现场作报告,介绍培育新品种的经验体会。

1950年代,整个社会的农业科技认知水平很低。尚马朝的"两层楼",大家都觉得很神奇。上级领导认为放了一颗科技卫星,大竖特竖小科学家的形象,尚马朝迅速一鸣惊人,成为远近闻名的少年科研模范典型。1959年4月13日,《人民日报》发表通讯,报道卿头小学的教学劳动科技相结合的路子,题目是《乡村小学一枝花》。4月16日,中央新闻纪录制片厂来学校拍摄了新闻纪录片。当年国庆节,国家领导人邀请尚马朝赴京观礼,邀请函以毛泽东、刘少奇还有朱德、周恩来等国家领导人的名义发出,尚马朝登上了国庆观礼台。11月,尚马朝参加了全国第二次青年建设社会主义积极分子代表大会,入选大会主席团,受中央领导人接见。

跨过年头,国家已经进入三年经济困难时期,学习宣传尚马朝的热浪依然高温不退。1960年5月2日，最高人民法院院长谢觉哉视察卿头小学的科研活动，挥毫题词："一群红领巾闯进了科学之宫，好比孙悟空进了天宫，打烂了天宫旧秩序，结果还是红领巾们做了齐天大圣。"这期间，还有文化部副部长钱俊瑞、张际春，外交部副部长伍修权、全国政协文教参观团团长胡愈之到学校视察访问。钱俊瑞副部长给卿头小学小农场题词："大胆发明创造，学米丘林，超米丘林！"1960年5月13日，共青团中央第一书记胡耀邦也到卿头小学视察工作，题词鼓励。

山西省包括省长副省长等各级领导，也纷纷来到卿头小学视察，表彰先进。

尚马朝和他的伙伴搞出了小发明，这对于一个十来岁的孩子，当然难能可贵。回想起来，这和当时的小学开放教学，重视实用技术传授有关。少年时代科学启蒙，一旦开悟，终身受益。旧式教育往往只重视人文知识不重视科技知识传授，大跃进期间的小学，劳动课干扰了正常的教学秩序，学生却也得到动手锻炼，也算歪打正着。卿头小学走出课堂引起高层关注，很博眼球。一直到1980年代，卿头小学依然坚持了这个传统。1980年代初学校恢复了农场，重建了少年宫，规划了小麦棉花试验田。少先队辅导员吕自诚老师带领学生观察农作物生长规律，开展生物防治病虫害研究活动，瓢虫治蚜虫，赤眼蜂治蚜虫活动都有声有色。他们制作的昆虫植物标本，参加全省少年科技成果展览获了奖。吕自诚老师代表卿头小学出席了全国少先队工作表彰大会。

事情当然也有另一面。大跃进创奇迹放卫星的炽热政治气氛中，从山西到全国，无疑夸大了少年尚马朝的试验价值。1950年代新中国成立初期，从上到下，科学技术知识普及程度很低。人们乍一听到地上西红柿，地下山药蛋，首先感觉无比神秘无比好奇。将马铃薯与西红柿嫁接视为奇迹，和当时的社会整体认知水平有关。要放到现在，人们就不会神秘好奇了。稍微有点专业知识的人都知道，生物分纲目科属种，同一个科属的植物都能够嫁接，西红柿马铃薯同属茄科，两种同株，这就是一项普通的嫁接技术。尚马朝得益于家庭影响，很早掌握了嫁接技术而已。尚马朝升入初中以后，吕自诚老师带领他们，在"两层楼"的基础上再嫁接，西红柿枝干上嫁接茄子，形成了"三层楼"。这些都说明，同一科属植物嫁接再嫁接没什么好奇的。嫁接并不涉及基因改变，"两层楼"的科研价值和技术含量非常有限。即使从实用的角度考量，西红柿和马铃薯的嫁接成果也很难大面积推广，一棵一棵嫁接，大田生产几乎不可能。茄科是草本，一岁一枯荣，第二年又要重新嫁接。耗费那么多人工，不划算。近年来有人肯定它的观赏价值，对于旅游观光农业，当然可行。但是在困难时期的1960年，搞什么西红柿马铃薯嫁接观光，那简直是找着挨骂。

　　大跃进中粮棉高产指标已经吹得离谱，同样的道理，科学技术创造发明，人们首先想到的也是放卫星创奇迹，是否属实能否应用倒没有人较真。大家都在比赛谁的调子高，这是那个年代的狂热病。上上下下头脑发热，全国各地都在创纪录出新花样，一个少年儿童的发明创造，当然更加振奋人心。对"两层楼"的鼓吹，更多的是从它的政治层面着眼。中国人民有志气，任何人间奇迹都能创造出来。相信不相信，宣传不宣传，已经不是科学技术发明创造的问题，而是敢不敢大跃进、愿不愿大跃进的政治思想问题。这就是"两层楼"的价值一再高估放大的深层原因。"小科学家""小发明家"，放在一个仅仅学会嫁接的少年儿童身上，明显有些夸大虚饰。至于"小米丘林"，甚至还可以嗅出一股强烈的倒向苏联"无产阶级遗传学"的刺鼻气味。

风云尚马朝，他的事迹旋风一般席卷山西，搅动了全国视听。山西各地都在学习尚马朝，培养小科学家。乘大跃进的东风，呼唤一系列的创造发明。各地中小学你追我赶，看谁的奇迹更加神奇，看谁的创造更加惊人。山西各地都在搞嫁接实验，嫁接这个纯粹的农业技术活动，一时间成了小学教育的关键词。

　　小学生列队，大家唱着一支歌唱尚马朝的歌，那是从《歌唱农业纲要四十条》的曲子套过来的。原词是：合作化的农村，一片新面貌哟嗨，社会主义的根子，扎得牢又牢。农业纲要四十条，四面八方传开了，哎嗨嗨哎嗨哎嗨咿呀哎嗨哟，千村万社掀起了生产热潮——现在我们唱的是：卿头镇小学尚马朝，人小志气高哟嗨，研究农业放卫星，真呀么真奇妙——

　　村里也给我们小学划了一块地，十来亩。我们有时也下田，跟着老师干农活。忽然有一天，老师紧张起来，说是上级要来检查学习尚马朝科研放卫星的成果。全校紧急动员，要在两天内搞出五亩试验田，迎接上级大检查。任课老师带着我们，在五亩地里连天突击。挖一个坑，不知埋进去什么东西，堆一个小土包，插一块牌子，上写"苜蓿麦"，介绍说，苜蓿和小麦嫁接，小麦能像苜蓿一样，一年收割三茬，隔年不用再下种。再一个小土堆，插一块牌子，上写"谷麦杂交"，牌子介绍说，麦穗能长出谷穗那样长那样大。再一个小土堆，插一块牌子，上写"冬黄瓜"，那意思是冬瓜黄瓜嫁接，黄瓜会长得冬瓜那么大个头，冬瓜会像黄瓜那么好吃。五亩地都插完，已经是深夜，全校集合，老师一再警告：明天检查团来了，都说早就嫁接了，谁也不准说是昨天连夜突击的！

　　1958年的山西各地小学，师生见面就说嫁接。放卫星就是敢嫁接，农业技术就是嫁接技术。谁要是不知道嫁接，大有纵读诗书也枉然的意味。

我们的音乐老师教唱歌，也教自然课。那一阵看见她，整天琢磨一块焦炭。那一块焦炭有猪头那么大，她搬放在脸盆里，加上浅水，淹住盆底，炭块缠了几道铜丝，她在研究焦炭发电。要在今天，煤炭发电大家都知道，属于火力发电，燃烧释放能量，转化成电能。这当然不符合大跃进思维。我们的老师拿铜丝捆住焦炭块，一头插在炭块里，一头接个手电筒前头的小灯泡，要的是直接吸附能量，灯泡照明。她鼓捣了好几天，一天突然大喊一声"成了"，那小灯泡果然亮起来，焦炭发电试验成功。这是我们高头小学的重大发明，学习尚马朝的重要成果。不久到联校会展，各小学都带来了自己的科研成果去。我们这位老师指导排练了小歌舞，歌唱本校的诸种发明。歌词是：敢想敢干创奇迹，焦炭发电已经成功，谷麦杂交也要成功——

演出完毕，列队参观，这回轮着我这个小学生吃惊了，在那个"焦炭发电"的展品介绍，我清楚地看到：发明人——高头小学四年级毕星星。当然，这说的就是我。只是我那时连发电都不知道是啥，更不用说焦炭发电。

50多年过去，我当然明白了那个发明人为什么要写成我。只有小学生的发明，才算放卫星嘛。只是我至今不明白，那个铜丝缠了焦炭块子，小灯泡为啥能亮。就是今天，煤块缠一根铜丝，再逞能的技师也不能这样发了电。只有一种可能，炭块里夹了蓄电池什么的。

我们小学只是一个点。一斑一斓，可以看出尚马朝旋风里的万千气象。大跃进岁月里吹嘘的科技成果，大多站不住脚。学习尚马朝，基本上是一场形式主义造假比赛。

地上结西红柿，地下长马铃薯，这个美好的幻想诱惑了多少人？多少科学家为之付出心血和汗水，孜孜不倦地撮合他们的姻缘。大约和尚马朝同时，袁隆平早年也做过一系列的嫁接实验，包括西红柿和马铃薯。他是遗传学专家，又幸运地遇到了野生水稻，终而成为杂交水稻之父。但是他创造新的农作物物种，也是从成功嫁接西红柿马铃薯开始。

何止中国内地，关注西红柿和马铃薯的结缘，简直是一个全球性的遗传科技现象。

就在地球的另一端，欧美的科学家们也在做类似的实验，撮合马铃薯和西红柿结亲产子。1978年德国和美国的科学家先后将马铃薯和西红柿的体细胞融合在一起，并获得了杂交植株，人们称之为"番茄薯"或"薯番茄"。很明显，这已经不是简单的嫁接，这是运用细胞杂交技术获得的新物种。2004年，俄罗斯、德国、芬兰的科学家进一步改善了这个物种，增强了耐盐碱抗病虫害能力。它当之无愧地属于世界上第一批超级杂交植物。

这个新植株兼有马铃薯和西红柿的形态特征。但是依然做不到撒播种子，长出禾苗，地上结西红柿，地下结山药蛋。原因呢，如同我们早已听过的一则传奇：萧伯纳巧遇一贵妇，贵妇说，我们结婚，生个孩子，肯定像你一样聪明，像我一样漂亮。萧伯纳回答说，不一定。要是像我一样丑陋，像你一样愚蠢怎么办呢？萧伯纳当然是机智幽默，笑里藏刀。但这里确有一个遗传学问题，他的诘问很有道理。两个生物体即使可以交合，细胞融合成功，目下也是难以完全控制遗传的方向选择。正像这个番茄薯，弄不好，完全可能地上长马铃薯的禾苗，地下长西红柿的根系，地上不结西红柿，地下不长山药蛋，集中了双方的缺点，落得A加B甚至不如单独的A或B。这也说明，真正培育出西红柿马铃薯"两层楼"新物种，还有很长的路程。人类目下还谈不到控制遗传基因功能定向表达，轻易地宣布创造奇迹是很不理智的。

美丽的幻想总是那么诱人，以至于西方科学家有时也像我们一样幻想失控，闹出笑话。

1983年5月以后的一段时间，我国新闻传媒广泛转载了一则"科学珍闻"，报道德国的两位科学家通过体细胞融合，创造了一种新生命体"牛肉西红柿"，果皮有牛肉的质感，果肉兼有西红柿和牛肉的营养成分。报纸宣传沸沸扬扬，一时弄得大家疑信参半。后来证实，这个消息只不过是为"愚人节"杜撰的一则笑话。以目前的科学技术水平，亲缘关系较远的植物，我们尚且不可能通过细胞融合创造出新物种，动植物之间要通过生物工程培育出新一代产儿，简直是异想天开。不过可以看出，人们对于生物遗传工程改变我们的生活怀抱多么五彩炫目的希望。米丘林不过就是个农艺师，小学生尚马朝不过复制了米丘林的技术。嫁接只不过器官移植，基因遗传才是结婚生子。全球的科学家遗传工程大开工，简单的嫁接技术就是小儿科了。"牛肉西红柿"眼前纯粹搞笑，将来呢？想象完全可能变成现实。

马铃薯西红柿大概特别般配。要不为什么一说农作物结合试验，人们就谈西红柿马铃薯的嫁接杂交，无论国内外，它俩的亲缘，一直是人们的特别关注。改革开放新时期以来，依然会不时传出它们的最新婚恋消息。最近几年，马铃薯西红柿的结亲，竟然接连成为各地的种植创新热门试验，由此也成为各地报纸杂志报道的热门话题。

1984年，新疆农垦62团边城传出新闻，他们成功嫁接了马铃薯西红柿。1994年5月，内蒙古达拉特旗职业中学宣称嫁接成功。1997年，辽宁葫芦岛农民杨红军在自家承包地嫁接100株，成活74株，西红柿土豆都有出产。2009年以来，马铃薯西红柿结亲的消息，更是喜讯频传，东西南北点点开花，神州大地，到处都有他们结缘的动人报道。

2009年12月，《西安日报》报道，青年袁隆平的梦想，在杨凌农科城变成现实，他们成功嫁接西红柿马铃薯。

2011年5月，宁夏方面报道宁夏原种场的研究成果，"一棵藤，地下长着马铃薯，地上结着西红柿"，植株在现代农业展示馆展出。

2012年6月，云南报道，丘北县嫁接马铃薯西红柿成功。

2012年12月，南京江宁区农业试验基地高调宣示，他们嫁接马铃薯西红柿试验成功，成果就在他们的温室大棚。他们骄傲地宣布，袁隆平的梦想变成现实，"根下结土豆，根上结番茄，不再是空想"。

2013年1月，青海乐都县农业示范区智能温室嫁接马铃薯西红柿试验成功。青海方面报道这一消息时，阐述了事件的意义，提高单位面积产量，提高土地利用率，等等。

听到四面八方都在骄傲地宣布新成果，作家二月河不干了，他写文章回忆，几十年前，自己的父亲就曾经做过类似的嫁接，早已成功，目下这些算什么创造？

不只二月河，袁隆平、尚马朝如果知道各地有这么多人在重复他们当年的实验，而且还在高调宣布自己的首创权、发明权，他们肯定也会嗤笑，这些都是我们50多年前早已蹚过的水，怎么现在又成了新纪录？

50年的轮回，转了一个圈。时光白白流转50年，我们分明又回到了原地。回首50年，简直没有进步。

这能怪谁呢？首先要责怪我们的科学普及工作太差了。关于西红柿马铃薯，我们只是作为食品在餐桌上才注意到它们。植物的嫁接杂交，常人的常识极其有限。网上有公开的生物课，老师讲到西红柿马铃薯杂交，立刻有学生提问：那么将来我们再吃薯条，就不要蘸西红柿酱了吧？众人哄堂大笑。大概是笑这个"吃货"还兼痴呆异想天开。其实并不可笑，西红柿马铃薯杂交，完全有可能生长出带有西红柿味道的山药蛋块根。国外的科学家正在深入研究推进，改进"番茄薯"的性能。某地市民一大清早起来，发现自家的土豆蔓上长了几个西红柿一样的小果实，立刻惊讶地将疑问传到了网上。也没有什么大惊小怪的。马铃薯的果实和西红柿是有些像，只不过我们平时食用的是马铃薯的块根山药蛋，不注意它的果实罢了。关于眼前的山药蛋马铃薯番茄西红柿，我们所知都这样贫乏，关于它的历史，我们知道更少，那是情理之中的事。

　　这分明也和国人的历史偏食有关系。诸种历史常识，如果说通史政治史我们还知道一些ABC，科技史大约人们关注更少。我们的史书历来只重视政治史，历史就是一部历朝历代的变迁更迭史。有一阵子强调农民革命农民战争是社会发展的动力，农民起义成为历史书写的重点，历代的农民起义甚至变乱又开始大书特书，其实还是不脱朝代变迁的思路。生产发展，科技进步，史书一直很少记录，很少传播。近年来有学者研究指出，清代的繁荣发展，和引进玉米番薯大有关系。否则以当时的土地承载，中国将养育不了那么多人口，何谈发展进步？一个承平盛世的出现，过去我们总习惯地归结于帝王治理。这里归结于种植技术，显然是目光别具。科技是生产力，理应在史书占据重要的书写地位。但是很遗憾，书写传播都不够。一直到近代，人文学科占据统治地位，自然科学视之为奇技淫巧，依然是传统的畸轻畸重格局。所谓李约瑟难题，说来说去，根本的还是士农工商的格局里，根本没有自然科学家的历史地位。马铃薯和西红柿的嫁接，早已是一种烂熟的技术。我们不记载不传播，以至于50多年以后，人们还把它当做科技创新来崇仰。

那么1958年的科技史呢？应该怎样评述呢？一个小学生的科技发明，当局确实是青睐有加，尚马朝堂而皇之获得空前的传播表彰，盛名传遍天下，这和你说的轻视科技成果，岂不是前后矛盾？不是的。尚马朝的科技创造发明，在那时已经不是一个科技领域的问题。马铃薯嫁接西红柿，已经转化成为一个政治问题。小发明成了政治事件，时势使然。大跃进全面推进，小麦水稻动辄亩产几万斤，科技放卫星也势在必然。新华社通告，北京大学自称在半个月内完成680项科研项目，超过了过去三年科研项目的总和，其中100多项是尖端技术科学，有50多项达到国际先进水平。南开大学党委领导4000多名师生，掀起群众性的大搞科学研究、大办工厂的高潮。第一夜就提出2000多个科研项目，其中大部分是属于尖端科学的，不少是"以前想都不敢想的"。南开大学"与火箭争速度，和日月比高低"的口号响彻云霄，半个月完成研究工作165项。中科院、中国农科院和全国的种田能手展开擂台赛，生物学部提出了小麦亩产6万斤、水稻6.5万斤、甘薯50万斤、籽棉2万斤的高指标。无论如何，这些大学和科研机构空口放卫星，还属于"设想"。尚马朝的实验，那可是实实在在地长在庄稼地里。一个小学生的创造发明，无疑比那些科学家的规划幻想更有说服力。尚马朝就这样走进了高层视野，成为1958年大跃进梦想的一个确凿的实证。他如此昂首挺胸走进强势宣传，青年袁隆平尚不能遮盖他的声音，二月河父亲这样的一方乡土能手，当然更加遮掩在小英雄的万丈光芒里黯然失色杳然无迹了。

历史吊诡的是，1958年的科技大跃进的种种喧嚣，后来证明都是自吹自擂，夸口离谱，很快贻笑天下。辉煌纪录转眼成了笑柄，很快对大跃进的历史记载就开始降温处理。《党内若干历史问题的决议》明确了大跃进的历史错误以后，1958年的科技大跃进已经确定成为令人蒙羞的耻辱记录。当局开始考量如何严肃对待大跃进有关的种种丑陋。1980年代，国家曾经有一种反思历史的风气，我们并不忌讳揭开往日的伤口，历史创伤诉说一个时期成为话语主流。那个时候，记录灾难记录错误没有障碍。一个国家一个民族背负自己的灾难记忆上路，是需要勇气和毅力的。一个时代的灾难记忆首先让很多当权者不安，他们担心对历史错误的拷问质疑执政合法性。检视创伤也会触犯一些人的利益，通过公共传媒讨论这个话题，令他们不安。事过境迁，如今大跃进的历史被遗忘到这个程度，当年家喻户晓的小英雄已经无人知晓。马铃薯嫁接西红柿这个当年最得意的话题，已经深深埋压不得谈起。记忆的修改删除效果明显，近几年来大量的马铃薯嫁接西红柿实验，不过是50年前的旧梦重温，国人依然当成首创高调炫示，就是生动的说明。

当作政治成果，大书特书；变成政治羞耻，万般遮掩。这就是科技大跃进现象的历史命运。

马铃薯和西红柿的姻缘，在国人的记忆里已经形成一个断层，60岁以上的老人，还有人清晰地记得当年的发明创造和高调宣传，50岁以下，就几乎没人知道当年的轰动效应和显赫张扬。不允许他们知道，他们也就只好淡忘了。

被遗忘征服的人们，欢天喜地地看着各地纷至沓来的试验成功喜讯。他们豪情满怀，他们手舞足蹈。他们不知道这是很久以前的故事。

1950年代的中国城乡，马铃薯和西红柿，这一对情侣轰轰烈烈的婚宴传遍万里河山。半个世纪以后，竟然无人知晓。东西南北重新为他们举办婚礼，像极了饱经风霜皱纹纵横的老人补拍一番婚纱摄影。再铺张，再张扬，再兴奋，再那么人生仿佛惊初见，查一查根底也会真相大白，那么欢天喜地干什么，你们不是初婚了呀。

永济卿头，一个奇迹的诞生地。50多年过去了，它依然牵引着我们的目光心旌。在卿头小镇行走，还能时时听到尚马朝的消息，还能找到似隐似现的当年踪迹。

尚马朝命运不错。当年小米丘林暴得大名，中学毕业以后，教育部门出面保送他进了山西农业大学，大学毕业后分配到运城地区科委。前几年在科委副主任的位置退休。

尚马朝1943年生，今年70岁。前几年得了脑血栓，行走不便，说话也不那么顺当。他封闭在家，很少见外人。

当年卿头小学辅导尚马朝嫁接"三层楼"的吕自诚老师也80多岁了，他说，"尚马朝就是个中才"。这个评价比较冷静客观。自从少年时期一举成名，他再也没有什么引人注目的科研成果。

当年人见人说的"两层楼"，也渐渐被人们淡忘。卿头小学早已不是当年的气象。涑水河，前20年就没水了，成了一道干沟。人口翻番，人均耕地太少，谁还舍得给小学划地。时下的中小学教育，应试为中心，离开课本学习，啥事情都没人理睬，学校搞什么试验田，听起来更像隔海奇谈。只有当地一些老人，还能够回忆起这一段历史，想起当年的照亮全国的那一页辉煌。

尚马朝的"两层楼"，应该记住？应该忘记？应该作为成功刻录？应该作为创痛书写？旧人旧事，凝结着五味杂陈的复杂记忆。一时间，当地人也已经思绪茫然，欲说还休。

"文革"以后拨乱反正的1984年，胡耀邦总书记曾经有重访卿头小学的动念，运城方面接到通知，也做好了准备，最终总书记没有来。如果他来，肯定要讲些什么，做些什么。可惜他没有来成。

他要说些什么，做些什么，当然也成了一个谜。

无论如何，依照科研成果惯例，尚马朝是马铃薯嫁接西红柿成功的第一人。由于历史的原因，他没有能够后浪推前浪登上峰巅，但这个原创之功，还是要记给他。

由嫁接到转基因，这是物种飞跃，这是生物革命。从欧美科学家近几十年的研究成果来看，理想品质的"番茄薯"或者"薯番茄"的诞生，或许就是不久将来的事。可惜我们起了个大早赶了个晚集，这一成果没有落在起步较早的中国人头上。

马铃薯和西红柿的姻缘，还要演绎多少传奇？

人鼠之间

一

我的青少年时代在乡下度过，1950年代、1960年代，乡下的老鼠太多了，除了人，要说和动物共处，感受最深的就是老鼠了。那是一个典型的人鼠共处的时代。

乡下农村的房子都是土木结构，墙都是土墙。个别的财主，以前留下一些砖墙，土改以后也毁得差不多了。垒砌土墙，上面架起木架构，村里叫"墙搭厦"，常见。砌一个砖腿子，撑着大梁檩条，打好晒干的土坯垒墙，那就是好房子。讲究一些的，在墙根砌一层青砖，二三尺高，多是为了好看。不管怎么说，泥土房子，是那时住房最确切的叫法。

土墙土脚底，那就是老鼠的天堂。老鼠打洞太容易了。墙根经常见到一个洞口，洞外一摊黄土，老鼠打洞刨出来的。一个房间，至少有一个老鼠洞。你堵住，没有用，立刻会在附近打出另一个出口。土墙以里，老鼠窝四通八达。有时你会感到，你的整个家院就是一个老鼠家族的互联网。大白天，老鼠偶尔也会从洞口溜出来，沿着墙根哧溜溜进入另一个洞口，让你无可奈何。老鼠天生会打地道战。你家没有吃的了，它会沿着墙洞，串联到另一家。那时候全村的住户，也就构成了一个硕大的老鼠家族地下流动网。说谁穷，人们常说，家里饿得老鼠也不来。这话对。你家有没有吃的，老鼠的判断比干部比报纸准确可靠多了。

夜间是老鼠活动的黄金时段。它们会出来觅食，也会群聚打架嬉戏。家里的吃食剩饭，都会拿瓷盆盖严实，防备老鼠偷吃。有时候忘了，听到饭厦咯噔咯噔响动，母亲知道老鼠在拱在钻，穿了衣起来，再去加盖。第二天早起，老鼠祸害过的剩菜，叹口气倒了。老鼠啃过的馍馍，切菜刀削去咬过的牙牙茬茬，蒸了再吃。谁舍得扔掉。常言说，一颗老鼠屎坏了一锅汤。那时，烧汤要是发现一颗老鼠屎，也都是小勺子舀出黑点点倒掉，接着喝汤。谁家舍得倒掉一锅汤。

老鼠会爬高。屋梁上老鼠窜来窜去。农家大炕顶上，一般是裱糊一层顶棚。顶棚之上，那是老鼠的"文化广场"。一到晚间，老鼠群体会在顶棚聚会，它们啃食糨糊浸过的麻纸，窸窣有声。来了兴致，也会在顶棚叽叽喳喳闹架，跳扑冲撞，纸顶棚呼沓呼沓。有破口的话，老鼠玩得忘形，扑空了，从口子掉下来，落到炕上，越过被子，又回了鼠洞，好似攀高蹦极旅游一圈。不用说，炕上老鼠就经常在被窝上跳过来跳过去，暗夜里毛茸茸地掠过脸颊，人厌恶又恐惧。

1970年代我进了城，即使在北京住单元楼，老鼠还是难以隔绝的恶邻。我奇怪老鼠藏在哪里，同事告诉我，老鼠就栖居在每一楼层的垃圾洞里。那时的宿舍楼高有限，四层五层，每一层都留着一个倒垃圾的洞口，撞开挡板倒了，垃圾会飘落到一层集中，然后统一铲出运走。老鼠们也就以此为家。这样一个垂直的空间，我想象老鼠很难以家庭为单位活动，可能过起五户十户一组的集体化生活。没人的时候，我曾经隔着自家门上玻璃，看一只老鼠越出垃圾洞口，沿着楼梯，一跃一个台阶，盘上盘下，找寻遗落的食物。听到动静，三跳两跳立刻窜回洞里。你只能感叹老鼠的适应能力。你住楼，它也能上楼，多么恶劣的环境，无奈的群居，它都能扎根落户，定居下来。

我的最后一次人鼠亲密接触，就在前几年。

太原南郊的清徐盛产葡萄，每到秋高葡萄上市朋友们都会托人捎一些给我品尝，这一年也给我带了一个纸箱子。搬葡萄上楼，看到箱底有个小洞，我没有在乎。不料当天晚上睡下，就听得屋里一阵一阵窸窸窣窣，我闻听大惊，知道一只清徐老鼠长途迁徙到了太原。家里杂物密布，逮住这只老鼠绝非易事。果然，一会儿，我就听到它钻进了装修固定好的暖气罩子。那是一处硬木密封的犄角旮旯，除非拆除，难觅鼠踪。躺在床上，耿耿难眠。不一会儿，就听到老鼠爬出木罩，爬上了我的窗帘。家里关了灯一片漆黑，墙外的月光彻夜照明，清清楚楚看到老鼠四肢伸开，沿着窗帘往上爬，一纵一纵，像蛙泳。月光如水照东墙，这一幅老鼠攀爬的剪影却让我坐立不安。我恶狠狠地发誓一定要消灭这个劲敌。

人自信总比老鼠聪明。我就是这样。此时胡乱扑打，只能投鼠忌器。我找了一只硬纸袋子，就是那种礼品盒子外边经常套上的，里面塞了一小段油炸的麻花，搁在地板上，纸袋子有系绳，我伸手能够着。躺下关灯。不一会儿，就听到纸袋里有硬甲划过的声响，老鼠的嗅觉很灵，奔麻花去了。待到那小厮吃得正畅快，我伸出指头一够，那纸袋子早已提起，悬在半空，小老鼠掉在袋底。连忙提袋子进了卫生间，打杀老鼠，倒进马桶，一泻而下，于是心安理得。我作为人类，卧榻之旁岂容鼠类搅扰。此时四海升平，于是我安睡无忧。

二

人把动物分为害虫益虫，那是人类的视角。其实无论哪一类物种，都是生物链上的一环，无所谓有害有益。老鼠也是这样。黄永玉的漫画有一只小老鼠说：我丑，我妈喜欢。一点不错。人不喜欢罢了。

人类厌恶老鼠，历史悠久。"硕鼠硕鼠，无食我黍。"最初说的都是老鼠偷吃粮食。后来汉语里凡涉及老鼠的成语，鼠窃狗偷、贼眉鼠眼、鼠目寸光，老鼠过街人人喊打……没有一句好话。偷偷摸摸，眼睛细小，成为丑相，这已经由利害转化为审美。总的说，古代人们厌恶老鼠，也还只是讨厌而已。

老鼠制造的恐惧，是在近代，当人明白了老鼠传染鼠疫以后。

依照一些学者的研究成果，鼠疫很早就侵入人类，相随相伴。古代医书记载的瘟疫，依据病状，很多可以判定为鼠疫。人类意识到这种大规模死亡的传染病和老鼠有关，那是很晚的事情了。大致在清朝乾隆年间，民间开始注意到鼠疫传播期间出现大量的自毙鼠。到晚清光绪年间，明确出现了"鼠疫"一词，作为一种恶疾记载入史。

鼠疫带给人类的毁灭性打击，至今提起，惊心动魄。14世纪鼠疫在欧洲流行，造成欧洲大陆约三分之一的人口死亡，最低限也在四分之一。鼠疫由海陆两路传入，疫情迅速席卷整个欧洲大陆。相对于乡村，城市的人口死亡更加触目惊心。英、法、意，城市人口的死亡率都在40%—60%。大规模流行以后，鼠疫以散在的方式持续了大约300年。"1665年7月，伦敦大约每一个星期死亡2000人，大多数房屋关闭，街道空无一人。到处都能看见熊熊大火，人们用燃烧来净化空气。除了赶着马车和棺材去取尸体的人，一个活着的动物也看不见。"欧洲文明遭遇横祸，疫病休止，才得以崛起。

辛亥革命前夕，我国东北鼠疫大流行，至今还是我们民族的惊魂未定的灾难记忆。

东北鼠疫，公认和捕猎呼伦贝尔草原的旱獭有关。瘟疫起自满洲里，沿着铁路线迅速传到哈尔滨，又由哈尔滨向外辐射。哈尔滨当时是东北巨大的粮食交易中心，十里八乡的农民赶着马车来运粮，很快把疫情由城市带到乡村。疫情渐次传染到长春。末代皇族任命伍连德医生为总指挥，指挥扑灭东北的疫情。伍连德在东北，强行隔离病人，将他们送进鼠疫医院。各区居民佩戴不同标志，禁止随便出入。关闭学校、旅馆、车站，征用做防疫办公室、检查站、隔离室。租借来120节火车车厢，作为观察收容站。果断火化无法掩埋的尸体等等。伍连德的手段已属先进，东北的清末鼠疫，依然死亡39000多人。

1920年代末期东北鼠疫再度爆发，伍连德再度出马，组织实施就更加得力有效。疫死人数大大减少。

东北阻击鼠疫成功，伍连德成为救民于水火的英雄天使，医界称他为"中国的鼠疫防治之父"。1911年他在东北成功组织召开了万国鼠疫防治研讨会，伍连德的名字已经产生了世界性的影响。传说他几次走近诺贝尔医学奖，证明伍连德的不世功勋，业已载入史册。他造福华人，也造福全人类。

1920年代前后，与东北鼠疫相随的，晋西北到陕北一带也曾经大面积爆发鼠疫。其中，山西由于较快较利落地扑灭了1918年的疫情，得到高度评价。一场来势汹汹的特大疫情，蔓延8县，导致2667人死亡，仅仅74天以后，旋即被扑灭。此次防疫行动，阎锡山主持的山西军政府功不可没。山西把抵御疫病传入当作一场战争来对待，实行了全民动员。首先调动军队严防死守，隔断交通，禁绝由绥蒙疫区商人平民进入晋省。正值年末岁尾，关外山西人返乡过年，络绎不绝。军队不敷分派，动用警察一并投入。在山西境内实施行政动员民众动员，组织中外医生，看护检疫。成立省级防疫机构和晋北防疫事务所，阎锡山亲自督查各县执事，如有办理不力，立即撤查惩戒。对于民众，发文告，发传单，全省宣讲，所有村庄务必周知。阎锡山根据西医之说，确定鼠疫"有防无治"，这样一来，山西当时实施了最严厉的隔离措施，"父病不让子侍，夫病不令妻侍"，"宁牺牲一人，不能牺牲一家，宁牺牲一家，不能牺牲一村"。这样一种违背传统伦理的举措，民间也不见有什么反感。

1918年的山西防疫，是山西的一场保卫家园的人民战争。当时的北洋政府，已经开始把公共卫生列入政府的基本职能，政府开始介入流行病带来的公共卫生灾难。烈性的传染病，成为国家的公共卫生事件，这是从那时起就确立的观念转变。1918年山西防堵鼠疫，在国家公共卫生史上具有重要地位，毫无疑问。

作为山西人，我在汾阳调查过地方文史，知道当时的美国人万德生。1918年，万德生是汾阳县医院院长，他曾经亲赴防疫现场，事后写了报告，详述见闻。王家坪、乔家沟等4个村庄疫死92人，晋西偏僻，村庄人口稀少，92口已经不是一个小数字。在王家坪村，万德生考察传染源，做病理切片，曾经怀疑是禽流感传入。1919年临县再度爆发鼠疫，万德生医生再度进入疫区，在兔坂村工作。当地9个村庄共有220人死于鼠疫。至此，万德生确定临县的疫情为腺鼠疫。

万德生医生是庚子事变以后从美国教会过来的。1900年庚子事变，山西民教冲突激烈。太谷、汾阳两地的传教士全部遭到杀害。事变平复之后，美国人利用山西的赔款，在太谷汾阳设立了教会幼儿园学校、医院等，从事慈善事业。万德生负责医疗这一块。

不堪回首忆当年

从1920年的《汾州》杂志可以看出，万德生一行此行，遥远艰难。"这是临县的一个小山区发生瘟疫的第三个年头。它位于汾州西北，紧靠黄河。瘟疫爆发于每年的秋收季节。这时老鼠身上的跳蚤可以把疾病传到很多地方。瘟疫蔓延到的村庄，很少人能够摆脱这种危险，还是有不到三分之一的居民被夺去生命。有时，死亡人数会低，五分之一左右，但经常这个数字会升到二分之一或偶尔五分之三"。"我们到达一个村庄的第一天，那里已经有80人死亡。患者中只有4人康复"。"后来，这个村庄在这几个月内死亡率是60%，感染上这种病的死亡率高于95%"。

晋西北生活的穷困落后，给万德生留下了深刻印象。医疗队住的这一家，"主人和他的妻子都三十出头。我们问了一些关于他们孩子的问题，回答是：一个也没有了。故事是这样的：三个孩子在一年内都走了。一个2岁的孩子死于痢疾；一个4岁的孩子得了湿疹，显然是伤口不干净，最后被病毒感染，导致死亡；一个6岁的男孩死于猩红热。

"母亲很温和，一天到晚忙个不停。一天，她准备好麦子要磨面，第二天，她把面磨好，并筛过面粉。我们想尽办法要给她照一张工作照。当相机准备好时，她总是悄悄地消失了。又一天是中国节日，我们给她准备了节日食物。尽管我们做了每件事去说服她，但她没有动那些食物，最后东西仍在那儿放着。她的丈夫不久出现，她把这些食物给了他，尽管我们给他也准备了食物。我们不明白为什么。医院的麻醉师说道：'这些山区妇女太无私了。她们不会动任何对自己有好处的东西，而是把它留给自己的丈夫和孩子们。'"

近一百年过去了，一个外国人的描述，还是让我们泪眼模糊。变了的是山河，不变的是吕梁山的母亲。

这些美国人，当然不能理解贫困山区的中国母亲，对家庭和孩子的舍命养育。不过，他们看到了中国妇女震撼人心的无私。

万德生医生极其刻板负责。为了争取医疗队有一个秘书会计名额，他和山西省民政厅据理力争，以至于双方闹得很不愉快。万德生还亲自找到阎锡山，邀请了一位省政府顾问团的"曹上校"随行，这位曾经的军人，对于疏通上下关系，了解疫区民风民情，至关重要。

日本入侵以后，美国人全部撤离，汾阳的教会、学校、医院，全部停办。

这一隔绝，就是40年。

1980年代改革开放以后，汾阳中学追寻历史，和美国的卡尔顿大学建立了互访关系。万德生的孙女，终于得以重访汾阳。

万德生是一个美国医生，伍连德虽然是华裔，却是生在国外，留学国外，人生背景有浓厚的西方底色。一旦爆发瘟疫，中国政府立刻聘请他们出马。医疗队尊重西医，引进外国专家，授以重权，那时的当局，并不保守，并不刻意封闭。

一直到1947年，东北再次爆发鼠疫，忙于战事的中共东北局，腾不出手来，立刻请了一个苏联医疗队帮助救灾。也是这样。

三

1958年，正是大跃进高潮风起云涌的岁月。我的老家相邻的山西稷山县，出了一个爱国卫生运动的模范典型太阳村。太阳村的典型事迹核心就是"除四害讲卫生"，消灭麻雀老鼠苍蝇蚊子，除害灭病，提高卫生健康水平。全体村民动员，村党支部带领全村扫街除害，铲除杂草，填埋污水，捕老鼠，灭臭虫，熏蚊子，挖蛹，打

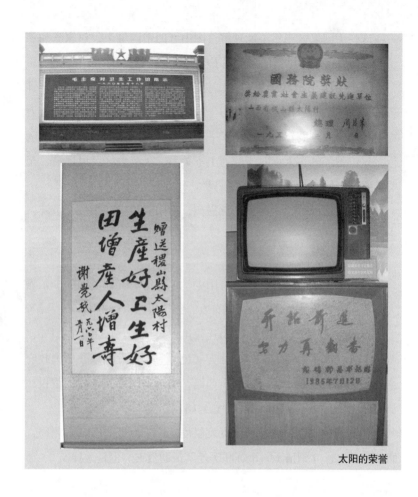

太阳的荣誉

苍蝇，具体做法有"七扫""八挖""十四清除"等等，就是把清洁卫生落实到农家每一个犄角旮旯。厕所要三无：无蝇、无蛆、无臭气，粪堆无害化，畜圈整洁化。公共食堂不吃生饭、剩饭，腐烂食物。幼儿园、托儿所讲究饭菜营养，清洁卫生习惯。社员们做到饭前洗手，饭后漱口，勤剪指甲，不喝生水，不吃生冷腐烂食物，用流水冲洗碗筷刷锅，等等。太阳村，给人一个卫生文明的崭新形象。

这一整套举措，中心是除害灭病，据当地的宣传，"四害"麻雀、老鼠、苍蝇、蚊子已经基本绝迹，传染病大大减少。

在"除四害，讲卫生"的大运动中，稷山县当年涌现出一批模范人物，英名传遍天下。老农民薛回义，打麻雀成为百发百中的神枪手，春夏秋冬转村打麻雀，创造过一枪打下37只的记录。1956年，他一人消灭老鼠960只，麻雀1000多只。1957年消灭麻雀1700多只，灭苍蝇43万多只，重2.8公斤，在田鼠洞里挖出300多斤粮食，人们称他为除四害老英雄。1958年，薛回义出席了山西省建设社会主义积极分子代表大会，省委授予他"除四害英雄"的勋章。

稷山还有个"除四害小英雄"焦蛋娃，1958年才7岁，也随着大人灭鼠灭雀。筛子扣，抽屉扣，拌药毒杀，他带领低年级小伙伴，组成突击队，一月消灭麻雀321只、灭鼠156只，稷山县召开讨伐四害万人誓师大会，他受到领导表扬，光荣出席了山西省建设社会主义积极分子代表大会。中国少年儿童出版社出版了《除四害小英雄焦蛋娃》一书，发行全国。

全国召开农村卫生工作现场会，薛回义和焦蛋娃都是先进代表，一起出席了大会。

新华社、人民日报连续报道太阳村的先进事迹，全国都在"学太阳，赶太阳，超太阳"。关于太阳村的通讯、新闻、人物报道，各地报纸广播连篇累牍。稷山县太阳村，成为全国卫生工作的一面旗帜。

1959年11月12日，国家卫生部在稷山召开全国卫生工作现场会，推广稷山经验。卫生部部长李德全到会，颁发了国务院的奖状、卫生部的锦旗。全国各省市卫生厅厅长带队参会，学习取经。

稷山县无疑受到极大鼓舞。会后，稷山县向全国各县倡议开展除害灭病友谊竞赛，宣称要在1960年春节前，消灭居民区及耕作区内的残余麻雀，"七一"前消灭居民区及周围的蚊蝇，国庆节前消灭居民区的老鼠，实现无雀、无鼠、无蝇、无蚊、无虱、无蚤、无臭虫、无白蛉子的"八无"县。

太阳村在现场会向全国各地的农村生产大队提出友谊竞赛倡议书，提出在巩固现有"八无"的基础上，进一步做好"三清除""十改良"工作，彻底消灭一切"四害"滋生条件，并做到见害就灭，永不让"四害"复生。

太阳村名扬四海。好几位中央领导到太阳村参观。1960年5月13日，共青团中央第一书记胡耀邦到稷山视察，参观了太阳村。运城方面请首长题词留念。胡耀邦同志略加思索，在一块红缎子上写下了通俗易懂的诗句：

> 天上有个太阳星，
> 地上有个太阳村。
> 天上太阳照人脸，
> 地上太阳暖人心。
> 人心热腾腾，
> 四害一扫清。
> 人心红又亮，
> 身体强又壮。
> 勤劳勇敢，
> 毛泽东时代人民，
> 要把时代变个样。

稷山县太阳村消灭"四害"的成果如何？时光已经流转几十年，历史见证了一切。回视当年的作为，洞若观火。稷山县的无雀无鼠无蝇无蚊，至今也不过还是一个宏伟计划写在纸上，不能去较真。大凡大跃进时代的奇迹，总归都会涂抹上浮夸虚饰的浓厚底色，我不知道当年的统计数字有多少水分。那位捕鼠老英雄，一年消灭苍蝇43万只，我不知道是怎样一只一只数出来的。这些苍蝇共重2.8公斤，每次打了苍蝇，都要过秤计数吗？苍蝇过秤，精确到克，得用天平吧。不知道怎样复杂的统计计数才能推演出一个惊世骇俗的记录。每年1700只麻雀，960只老鼠，他不干农活了吗？

消灭"四害"，讲究卫生，当然是好事。不过除害灭病也有一个科学举措的问题。前脚刚刚大张旗鼓全民动员消灭麻雀，老英雄一年消灭麻雀1700多只，庆祝锣鼓还响在耳边，后脚，1960年中央发文，明确麻雀不属"四害"，这让创造了无雀无鼠记录的稷山人情何以堪？全民动员大造声势，家里诱杀，地里扑杀，田野上到处是挖坑扑打的人群。其实这是非常危险的。制止鼠疫传播的最有效措施，就是断绝人鼠接触。西北地区1920年代的鼠疫传播，就与旱灾无收，农民挖掘鼠洞搜寻粮食有关。千方百计去寻找老鼠，无限扩大了和老鼠的接触机会，那是找着感染疾病。多亏稷山县不是鼠疫的疫源地，否则，后果不堪设想。

当年山西全省都在大学太阳村。小学中学，都下达了灭鼠灭蝇任务，落实到每一个少年儿童身上。你打了多少苍蝇？你打了多少老鼠？我恨不得到处都肮脏无比，一拍子下去能打100只苍蝇。为了计数，消灭麻雀要交两条腿，消灭老鼠要交老鼠尾巴。看书看到两头蛇双尾蝎九尾狐狸，我就恨不得老鼠都长出10条尾巴，也好举一反三，以一当十。不灭"四害"，食堂不给打饭。领饭带上战果，炊事员一手接收死苍蝇，一手给你打饭打菜，回想起来，恶心无比。

1959年、1960年的大饥荒，稷山县同样不能幸免。这个时候，一个村子饿着肚子讲卫生，用当地的话，那叫典型的穷讲究。野有饿殍，家无存粮，每天为填饱肚子犯愁，饿得前心贴后背。太阳村向全国的倡议书，提议"要普遍做到人人手脸衣被干净，进一步养成饭前便后洗手和刷牙漱口。保持不随地吐痰，不随地大小便，勤洗澡、勤剪指甲等良好卫生习惯"，这是无视灾难的疯人呓语。你号召村民忌食生冷，忌食剩饭，听来简直可笑。谁家有饭可剩？他饿得钻进玉米地见了生穗子就啃，你拉住劝他"忌食生冷"？所谓的托儿所幼儿园养老院，一派丰衣足食，清洁光鲜，也不过是做给人看的。不出三年，统统解散，各回各家各找各妈。参观了，宣传了，也就罢了。

自民国以来，社会逐渐意识到，大凡出现突出的公共卫生问题比如防疫问题，政府有责任组织扑灭。至于稷山太阳村的"除四害"讲卫生，说到底，还是一个社区的卫生问题，并不涉及国家的卫生安全。社员家庭及个人卫生，一般情况下，属于个人的生活私域，权力不应抵达干涉。一个人究竟讲究不讲究个人卫生，说到底是个人生活习惯。即使从移风易俗的角度要求，也只能培养不能强制。我们的大政府习惯包揽一切，厘清权力的边界，十分重要。事实也证明，政府根本不可能包揽解决此类个人卫生问题。就一个随地吐痰，几十年后，依然是令国人蒙羞的陋习。

1958年，稷山太阳村的"人造卫生"，既然是表皮光鲜，注定不能长久。很快，一阵风就过去了。1986年胡耀邦同志再次路过稷山，还向当地干部打听太阳村。不过此时的太阳村，早已寂寂无名，当年的"除四害"老英雄、小英雄呢，早已泯然众人矣。

四

瘟疫经常和贫穷落后相伴而行。某种程度上讲，瘟疫不仅是一种传染病，简直就是一种生活方式。鼠疫也不例外。

东北三省扑灭鼠疫的报告指出：

> 三省居住多矮小逼窄之房屋，火炕已占其屋之半，上用杆秫制棚，糊以浆线，以供鼠族之生息。又占其屋之容积十之三，每炕少者卧三四人，多者五六人、七八人不等。一屋之内，寝食于斯，烹饪于斯，杂作于斯，又懒于扫除其污秽，更不待言。时至冬令，窗纸密糊不通针孔，几与空气隔绝。即无疫疠发生，亦甚危险。

东北的房屋土炕，还可以说是民俗。当时东北老百姓的生活习惯呢？报告也有记载：

> 小民所穿衣服，皆积垢累月，不一洗濯。皮肤脏秽更易麇集毒菌，且堆叠卑湿之处，恶气熏人，亦不取向日光暴晒——无论腐鱼败肉，及病死之猪羊驴牛肉等，亦甘食不顾。即疫户所遗之米面菜蔬，不洁食品，亦不忍弃掷。

这里说的肮脏，根子都是贫穷。谁不愿意住宽敞明亮的广厦？谁不愿意食用新鲜食品、蔬菜瓜果？终年食不果腹，即使感染过病菌的米面，哪里舍得扔掉。家里伙盖一床被子，春夏秋冬一共没几件衣服，哪里谈得上及时换洗？

1920年代的山西，境况和东北大体相似。赴临县防疫的赵儒珍医生，称临县"民贫而浊，惯性不易革除"——

> 临县地处四山之间，土瘠民贫，谋生不易，就中以西山

一带尤为艰困。人民穴山以居，终年日光不能射入屋内，一家数口，恒住一窑，且有将牲畜鸡豚亦并养于住窑之内，秽气污浊，不堪名状。米粟就地贮藏，尤为繁殖鼠类之一大原因，是以数年之间，该处屡次发生瘟疫，虽经派医防治，终不能铲除净尽者，良以此故。

19世纪二三十年代，一直到改革开放以前，民众的生活水平提高并不明显。我的青少年时代，人鼠共处，其实时光流逝，风景依旧。不只东北，不只山西，各地农村，大同小异，吃住一处，人畜共处的情况很多。居住脏乱污秽，蚊蝇老鼠滋生，是常见的景观。终年填不饱肚子，生产队死了牛驴，大家欢天喜地，不过为了分吃那一斤瘟死的肉。偶然分得一块米猪肉（含猪绦虫卵），明告社员猪肉有病，上了年纪的也会悄悄地煮熟吃掉。他们宽慰自己说，听说30年以后才犯病，30年以后我还不知道在哪里呢！

其实不要说农村，即便在城市，中国的城市的冬季洗澡问题，也是在1990年代中期才真正获得解决。至于吃肉难，食用病死的猪牛羊驴肉，贫困地区至今屡见不鲜。2005年，四川中部的猪链球菌感染，死亡多人，还不是舍不得抛弃病猪肉造成的！

马克思说生产实践是人类最基本的社会活动，没错。发展生产，提高生活水平，才有可能解决与之而来的健康卫生等问题。仓廪实而知礼节，吃饱了才能谈得上清洁整齐。住房宽敞，吃喝不愁，此时的衣着光鲜、容光焕发才有意义。贫穷落后自然谈不上卫生文明，脱离开生产活动生活水平空谈什么讲究卫生，也实在是奢侈无用。生活富裕和讲究卫生，是一个自然而然的共生过程。远不是紧急动员，打一场人民战争能够奏效。

文明一定和富裕相伴。

贫困时代侈谈文明，那一定是装样子。

西班牙作家的笔下有一个破落户，虽然家里一贫如洗，三天两头断顿，他还是喜欢穿起西装，站在闹市的高处，拿一根稻草秆儿剔牙。

作家说，其实他的牙缝里根本没有食物可剔，就是家里可供剔牙的稻草秆儿也不多。

三年困难时期的讲卫生，有类于饿着肚子剔牙给人看。

五

作家池莉有一部小说《霍乱之乱》，开头是这样的：

> 我们在医学院学习的流行病学教材是1977年印刷的，由四川医学院、武汉医学院、上海第一医学院、山西医学院、北京医学院和哈尔滨医科大学六所院校的流行病学教研组，于1974年集体编写出版。

> 这本教材在总论的第一页里这么告诉我们广大学生："在毛主席无产阶级革命卫生路线指引下，我国亿万人民意气风发，斗志昂扬，大力开展了除害灭病的群众运动和传染病的防治工作，取得了很大的成绩。我国在解放后不久便控制和消灭了天花、霍乱和鼠疫。在不到10年的时间内，便基本消灭了黑热病、虱传回归热和斑疹伤寒等病。其他许多传染病与地方病的发病率也大大下降。"

> 于是，我们在学习流行病各论的时候，便省略了以上几种传染病。尤其是一、二、三号烈性传染病，老师一带而过。老师自豪地说："鼠疫在世界上被称为一号病，起病急、传播

快、死亡率高，厉害吧？我国消灭了！霍乱，属于国际检疫的烈性肠道传染病，也是起病急、传播快、死亡率高，号称二号病，厉害吧？我国也消灭了！三号病是天花，曾经死了多少人，让多少人成了麻脸，厉害吧？我国也把它消灭了！"

我们也就把书本上的这一、二、三号病哗哗地翻了过去，它们不在考试之列，我们不必重视它们。我们学会的是老师传达给我们的自豪感。如果有人问起鼠疫、霍乱和天花，我们就自豪地说："早就消灭了。"

老师说："我从事流行病防治工作15年了，走南闯北，从来没有遇见什么鼠疫霍乱天花。要相信我们祖国的形势一片大好。"

作家写的是小说，其中这些材料和描写，那可是非常真实。

"文革"中高调宣传我国已经消灭了世界三大烈性传染病，我们都相信形势一片大好，"牛郎欲问瘟神事，一样悲欢逐逝波"。还是在近来才知道，改革开放以后20年间，云南曾经多次爆发过大范围的鼠疫流行病。

云南自1982年鼠疫初起，就在个别县份流行。1992年到1995年，迅速增长。1996年是一个转折年份，差不多整个云南南部，全部面临鼠疫威胁，疫情大有全面爆发之势。1996年至2000年，疫情一直在高危运行，每年发病的县数都在18个以上。至2001年，云南从南到北，合计44个县发病，疫点1392个，云南全省除了北部少数县市，全部笼罩在鼠疫淫威之下。地域扩大，疫点分布广密，足见形势极其严峻危急。云南专家称，已经构成对于"云南省经济与社会发展的威胁"。

依着对鼠疫的紧急应对，云南早应该成为全国的防堵一线区，但是没有。云南鼠疫，基本上是云南方面的自卫战，有关报道也没有强调疫情爆发和传播的危险性。全国人民安之若素，依然优哉游哉度过自己的幸福日子，全然不知一场巨大的危机就潜伏在身边随时可能引爆。

有一个好听的说法叫"外松内紧"。我们总习惯封锁消息，屏蔽报道，装得像没事一样，悄悄咪咪应对家里的火烧眉毛。"家丑不可外扬"，天大的事关起门来解决。我们这些蒙在鼓里的小民，只有在多年之后才得知危机曾经就在身边惊险地穿过。

近代以来的流行病，天花、霍乱、鼠疫并列为三大烈性传染病。发生这样的疫情，都是特大险情，拉响警报，告知全国并不过分。民国时期的传统政府尚且调动全国力量全力以赴，现代政府具有更加强大的动员能力组织能力，有效地调动全国的社会资源，迅速扑灭灾情，是职能也是责任。当一个地方的疫情不会大规模扩散威胁其他地区，此类疫情当然属于"地方的公共卫生"。像鼠疫这样的烈性传染病，一旦爆发，从来都是"国家的公共卫生"事件。云南一地的鼠疫事件，实际上是一种跨地方的危机，直接对国家安全构成威胁。国家政府出面组织扑灭，是完全应该的。

云南鼠疫，从酝酿暴发到扑灭，小范围内传达研究，非专业人士不得其详。直到21世纪之初，一场大危机终于缓解静息下来。生活波澜不惊，发展照样发展，发财照样发财。奥运千禧年喜上加喜。一场鼠疫从中国身边走过，竟然没有惊动什么。

这丝毫不能证明我们掉以轻心是正确的。云南方面总结这次鼠疫大流行平稳度过，没有爆发大规模的瘟疫时说："庆幸的是云南家鼠型鼠疫菌的内毒素比较低，染疫后出现重症病例的机会少，没有肺鼠疫病例。否则不堪设想。"

不堪设想？那么我们设想一下，如果鼠疫菌内毒素高，病死率将达到80%、90%。如果爆发肺鼠疫,死亡率几近100%。云南全省立刻成为全球最大的疫病区,封堵交通,检查进出,军队警察大规模调援,职工放假工厂停产,全省加满病床紧急监控。火车汽车飞机穿梭进出云南,各地人人自危,必然演变为一场全国性的危机。我们掉以轻心是没有道理的。

危机过去了,想起来,人们才后怕,竟然在那么一场危机紧逼的环境里,若无其事地度过了奇灾大难。

一个民族的涉险侥幸过关,足足让我们手心捏了一把汗。

云南鼠疫疫情不久,2004年SARS病毒来袭,中央政府下决心撤换了隐瞒疫病的高官,公开信息,公告危局,每日公布发现疫点,收治人数,死亡人数,让全国都知道。这些都显示了社会管理的进步,显示了应对突发性的公共卫生事件的全新手段。只是我觉得,这些,无论如何,都和刚刚走出云南鼠疫的巨大阴影有关。不能再走那条路——从上到下,由上一次危机达成了共识。可以说,没有云南鼠疫的后怕,就没有SARS的全民应对,科学防范。

云南鼠疫,一个民族的大意和后怕换来的教训,我们谁也不应忘记。

疫病专家警告我们:人类远没有到高调宣布消灭鼠疫的时候。有关鼠疫的疫源地不可知之处太多。历史的轮回常有出人意料之处,或许现在,我们不过处在一个鼠疫的相对静息期。过早地宣布消灭鼠疫,那是自吹自擂,是很不明智的。

六

无论如何,数十年间,老鼠还是少多了。

仔细想一想,老鼠明显少了,不见了,已经有10多年。

静悄悄的，谁也没注意，老鼠远离了我们。

到农村去打问乡亲们：还有老鼠吗？乡亲们仿佛也是恍然大悟，是呀，不见老鼠了啊，老鼠哪里去了呢？

30年前农村分地，没几年，农民就吃饱了肚子。1980年代中后期，我们就大米白面放开吃。1990年代初，农村再盖房子，讲究"一砖到顶"，不用土墙了。再往后，钢筋混凝土、圈梁，新房全成了砖混结构。本世纪之初，乡亲们开始盖小楼，正房两层，偏房一层，水泥打了脚底，漫了院子。近几年，村里家户小楼全成了两层半。大路街巷全部水泥硬化，村委会办公地点，看戏的戏场打成了方格子水泥，建成文化广场。居民区办公区，全都是水泥铺设，没有二话。

田野呢，我的家乡过去是传统的粮棉区，大约20年以前，乡亲们纷纷改造农田，栽植果树。现在，整个一个晋南盆地，大多都已以果业为主。方圆百里，大地园林化，阡陌穿过，两侧全是果树。浇地除虫嫁接采摘，农民过的完全是另一种全新的生活。

我在全国农村走了一圈，乡村的房屋结构变化，大体一致。江浙一带，一家一幢小楼，四层居多。华北农家，两层带小院。即便西北贫困地区，也都是砖瓦房，水泥地，水泥院子，集雨吃水用的。

和包队干部攀谈，问他为啥不见老鼠了？他说，你看看，房子院子都是水泥，老鼠到哪里打洞去？地里呢？过去有地老鼠、黄鼠，现在百分之百水浇地，隔几天一灌水，老鼠怎么打窝？不种粮食，老鼠吃什么？果树不停地打药除害，老鼠家族在这块土地没法生存。

也许就是这样，分明就是这样，老鼠远离了我们。

不用到处放置捕鼠夹子，不用冒险施放毒饵，家里没了老鼠。不用全民动员，下地挖老鼠洞，见不到田野里人和鼠追赶扑打，串起一串老鼠尸体去县乡政府报喜，包起一串老鼠尾巴去上缴任务，老鼠，逐渐消失了。

当然，这只是我和乡亲们的感受，更精确的统计和论证，有待各路专家的研究成果。

100年来，从清末民国政府，到1949年以来的人民政府，一直把剿灭鼠害作为自己的重要职责。20世纪上半叶，清政府、北洋政府、南京国民政府，运用公共卫生手段，一次一次扑灭了鼠疫疫情。1949年以后的人民政府，大打人民战争，开展拔鼠灭源的群众运动，虽然其中也有好多不尽如人意之处，如形式主义，本末倒置，面子工程等等，这一场人鼠大战却是从未止息。国家公共卫生这一传统，从萌生到发展，未曾中断。远离鼠害，国民福祉。

人鼠共处、鼠疫流行的过程，本质上是生态史，是人与自然关系的历史。社会变迁归结为环境变迁。最终，是人的生活方式的改变，摧毁了老鼠的生存环境，驱逐了老鼠。

环境造人，人造环境。人是环境的产物，人也在创造环境。20年前的人鼠共处，就是与土墙、土院落、纸顶棚，肮脏、杂乱、恶劣的卫生习惯相关联的。20年以后的人鼠分离，同样是和砖混结构，水泥天花板、水泥大道、水泥广场，清洁整齐、防疫防病的卫生习惯相适应的。从人鼠共处到人鼠分离，这是生活环境的变化。人类创造了富裕文明，随着发展建设，会出现崭新的生活方式，这是一个完全不适合鼠类生存的环境。而那些暂时落后的地方，也只有通过摆脱贫穷落后，才能摆脱鼠害。文明附丽于富裕。靠人工扑打老鼠事与愿违，打不出新生活，打不出那一个红彤彤的新世界。新房新居，健康卫生，不知不觉间，鼠类，动静杳然。

17世纪以来，欧洲民居开始实现了砖混化，城乡都修建了下水道，土路变成了硬质路面。欧洲家鼠的消失、鼠疫的消失，基本上和城市化同步。我们的人鼠分离，也基本上和现代化同步。东北也罢，山西也罢，云南也罢，伴随着我们的山乡逐步走向进步文明，乐观一点预测，老鼠很难聚闹成灾，也就很难制造出疫病了。

硕鼠硕鼠，岁岁贯汝，逝将去汝，适彼乐土。

七

老鼠真的不见了吗？

1970年代苏联切尔诺贝利核电站泄漏，引起生态危机，方圆几百里居民撤出，那里随即成为一块静寂的死地。没有植物，没有动物，没有人类，只有风流云散，一栋一栋厂房寂寞地耸立。核污染让这一块土地杳无人迹，没有了生命征象。30年过后，一批科学家重访污染区，却发现了一种动物。也只有这一种动物，形如兔子大小，也有体大如獾者，跳跃奔跑，发出吱吱的尖叫声，科学家不禁惊呼：老鼠！

在我的故乡，难觅大老鼠踪迹。驻队干部告诉我，近几年发现了一种微型老鼠，当地人叫"洼谷老鼠"——"洼谷"是当地的一种饭食，相当于漏面鱼鱼，两头尖，也就指头肚儿大小。这种老鼠，水泥缝里就能做窝。

从核污染死地，到水泥缝隙，老鼠的变异能力多么惊人。

看来，人鼠共处依然不可避免。

新的共处如何形成？未可知也。

（本文参阅曹树基、李玉尚《鼠疫：战争与和平》一书，在此致谢。）

《自由呼吸》　李辉 著

用坦荡的心胸抒写真实的人生

《自由呼吸》是一部文化随笔，一本书与一个人的历史在这里彼此呼应，从中可以读懂中国文化名人的真性情和人格光彩。

定价：39.00元

《弦断有谁听》　陈为人 著

破解世界文豪自杀之谜

海明威、茨威格、法捷耶夫、马雅可夫斯基、杰克·伦敦、川端康成。

如果不去分析产生自杀念头的社会文化背景和深层心理因素，而一味地不分青红皂白地斥责自杀者，倒很可能会掩盖了促人自杀的社会环境。

定价：39.00元

《走出岁月的阴影》　毕星星 著

讲述一个地域的典型故事

阎逢春、郭宝臣、流沙河、李国涛、柯云路；样板戏、三十里铺、马铃薯与西红柿嫁接、《三上桃峰》事件

透过那些逝去年代发生的故事，写出一个个鲜活而悲壮的人生和看似荒唐却揪紧人心的历史事件。

定价：39.00元